JUAN DE MAIRENA

Sentencias, donaires, apuntes y recuerdos de un profesor apócrifo (1936)

ANTONIO MACHADO

# JUAN DE MAIRENA

SENTENCIAS, DONAIRES, APUNTES Y RECUERDOS DE UN PROFESOR APÓCRIFO

(1936)

---

*Edición,*
*introducción y notas*
*de*

JOSÉ M.ª VALVERDE

---

Madrid

Zurbano, 39 - Madrid (10) - Tel. 4195857

—

Impreso en España. Printed in Spain
por Artes Gráficas Soler, S. A. Valencia
Cubierta de Víctor Sanz
Depósito Legal: V. 1.853 - 1972

# SUMARIO

INTRODUCCIÓN BIOGRÁFICA Y CRÍTICA ... ... ... ... ... 7
*Juan de Mairena* en la prensa ... ... ... ... ... ... 9
La prosa maireniana, en la historia de la prosa española ... ... ... ... ... ... ... ... ... ... ... 16
Eugenio d'Ors y la prosa de *Juan de Mairena* ... 19
Nietzsche ... ... ... ... ... ... ... ... ... ... ... ... 21
El Valéry prosista ... ... ... ... ... ... ... ... ... 23
Un posible influjo en ideas sin influjo en estilo: Scheler ... ... ... ... ... ... ... ... ... ... ... ... 25
El *Juan de Mairena* periodístico, en la historia de los apócrifos ... ... ... ... ... ... ... ... ... ... 26
El pensamiento machadiano en el *Mairena* periodístico ... ... ... ... ... ... ... ... ... ... ... 28
NOTICIA BIBLIOGRÁFICA ... ... ... ... ... ... ... ... ... 33
BIBLIOGRAFÍA SELECTA ... ... ... ... ... ... ... ... ... 35
NOTA PREVIA ... ... ... ... ... ... ... ... ... ... ... ... 38
JUAN DE MAIRENA, SENTENCIAS, DONAIRES, APUNTES Y RECUERDOS DE UN PROFESOR APÓCRIFO (1936) ... 41
ÍNDICE DE PUBLICACIÓN EN LA PRENSA ... ... ... ... ... 273
ÍNDICE DE NOMBRES Y CONCEPTOS ... ... ... ... ... ... 276
ÍNDICE DE LÁMINAS ... ... ... ... ... ... ... ... ... ... 281

# INTRODUCCIÓN BIOGRÁFICA Y CRÍTICA

En nuestra *Introducción a Nuevas Canciones y De un Cancionero apócrifo,* de Antonio Machado, en esta misma colección "Clásicos Castalia", hemos hablado ya de cómo era la vida del poeta en los años en que fue saliendo el presente *Juan de Mairena,* primero en la prensa y luego en libro (o sea, 1934 a 1936): catedrático de francés en Madrid, en el Instituto de Segunda Enseñanza "Calderón de la Barca" (trasladado al "Cervantes" en 1935-36), vivía con su madre, su hermano José y su cuñada, en la calle General Arrando, 4, y pasaba buena parte de sus horas libres en tertulias —o en silencios—, con sus hermanos Manuel y José y unos pocos amigos fieles (Ricardo Calvo el actor, Luis de Santullano...), trashumando del Café Español al Europeo y al Varela.

Literariamente, empezaba entonces a haber algunos signos de deshielo en cuanto al aislamiento en que había quedado Antonio Machado respecto a la joven generación poética, frente a cuya más o menos efímera estética neobarroquista había tomado posiciones el creador de *Juan de Mairena* —sin que esa generación pareciera darse por enterada durante unos pocos años—. Fueron sin duda Salinas y Guillén quienes dieron los primeros pasos hacia el viejo —o envejecido— maestro, según señalábamos en nuestra mencionada *Introducción* (pp. 34-38). Los textos y entrevistas de aquella época son elocuentes por lo que toca a sus actitudes sociales y políticas, que también se concretan en alguna manifestación pública: así, en 1935, se adhiere al Comité de Escritores por la Defensa de la Cultura; en febrero de 1936, con el Dr. Hernando, Manuel Azaña y Julio Álvarez del Vayo, firma, en nombre del comité español, el manifiesto de la Unión Universal por la Paz.

Mientras tanto, en el orden íntimo, la gran cuestión de esos años en la vida de Antonio Machado fue, sin duda, la crisis de su relación amorosa con "Guiomar" (de cuya verosímil identificación con la poetisa Pilar de Valderrama hemos hablado en nuestra repetidamente aludida *Introducción* a *Nuevas Canciones,* etc.). Concha Espina (pág. 126, *De A. M. a su grande y secreto amor,* Lifesa, Madrid, s. a. [1950]) dice que "desde fines del 35 ya no pudo Guiomar sostener comunicación ninguna con su enamorado". Pero ya antes, en la entrega de *Juan de Mairena* del 3 de enero de ese año, en *Diario de Madrid* (cap. VIII del libro, págs. 77-78 de esta edición), parece haber alusiones al forzado alejamiento en amplios fragmentos de las que luego se recogerían en *Poesías completas,* de 1936, como *Otras canciones a Guiomar* (p. 252 en nuestra edición de *Nuevas Canciones y de un Cancionero apócrifo*), donde se recuerda la amarga escena de despedida y separación del poeta y su amada, tras unos besos al amanecer en una playa —¿verano de 1934?—. Y hay allí también un trozo que no se recogería en esas *Otras canciones...*, tal vez por no encajar con el planteamiento metafísico de éstas:

Sé que habrás de llorarme cuando muera...

¿Utilizaba todavía el poeta su colaboración periodística para enviar un mensaje final a la que, por obstáculos fáciles de adivinar, ya no podría ver más? Si la gran crisis databa, en efecto, del verano de 1934, la nueva actividad de Antonio Machado en su *Juan de Mairena* periodístico podría derivar de un angustiado afán de sostener y enriquecer su vida espiritual, evitando la desesperación y el exceso de ensimismamiento. Según su vieja y predilecta imagen, la abeja de la poesía —aunque ahora poesía en prosa, literatura de ideas— transformaría secretamente en miel de lenguaje las amarguras vividas.

Hay, sin embargo, un salto en el nuevo estilo machadiano —dejando la expresión cada vez más hermética iniciada en *Nuevas Canciones* para llegar rápidamente a una prosa clara y abierta— que nos permite considerar que no todo fue pérdida en su dolorosa privación de los consuelos de "Guiomar". En nuestra tantas veces citada *Introducción* aludíamos a la tenaz neblina de irrealidad que siempre envolvió este amor en el ánimo del poeta —irrealidad en parte atribuíble a lo incompleto y poco esperanzado de tales amores otoñales con una señora al parecer casada, y sin intención de dejar de serlo aunque en aquellos años se introdujo el divorcio en España—. Si es lícito acordarse de los fragmentos de cartas de Antonio Machado publicados por Concha Espina, no parece un juicio temerario sospechar que la mentalidad de "Guiomar" —su posición ante todo lo ideológico, lo social y lo político— frenaba algo la franqueza de expresión del poeta en su orientación ideológica cada vez más avanzada. Acaso la pérdida de "Guiomar" tuvo su parte de liberación y de independencia en lo intelectual.

## *Juan de Mairena* EN LA PRENSA

El 4 de noviembre de 1934, en el *Diario de Madrid,* periódico nacido dos semanas antes, Antonio Machado inauguraba una nueva etapa de la existencia literaria de su personaje Juan de Mairena: unos apuntes ágiles, bienhumorados y profundos, en colaboración habitual que se trasladaría a las columnas de *El Sol* el 17 de noviembre del año siguiente —dos meses antes de que desapareciera el *Diario de Madrid*—. En *El Sol* siguió la "columna" maireniana hasta el 28 de junio de 1936: entonces, y aun quizá unos días antes, las cincuenta entregas quedaban reunidas en forma de libro: *Juan de Mairena (Sentencias, donaires, apuntes y recuerdos de un profesor apócrifo)* (Espasa-Calpe, Madrid, 1936).

El libro ya estaba previsto antes de acabar la serie periodística, según se anunció en una entrevista anónima publicada en *Heraldo de Madrid* (19-III-1936), bajo el título "*Juan de Mairena* y su maestro. Lo que será un libro del ilustre poeta Antonio Machado". Allí, A. M. anuncia que Mairena va a tener ya "su libro", y habla de su génesis, aunque sólo parcialmente, refiriéndose a su línea de historia literaria española —que no es, sin duda, la línea más profunda ni más amplia del libro—:

> —Hace mucho tiempo yo escribí unas notas. Data la cosa de cuando me acumularon la cátedra de Literatura del Instituto de Segovia. Me di cuenta entonces de que aquí carecíamos de un manual que expusiese las ideas elementales de nuestra literatura, dándose el caso de llegar a ser más fácil a un profesor español enseñar cualquier literatura extranjera que la propia... Entonces empecé a escribir las notas de *Juan de Mairena.* Al ver la luz el *Diario de Madrid,* su director, don Fernando Vela, me pidió colaborase. Le envié aquellas antiguas notas con otras nuevas que he ido escribiendo... Cuando publique el libro dejará ya de escribir Juan de Mairena en los periódicos.

Por sobrevenir justamente entonces la guerra española, no es extraño que el libro no fuera bien distribuido ni suficientemente leído y comentado: poco después de la guerra se vendían todavía ejemplares de esa primera edición, uno de los cuales adquirimos hacia 1943, extraviándolo luego, aunque sin lamentarlo demasiado por haber salido ya una reimpresión idéntica. En el clima de los años cuarenta, tan suspicaz en materia de libros, podía sorprender la libre difusión de esta obra, pero casi nadie pareció tomarla entonces en cuenta. Sólo, en el prólogo de Dionisio Ridruejo a la primera edición de postguerra de las *Poesías completas* (1940), bajo el título *El poeta rescatado,* se mencionaba la típica actitud de José María de Cossío sobre "el pelmazo de Juan de Mairena", contrapuesto a un Antonio Machado líricamente innocuo.

Aunque no hemos podido comprobar nuestra idea de que el libro *Juan de Mairena* estaba ya impreso o en la imprenta antes del 18 de julio de 1936, la manera de dejar de publicarse en *El Sol* parece confirmar que el autor había decidido cerrar la serie, con cincuenta entregas, antes de cuando sobrevino la guerra. En efecto, la última publicación tiene lugar a un mes de distancia de la penúltima —y no a distancia semanal o quincenal, según el ritmo acostumbrado—, y, síntoma más elocuente, hay una inversión de orden en comparación con los capítulos del libro: la penúltima entrega (24-V-36) es el capítulo último (L), mientras que la última entrega (28-VI-36) es el penúltimo capítulo del libro (XLIX), sin que haya nada en el texto que imponga ninguna de las dos ordenaciones, por lo que parece que debió de tratarse de un error en el modo de aparecer en *El Sol* ese original que, en forma de libro, ya estaba enviado a la imprenta y aun probablemente impreso conforme a la otra ordenación.

El texto del libro, por cierto, sólo modifica el de las entregas periodísticas en quitar epígrafes y números romanos y en corregir algunos de los errores —no todos— en las citas, hechas de memoria.

Esta cuestión cronológica, que puede parecer una minucia a primera vista, adquiere más interés si se tiene en cuenta que Antonio Machado no iba a dar por liquidado a su personaje después del libro y del comienzo de la guerra, sino que en enero de 1937 (en *Hora de España,* I) reanuda sus apuntes, al principio en idéntico tono, aunque el primer título sugiera un plan de mayor intervención de Abel Martín *(Consejos, donaires y sentencias de J. de M. y de su maestro*

*A.M.).* Después desaparecería Abel Martín de los titulares, y las publicaciones mairenianas cambiarían de carácter dando paso a ensayos largos —como el famoso sobre Heidegger— o a notas bibliográficas o de actualidad apenas endosadas a su apócrifo por la fórmula del "Mairena póstumo" —"Lo que hubiera dicho Juan de Mairena..."—, con una temática más militantemente política. Pero con esto ya estamos fuera del contenido del presente volumen.

En cuanto al modo de escribirse el Mairena periodístico, sólo en parte es seguro que —sobre todo, hacia el final— sus notas se redactaran poco antes de publicarse, por alusiones de actualidad en que, sin embargo, se suele velar u omitir el dato concreto (así, las alusiones a la muerte de M. B. Cossío, cap. XXXIV, o a la de Valle Inclán, cap. XLI). A la vez, es evidente que una buena parte de los temas y las ideas ya estaban en las anteriores prosas de sus apócrifos, o en los ensayos sueltos, o en los apuntes inéditos aparecidos póstumamente bajo el título *Los complementarios.* En un texto aún no recogido en libro *(Antonio Machado, el creador de Juan de Mairena, siente y evoca la pasión española* [...], en *La Voz de Madrid,* n.° 13, París, 8 octubre 1938, p. 4), el poeta dice que Mairena es su *yo* filosófico, nacido en su juventud:

> Modesto y sencillo, le gustaba dialogar conmigo, solos los dos... y comunicarme sus impresiones sobre todas las cosas. Estas impresiones, que yo recogía día a día, constituían un breviario íntimo, no destinado en absoluto a la publicidad, hasta que un día... Un día saltaron de mi cuarto a las columnas de un diario...

Luego lo define:

> Juan de Mairena es un filósofo cortés, un poco poeta y un poco escéptico, que tiene para todas las debilidades humanas una benévola sonrisa de comprensión y de indulgencia. La gusta combatir el snobismo de las modas en todos los terrenos. Mira las cosas con su criterio de librepensador, en la más alta acepción de la palabra,

un poco influido por su época, la de fines del siglo pasado, lo que no impide que ese juicio de hace veinte o treinta años pueda seguir siendo actual dentro de otros tantos años.

Sin embargo, creemos que Antonio Machado realizaba ahí una sutil transposición de tiempos, aprovechando la "plasticidad del pasado" de que tanto hablaba Mairena: muchas ideas y muchos apuntes databan, sin duda, de la juventud del poeta, pero la creación del personaje Mairena debió ser de los años veintes, y precisamente como manera de publicar y continuar toda una veta inédita. Dicho de otro modo: el Antonio Machado sistemático y aforístico tiene que reencarnarse en Juan de Mairena para salir a la luz. Téngase en cuenta, en efecto, que, aunque en los manuscritos inéditos —*Los complementarios*—, algunos anteriores a 1916, se enumeran unos poetas —y unos filósofos— que pudieron existir, Martín y Mairena no están entre ellos, y no hay señales de que esos apuntes fueran a ser atribuidos a ningún "apócrifo".

Y otro detalle: en *Nuevas Canciones* (CLIV, *Canciones,* V) aparece el apellido del apócrifo en una figura de guitarrista que parece el esbozo del Heredia de *La Lola*:

Dondequiera vaya,
José de Mairena
lleva su guitarra.
Su guitarra lleva,
cuando va a caballo,
a la bandolera.
Y lleva el caballo
con la rienda corta,
la cerviz en alto.

Por otra parte, Antonio Machado, en esa entrevista de *La Voz de Madrid,* habla de Juan de Mairena en su fisonomía periodística, dejando en olvido al de 1928, y también a su maestro Abel Martín.

En suma, creemos que la idea de endosar sus reflexiones a Martín y Mairena es bastante posterior a la redacción de los apuntes inéditos de *Los complementarios,* apuntes que quedan superados y sin publicar precisamente a causa de esa invención.

El Juan de Mairena de 1934-1936 ha llegado a la plenitud en el dominio de un nuevo medio expresivo, que, por sí solo, constituye una auténtica revolución —pues para el escritor, la revolución empieza por su propio estilo, como forma de su actitud moral, antes de alcanzar a lo social y lo político—:

> Cuando se ponga de moda el hablar claro, ¡veremos!, como dicen en Aragón. Veremos lo que pasa cuando lo distinguido, lo aristocrático y lo verdaderamente hazañoso sea hacerse comprender de todo el mundo... (cap. XXIV).

En nuestra mencionada *Introducción...* (pp. 82-83) señalábamos que, aunque la prosa de Antonio Machado derive de su verso y sea auxiliar y "complementaria" de éste, sin embargo, en un sentido estrictamente formal, constituye un logro expresivo mayor que su verso. El verso de Antonio Machado, en efecto, no es ni quiere ser original en cuanto estilo, sino que pone su originalidad en su trasfondo humano, en su acento personal, que da una más alta luz a un lenguaje externamente resultante de becquerismo, modernismo y popularismo. En cambio, la prosa de Antonio Machado, aunque no en sus principios, llega a ser un hallazgo único, una novedad radical por su misma sencillez, sobre todo en el libro aquí editado. Pues las anteriores prosas de los apócrifos Abel Martín y Juan de Mairena todavía mostraban cierta premiosidad, cierta dificultad para encarnar su pensamiento a la vez profundo e irónico, aunque gradualmente iban conquistando la fluidez y la gracia. Las primeras páginas acerca de Abel Martín eran todavía un tanto herméticas y hasta un poco preciosistas; cuando llegamos a los apuntes de Mairena sobre el Barroco, el desparpajo agresivo anima cada vez más el estilo, ágil y coloquial; finalmente, en el diálogo de Mairena con su apócrifo "al cuadrado" Jorge Meneses, ya disfrutamos con el absoluto señorío bienhumorado del escritor sobre su palabra. Esos textos pertenecían a las *Poesías completas* de 1928; sin embargo, luego los apócrifos reaparecen en versos de creciente hermetismo, hasta llegar a lo sibilino y lo gnómico. Pero ahora, en este volumen maireniano de entregas periodísticas —que un biógrafo obsesionado con el *cherchez la femme* podría relacionar con su forzado alejamiento de "Guiomar"—, Antonio Machado vuelve a la prosa, más clara que nunca, caracterizando a Mairena como un profesor informal, "con las manos en los bolsillos", que conversa con sus alumnos, casi niños, en una clase voluntaria y gratuita de Retórica (ejercida al margen de su asignatura oficial, la "educación física"), o que anota ideas y anécdotas en el mismo tono que si dialogara en el café. Ya había propugnado Antonio Machado para la poesía el tono hablado y directo, por más que no siguiera del todo su propio consejo:

El tono lo da la lengua:
ni más alto ni más bajo,
acompáñate con ella.

(CLXI-LXXVI; p. 149 de nuestra edición)

Ahora es cuando llega a practicar plenamente en prosa ese mismo ideal de comunicación viva, en ejercicio de la palabra hablada y con prevención ante el estilo escrito y libresco;

—Cada día, señores, la literatura es más *escrita* y menos hablada. La consecuencia es que cada día se escriba peor, en una prosa fría, sin gracia, aunque no exenta de corrección [...]. Lo importante es hablar bien: con viveza, lógica y gracia. Lo demás se os dará por añadidura.

(Págs. 41-42 de esta edición)

Y, en otro lugar:

> Yo nunca os aconsejaré que escribáis nada, porque lo importante es hablar y decir a nuestro vecino lo que sentimos y pensamos. Escribir, en cambio, es ya la infracción de una norma natural y un pecado contra la naturaleza de nuestro espíritu. Pero si dais en escritores, sed meros taquígrafos de un pensamiento hablado.
>
> (Pág. 263 de esta edición)

## LA PROSA MAIRENIANA, EN LA HISTORIA DE LA PROSA ESPAÑOLA

Para medir el mérito de este logro expresivo habría que enmarcarlo dentro de la situación de la prosa española de entonces y sobre su trasfondo tradicional. En contra de lo que se tiende a suponer, escribir buena prosa suele ser más difícil que escribir buen verso, porque en el verso las formas ya están casi hechas y apenas hay más que usarlas con una mínima inflexión personal, mientras que en prosa el escritor tiene que crear mucho más, al no tener otra materia prima que el lenguaje general de su país y las vagas y elásticas formalidades acreditadas por la tradición literaria. Por "horror al vacío", estas formalidades, sin tanta justificación rítmica y musical como en la poesía, están a su vez en peligro de amaneramiento, apenas se alejen de los modos reales de hablar de la gente. Cada país, conforme a su historia social y cultural, tiene su modo peculiar de relación entre lengua hablada y prosa escrita: en España, salta a la vista que, en la segunda mitad del siglo XVI, la prosa escrita fue disminuyendo su contacto con la lengua hablada, sin duda por razones históricas: escasez de diálogo social, peligros en el manejo de ideas y opiniones... Incluso, para mencionar un solo ejemplo, la decantada espontaneidad de Santa Teresa llega a resultar acaso un poco excesiva y deliberada, en sus conscientes errores de popularismos y en su pregonada imposibilidad de volver atrás y corregir —comprensible si pensamos que su primer y principal lector sería siempre un director espiritual que tendría que pasar el asunto al Santo Oficio en caso de hallar algo dudoso—. Sobreviene así la gran barroquización de la prosa española, esa tensa formalización de que, en milagrosa paradoja de caricatura, emerge la prosa del *Quijote.* En bloque, esa es la situación heredada al llegar nuestro siglo, a pesar de enérgicos y no del todo agraciados esfuerzos de algunos escritores, como Galdós.

Con nuestro siglo, hay sobre todo dos escritores que presentan batalla a ese formalismo arcaizante y luchan con él, buscando una nueva sencillez con que arrancar desde la base: Azorín y Baroja. Pero ambos trabajan en un peculiar terreno entre lírico y narrativo, y además, por mucho que brillaran en su propia obra, su logro no fue apenas aprovechado por los sucesivos narradores. (Para un estudio más prolijo de este tema, me permito remitir a mi propia obra, *Azorín,* Ed. Planeta, Barcelona 1971.)

En la "prosa de ideas" no se había dado una batalla análoga en el umbral del nuevo siglo para librarse del peso del Siglo de Oro y de su heredera bastarda la pomposidad parlamentaria. Unamuno, a pesar de su exaltación de la espontaneidad, usaba un estilo básicamente Siglo-de-Oro, aunque entreverado de interjecciones y clamores un tanto "a-la-pata-la-llana". (Esto lo señalaron J. Martínez Ruiz, antes de ser Azorín, y Ortega y Gasset, en textos que no es cosa de citar ahora.)

Así, la prosa de ideas moderna, en España, sería, sustancialmente, la que implantó Ortega, a la vez pensador con autoridad de cátedra y artista con seducción de magia. Es difícil, y más en esta ocasión, apreciar si su invención expresiva llegó tal vez a primar sobre el interés intrínseco de sus conceptos, al establecer ese imperio estilístico que ha subyugado la vida cultural hispánica, en algunos casos hasta nuestros días. Por lo que toca a la "historia del estilo", empieza a reconocerse que el estilo de la generación poética frecuentemente llamada de 1927 había estado preparado por el estilo de Ortega (y aun por el de Ramón Gómez de la Serna), quizá más que por el de su maestro lírico Juan Ramón Jiménez. Gustav Siebenmann ha señalado cómo Ortega realizó por adelantado en su prosa lo que luego iba a analizar en sus propios ensayos teóricos como clima poético de "álgebra superior de las metáforas", es decir, como atmósfera estética de la hora de la "deshumanización del arte":

> Ortega —muchos no se lo perdonarán jamás— se valió, en el terreno del ensayismo, de las mismas libertades, los mismos efectos de choque, el mismo juego, las mismas antítesis que el arte creativo, el cual se había imaginado estar aquí en su dominio más propio. (*Die moderne Lyrik in Spanien*, p. 135; Kohlhammer, Stuttgart, 1965.)

La prosa de Antonio Machado, en el momento de surgir en los años veintes (antes hay sólo unos prologuillos y unos artículos juveniles), tenía que habérselas con el "estado de cosas" del estilo orteguiano en su reinado sin rival. Además, Antonio Machado era personalmente muy devoto de Ortega (sobre todo hasta *Nuevas Canciones*: en 1925, en sus *Reflexiones sobre la lírica,* discrepa de la estética de la "deshumanización", aunque hace constar, quizá diplomáticamente, que Ortega no se compromete con ella, sino que acaso la expone como fenómeno del tiempo). Por consiguiente, su intento —como cualquier otro intento entonces posible— de obtener una prosa personal, tenía que partir de Ortega e independizarse de la hegemonía de su estilo, ya en trance de llegar a ser dialecto general del ambiente cultural español. En su camino hacia una prosa más hablada y más modesta, más irónica y más abierta al diálogo con sus interlocutores disconformes —reales o imaginarios—, sin duda ayudaron a Antonio Machado otros escritores que no cabe catalogar de manera exhaustiva, pero de los cuales nos saltan a la vista algunos: Eugenio d'Ors, algo después Nietzsche, y tal vez Valéry.

### EUGENIO D'ORS Y LA PROSA DE *Juan de Mairena*

La mención de Ors puede sorprender porque —a pesar de homenajes machadianos como el soneto en *Nuevas Canciones,* p. 174, ed. "Clásicos Castalia"— su evolución ideológica fue casi opuesta a la de Antonio Machado. En el terreno político, concretamente, Eugenio d'Ors pasó, desde un sueño de "despotismo ilustrado", con Cataluña a modo de goethiana Weimar, a través de un vago socialismo artesanesco a lo William Morris, hasta un ideal de fascismo estético, basado en un malentendimiento chestertoniano del catolicismo, más "romano" y "occidental" que "cristiano". Pero Eugenio d'Ors no era esclavo de sus propias ideas, sino que más bien quería usarlas, irónicamente, como contrapeso polémico contra el nietzscheanismo y demás irracionalismos vigentes en su juventud. Por eso pudo crear un estilo bienhumorado y bien educado, en imposible intento de conversación dieciochesca, donde las anécdotas parecían servir de introducción a las "categorías", pero quedaban a última hora como el logro definitivo. La flexibilidad bromista de su estilo, capaz de mezclar chulaperías madrileñas, saboreadas desde su catalán, con innocuas pedanterías sonrientes, fue la lección viva ofrecida por Eugenio d'Ors en su *Nuevo Glosario* —no tenemos autoridad para valorar su logro estilístico en el *Glossari* catalán—. Pero era una lección fatalmente destinada a la desatención, a la burla o a la pedrada en medio de la atmósfera mesetaria, donde nadie estaba para bromas. Sólo Antonio Machado pareció tomar en cuenta ese ejemplo de estilo: cuando se lee el *Juan de Mairena* en los periódicos donde fue apareciendo, es imposible no recordar que, en aquellos años, en otros periódicos que entonces parecían de la "acera de enfrente" pero que hoy apenas nos resultan más ligeramente "de derechas", estaba Eugenio d'Ors en su incansable e inútil ejercicio de salón imaginario, de intento de conversación amable dentro de un hirsuto ambiente que llegaría a tener su expresión definitiva en el "ni hablar" madrileño (a no confundir con el "ni hablar" de otras áreas del español, en sentido de "no es necesario hablar", "ni qué decir tiene").

Así se echa de ver, sobre todo, en la miscelánea publicada por Antonio Machado en *El Sol* (sept. 1920, *Obras. Poesía y prosa,* pp. 801-802; citaremos con la sigla *OPP*), bajo el título general *Los trabajos y los días,* que sugiere una intención no proseguida de establecer una "columna" fija, de apuntes y observaciones. Significativamente, de las cinco notas que componen esa colaboración, dos se dedican al comentario de un capítulo del *Glossari* catalán de "Xenius", la segunda de ella como celebración de la actitud general del maestro catalán:

> El gran mérito de "Xenius" consiste, a mi juicio, en haber sustituido en sus hábitos mentales el afán polémico, que se acerca a las cosas con una previa antipatía, por el diálogo platónico y la mayéutica socrática.

Pero es el propio estilo de Antonio Machado, en esa colaboración de prensa, lo que más nos persuade de que, por un momento, su designio fue emprender otro "glosario" sobre el modelo orsiano, en anticipación de lo que mucho después sería el "glosario" maireniano.

Lo más curioso es que el propio Ors no llegó a darse cuenta de su posible influjo estilístico sobre el Mairena periodístico, quizá por el contraste frontal de sus respectivos núcleos ideológicos. Así lo notamos en su "Carta de Octavio de Roméu al profesor Juan de Mairena", publicada en el número homenaje a A. M. de *Cuadernos Hispanoamericanos* (Vol. II, 1949, pp. 289-299). La idea inicial es una proporción matemática: Mairena es a Machado, como Octavio de Roméu a Eugenio d'Ors; como Antonio Azorín a José Martínez Ruiz; como Silvestre Paradox a Baroja; como Bradomín a Valle Inclán: todo ello descendiendo de la gran razón primigenia "Zaratustra es a Nietzsche". La sugerencia tiene bastante valor —lástima que Ors no hubiera remontado la cuestión de los apócrifos hasta Kierkegaard—, pero no para el caso de Ors, cuyo "Octavio de Roméu" nunca pasó de ser una manera de decir "yo", acaso porque el mismo don Eugenio cultivó tanto su propia personalidad que la hizo "apócrifa".

En este trabajo, además, la hostilidad ideológica queda apenas reprimida por esa cortesía que Antonio Machado siempre había admirado en él: hay incluso cierta voluntad de empequeñecimiento, elevando a total lo que es sólo parcial, como al sugerir que el libro *Juan de Mairena* podía ser "el único epítome donde se conservan lecciones de lo que ha sido el krausismo español"...

La radical diferencia en la orientación definitiva —moral, política— de ambos escritores no mengua su afinidad en el uso del lenguaje y en el sentido de la convivencia, que, a nuestro entender, es una de las raíces del estilo del Mairena periodístico.

## NIETZSCHE

Análogo es el caso de la influencia formal de Nietzsche. Antonio Machado no había aceptado la ideología nietzscheana —o mejor, zaratustriana— ni aun en la época individualista de su juventud, de que emergen sus *Soledades,* por más que declare haber amado la sofística subjetivista de fines del siglo XIX (Prólogo de la 2.ª edición de *Soledades, galerías...*, *OPP* 48).

Pero el rechazo de las ideas nietzscheanas no excluye la aceptación de su influjo en cuanto a sus formas expresivas; en primer lugar, la de sus aforismos en verso (cuyo ejemplo, en la traducción de F. A. de Icaza, se combinó con el del folklore español en *Nuevas canciones,* según ha señalado Gonzalo Sobejano en *Nietzsche en España* (Ed. Gredos, Madrid, 1967) y según vemos confirmado aquí, en el penúltimo apartado del capítulo XLVI, pág. 255. Ese apartado (*Nietzsche y Schopenhauer*) parece un resumen de su actitud definitiva ante

Nietzsche: sin embargo, en otros pasajes, algunos posteriores, vemos que lo que fue antes prevención ante las "alharacas de Zaratustra", aquí mezclada de admiración ante el desplante ("Este jabato de Zaratustra es realmente impresionante"), se convierte luego en repulsión: "de ningún modo un maestro a la manera de Zaratustra, cuya insolencia ético-biológica nosotros no podríamos soportar más de ocho días", c. XXXV, p. 198, actitud repetida en términos más violentos en uno de los textos publicados durante la guerra española:

> La verdad es que Zaratustra, por su jactancia ético-biológica y por su tono destemplado, está pintiparado para un puntapié en el bajo vientre (*Sigue hablando J. de M.*, cap. VII, *OPP*, p. 550).

Pero debemos recordar que hay en Nietzsche una dualidad de estilo que corresponde a su paradójica contradicción interna, subrayada por Antonio Machado, entre el fino psicólogo y el vehemente dogmatizador, "tan patético y tan seguro ante cosas tan improbables" [como el Eterno Retorno], (c. XLVI, p. 256). Quien lea, sin el nombre del autor, el *Zaratustra* y, por ejemplo, *Humano, demasiado humano,* no sospechará que los haya escrito la misma persona. Hay una íntima contraposición de estilo y tono entre el enfático profetismo de cartón piedra del Zaratustra y la aguda e ingeniosa sutileza de sus libros de anotaciones críticas. Antonio Machado, durante aquellos años y durante los de la guerra, leía mucho a Nietzsche —en algún momento indicaremos en nota los ecos—, sin duda dividido entre la hostilidad hacia su ideología y la admiración hacia la luminosidad de sus observaciones concretas:

> Tuvo Nietzsche además talento y malicia de verdadero psicólogo —cosa poco frecuente en sus paisanos—, de hombre que ve muy hondo en sí mismo y apedrea con sus propias entrañas a su prójimo (cap. XLVI, p. 256).

En ese texto, Antonio Machado pone a Schopenhauer por encima de Nietzsche, pero hay que entender que es sólo en el orden de las ideas, porque si observamos el "género literario", la organización y el tono del estilo, salta a la vista una mayor afinidad entre el Mairena y el Nietzsche de las anotaciones sueltas, a veces de brevedad aforística, a veces de una página o una página y media, con acento coloquial y sin levantar la voz, y frecuentemente de sarcástico humorismo.

Pero, por supuesto, no cabe demostrar científicamente nuestra opinión, sino invitar al lector a que, después de un repaso de este *Mairena,* haga un recorrido por *La gaya ciencia, El crepúsculo de los ídolos, Humano, demasiado humano* o *Aurora.*

## EL VALÉRY PROSISTA

Un paralelo aún más claro, pero no tan comprobado en su influjo efectivo sobre Mairena, lo tenemos en ciertas prosas de Valéry: *Monsieur Teste, Mauvaises pensées et autres, Tel quel...* Pero no todos los textos de estas recopilaciones se publicaron a tiempo de que Antonio Machado pudiera leerlos, y, aunque haya alguna mención y aun algún eco —que señalaremos en nota— de M. Teste, las frecuentes alusiones machadianas a Valéry parecen referirse casi siempre a su obra poética. Hay, de todos modos, una radical afinidad entre las prosas de ambos poetas, no tanto por la genérica semejanza entre M. Teste y los dos apócrifos machadianos —sobre todo, Mairena—, cuanto por la calidad misma de la prosa, que, aunque todavía sea herejía decirlo, en Valéry supera tanto a su verso, algo forzado y preciosista. (Acaso la perspectiva justa fuera ver la poesía de Valéry como una ilustración o un pretexto para su prosa). La prosa de Valéry, en textos como los mencionados, esa prosa nítida, que se hace perdonar la profundidad por su bien educada inflexión de ironía, y por un sentido exacto de la velocidad, sin *s'appesantir* (expresión que quizá toma Mairena, cap. XXXIX, pág. 221, ver nota 188) es lo que más se parece a esta recopilación maireniana —mientras que, dentro de su propia tradición, quizá sea la más depurada heredera de la gran línea francesa clásica de reflexiones sobre *moeurs,* a la vez a lo Pascal y a lo La Rochefoucauld—.

Pero, dado que el terreno de las influencias y los paralelos es un poco movedizo, preferimos poner en manos del lector un par de ejemplos, para que él los juzgue, de textos que probablemente leyó Antonio Machado:

> UNE PRIÈRE DE M. TESTE: Seigneur, [...] je vous considère comme le maître de ce noir que je regarde quand je pense, et sur lequel s'inscrira la dernière pensée (*Extraits du log-book de M. T.,* Œuvres, Pléiade, p. 37).
>
> (Piénsese en *De un cancionero apócrifo*: "Muéstrame, ¡oh Dios!, la portentosa mano / que hizo la sombra: la pizarra oscura / donde se escribe el pensamiento humano"; atribuido a Abel Martín, en contexto sobre Mairena, p. 227, ed. "Clásicos Castalia").
>
> CACHE TON DIEU. Il ne faut point attaquer les autres, mais leur dieux. Il faut frapper les dieux de l'ennemi. Mais d'abord il faut donc les découvrir. Leurs véritables dieux, les hommes les cachent avec soin (*Choses tues, Tel quel, Œuvres,* II, Pléiade, p. 489).
>
> (Piénsese en: "Que Dios nos libre de los dioses apócrifos, en el sentido etimológico de la palabra: de los dioses ocultos, secretos, inconfesados. Porque éstos han sido siempre los más crueles..."; *J. de M.,* cap. XXIV, p. 142).

Pero la posible semejanza de ideas no es lo que importa —también hay ideas en Valéry que Antonio Machado había publicado antes—: en forma que probablemente sería grata al propio Valéry, diríamos que la afinidad entre algunos conceptos suyos y otros machadianos es más bien resultado de su afinidad de estilos —si es que realmente cabe separar "conceptos" y "estilos"—. Tal vez dos inteligencias de extrema lucidez que avanzan ágilmente y con frialdad desapasionada en su expresión, sin detenerse en el éxito de una lucida formulación seductora y —lo que es más importante— sin asustarse de lo extremoso de sus conclusiones, tienen por fuerza que decir cosas bastante parecidas sin necesidad de comunicarse entre sí.

## UN POSIBLE INFLUJO EN IDEAS SIN INFLUJO EN ESTILO: SCHELER

Que la distinción entre "conceptos" y "estilos" no es, sin embargo, siempre vana, lo podemos pensar al referirnos a otro autor que tuvo bastante importancia para Antonio Machado en sus últimos años: Max Scheler. Ya en la presente recopilación, y también en los posteriores textos mairenianos aparecidos durante la guerra, la presencia de Scheler no se limita a las ocasiones en que Antonio Machado se refiere a él por su nombre, sino que aporta diversas cuestiones que tendrán amplio desarrollo en las reflexiones mairenianas (así, la idea de Escuela Popular de Sabiduría Superior; las ideas sobre el trabajo, sobre Alemania, sobre la guerra, sobre el pragmatismo...).

Pero hay una dificultad para medir hasta qué punto fue directo el influjo scheleriano en Mairena, porque a éste le llegó aquel influjo, en buena parte, al menos al principio, aunque luego no totalmente, a través del libro de Georges Gurvitch, *Tendances actuelles de la philosophie allemande* (Vrin, París, 1930), según observó Julián Marías al hacer ver que ahí estuvo la fuente básica del ensayo maireniano sobre Heidegger (*M. y Heidegger,* en *Insula,* 94, 1953, pp. 1-2). (También creemos que pudo contar en A. M. el artículo de Ortega, a la muerte del pensador alemán, *Max Scheler. Un embriagado de esencias* (en *Revista de Occidente,* junio 1928; *OC IV* 507).

El largo capítulo de Gurvitch sobre Scheler (*L'intuitionnisme de M. S.*, pp. 67-152) sirvió también, al menos para una primera puesta en contacto de Antonio Machado con el pensador alemán, aunque no como fuente exclusiva. Hay, incluso, algún rastro material como la transmisión de un insistente error gráfico, —*Wesenchau* por *Wesenschau*—: el punto de máxima proximidad está en la nota al pie de las páginas 137-138 sobre *Las causas del odio a los alemanes* y sobre la "exageración alemana en el trabajo", de que partirá Mairena para reflexiones con una alta dosis de originalidad.

## EL *Juan de Mairena* PERIODÍSTICO EN LA HISTORIA DE LOS APÓCRIFOS

En nuestra *Introducción* a *Nuevas canciones,* etc. describíamos con detalle la dinastía de los apócrifos machadianos, algunos de ellos apenas más que nombrados y otros en simple nebulosa de proyecto. De los dos plenamente publicados y configurados —Abel Martín y Juan de Mairena—, éste tiene una compleja evolución gradual, incluso segregando de su propia sustancia —en *Poesías completas,* desde 1928— al super-apócrifo Meneses, inventor de la Máquina de Trovar. En poesía, Martín y Mairena entran en una nueva y peculiar etapa entre 1928 y 1936, con planteamientos herméticos y simbolismos casi gnómicos. Por eso es sorprendente que en los dos últimos de esos años, Juan de Mairena aparezca, en su miscelánea periodística, bajo figura de profesor informal, adoptando un tono claro y conversacional, que casi era ya el tono de Jorge Meneses en el diálogo sobre la aludida Máquina de Trovar. Esto equivale a decir que el apócrifo Mairena se disuelve, dejando paso a la voz directa de Antonio Machado, a pesar de que se revista de anécdotas y se escenifique en una clase de chiquillos de Bachillerato. De hecho, es una autocaricatura del propio *Don Antonio Manchado*: en vez de enseñar francés y —por "extensión"— un poco de literatura española, como su creador, Mairena, que aparece dando clase desde la segunda entrega en *Diario de Madrid,* resultará ser profesor titular de Gimnasia —como lo era el farmacéutico Almazán, el gran amigo de don Antonio en Baeza—, aunque extraoficialmente desempeñe una cátedra de Retórica, que, a pesar de ser gratuita y de asistencia libre —o por ello mismo— le parece siempre amenazada de supresión por Real Orden (*Sigue hablando J. de M.,* cap. XV, OPP 582). En uno de los textos mairenianos posteriores a los recopilados en el libro que aquí se edita, un alumno aventajado le hace observar que, para suprimir una cátedra gratuita, "basta con retribuirla" (*ibidem* 584), mientras que es imposible suprimir una cátedra voluntaria, pues, al menos sin cambiarla esencialmente, "no puede convertirse en obligatoria", y, por otro lado, "¿quién podrá impedir que nos reunamos en su casa de usted, o en alguna de las nuestras, para charlar en ellas como hacemos aquí, sobre lo humano y lo divino?"

La creación de los apócrifos había sido un recurso de Antonio Machado para manejar unos sistemas de conceptos que, personalmente, él no podía presentar con convicción, pero que le parecía que debían ser expuestos de un modo o de otro, como alusión oblicua e irónica hacia el fondo de su pensar. Ahora, esas teorías abstractas —metafísica, teodicea, estética...— aparecen simplemente resumidas, recordadas y endosadas al maestro Abel Martín, a cuya responsabilidad también remite Mairena todo lo que pueda parecer convicción firme o hipótesis universal. Lo que dice ahora Mairena por su cuenta y riesgo es sólo lo que podía decir también el propio Antonio Machado sin cambiar de acento: Mairena se ha quedado sólo en encarnación dramática, género literario para el juego de un pensamiento que, por ser de quien es, es a la vez irónico y comprometido con la realidad viva.

## EL PENSAMIENTO MACHADIANO EN EL *Mairena* PERIODÍSTICO

Iría contra la misma naturaleza y contra la misma gracia del Mairena en esta miscelánea periodística cualquier intento de resumir el libro, traducirlo a términos abstractos o sistematizarlo en esquemas clasificatorios. Quizá quepa, sin embargo, apuntar brevemente algunas de sus principales orientaciones de opinión, aunque siempre bajo forma un tanto paradójica e irónica.

En el orden del pensamiento mismo, Mairena previene ante todo contra el pragmatismo —tomando el término de Max Scheler—, que deriva de una viciosa predisposición humana: "Lo corriente en el hombre es la tendencia a creer verdadero cuanto le reporta alguna utilidad" (cap. I, p. 43). Su actitud querría ser de "librepensador" en un sentido más profundo que el habitual (cap. XXV): no consta que el pensamiento se encuentre libre por naturaleza, y por eso hay que remover sus raíces mismas para liberarlo, con un escepticismo nada dogmático, sino escéptico sobre sí mismo (caps. I y XVII). Es decir, no se declara por adelantado la vanidad de toda creencia y de todo conocimiento, sino que, precisamente por esa remoción radical (la "crítica de la pura creencia", la cuarta crítica que no escribió Kant), se abre la posibilidad esperanzadora de que la realidad sea algo mejor de lo que ofrece el pensamiento abstracto (ya había dicho A. M. hacía mucho tiempo: "Confiamos —en que no será verdad— nada de lo que pensamos", *De un Cancionero apócrifo,* p. 209 ed. "Clásicos Castalia", v. nota allí).

Puesto que esa apertura a una realidad trascendente al triste pensar hace que tenga sentido incluso hablar de Dios, antes o al margen de una fe efectiva, ¿cuál sería ese sentido? Ocasionalmente, Mairena alude a la teología de su maestro Abel Martín —ya expuesta en los textos de 1928—, en la cual Dios sería el creador de la Nada, y no del mundo sacado de la Nada —cosa que, bien mirada, puede resultar una perogrullada más bien que una herejía—. Pero ahora adquiere especial importancia el que Abel Martín tuviera una cristología muy peculiar (p. ej., cap. XV, "*Dos grandes inventos*"), en que Cristo llegaría a hacerse Hijo de Dios, en vez de serlo por nacimiento.

Sin pronunciarse sobre esa cristología de su maestro, Mairena parte de ella para desarrollar su genuino interés por Cristo y el Cristianismo, interés curiosamente combinado con una intensa antipatía hacia el Antiguo Testamento (desde Segovia al menos, la Biblia era frecuente lectura machadiana). *Entonces era Dios bárbaro y niño,* había dicho Manuel Machado en un verso; a Antonio le parece que, bajo el Dios de Israel, había demasiado materialismo en la religión. El sentimiento racial del pueblo elegido tenía, para él, cierto orgullo ganadero de rebaño privilegiado —de ahí que la persecución nazi a los judíos le parezca también cosa judaica: "¡Aquí no hay más pueblo elegido que el nuestro!" (capítulo XLVI)—. De un modo ingenioso, aunque un poco arbitrario, Mairena conecta judaísmo y materialismo en la figura de Marx, de cuyo pensamiento, en realidad, tuvo Antonio Machado una visión algo desorientada, sobre todo por su interpretación literal del "materialismo" y de la presunta supremacía de lo económico (capítulo XXXV); más acertó en ver el carácter profético y apocalíptico del marxismo.

Frente a ese materialismo patriarcal y ganadero del Antiguo Testamento, Mairena ensalza como una de las grandes lecciones de Cristo el haber desterrado al "semental humano", mostrando lo positivo de la castidad en cuanto abstención de engendrar (aquí tal vez hay algo de resonancia personal en Antonio Machado, solo y sin hijos). El sentido de la vida queda así por encima de la posesión física, de la propiedad y de la familia.

Mairena parece esperar algún modo de retorno de Cristo, o, tal vez, de un sentido más auténtico del Cristianismo, aportado posiblemente por Rusia tras una primera etapa de interpretación materialista del comunismo, cuyo mejor sentido tendría que ser fraternalista y cristiano (en *Sigue hablando Juan de Mairena* lo dirá agudamente: "Y si el Cristo vuelve, de un modo o de otro, ¿renegaremos de Él porque también lo esperan los sacristanes?" *OPP* 582). Ese nuevo Cristo, en efecto, tendría que ser un Cristo "social" que —aquí hay acaso una réplica a Nietzsche— despierte en los más humildes la conciencia de su dignidad humana y su derecho a la equidad, puesto que "nadie es más que nadie" (capítulo VI):

> El Cristo —decía mi maestro— predicó la humildad a los poderosos. Cuando vuelva, predicará el orgullo a los humildes. De sabios es mudar de consejo. No os estrepitéis. Si el Cristo vuelve, sus palabras serán aproximadamente las mismas que ya conocéis: "Acordaos de que sois hijos de Dios; que por parte de padre sois alguien, niños" (capítulo XXXIX).

(Otra de las lecciones de Cristo que Mairena señala como poco apreciadas es la de su dignificación de la mujer, cap. XV, final).

No habló Mairena de si esa esperada vuelta de Cristo podría tener tal vez consecuencias, incluso políticas, en los cristianos (los cristianos parecen no existir para él: tal vez sólo veía "católicos" en el sentido diferencial de ese término). Pero sí apunta repetidamente al cristianismo ruso que, según él, acabaría por prevalecer a la larga, dentro del comunismo, sobre el elemento materialista: un comunismo ateo le parece una contradicción de términos (cap. IV, final). (No se le pasó por la cabeza la posibilidad recíproca de que los cristianos se volvieran algún día comunistas, como en la clásica situación del "milagro de Mahoma", en que la montaña no se acerca al profeta, pero sí el profeta a la montaña).

En lo político, Juan de Mairena parte del distanciamiento crítico respecto al reinado de la burguesía —que ya a Antonio Machado le parecía superado desde antes de la revolución rusa, según expresó en su prologuillo a *Campos de Castilla* en *Poesías escogidas,* 1917—. Por eso acepta la tendencia socialista a basar el orden social en el trabajo más bien que en la propiedad, pero, a la vez, como buen andaluz, no idolatra el trabajo, según señalará más adelante, a la luz de Max Scheler, que es viciosa tendencia de los alemanes—. Por otra parte, el sentir social de Antonio Machado tuvo siempre algo del populismo romántico trasmitido por la Institución Libre de Enseñanza y no ajeno a su heredado interés por el folklore andaluz. Una derivación interesante de ese populismo es su mencionada idea de la Escuela Popular de Sabiduría Superior (final del cap. XXXV y cap. XXXVI), que ahora tiene que ver con la idea de la *Volkshochschule* en Scheler, pero que prácticamente había esbozado Antonio Machado años antes con la creación de la Universidad Popular de Segovia.

Por otro lado, como ya se apuntó poco antes, el haber entendido, o malentendido, el pensamiento de Marx como ingenuo "materialismo" economicista ("un *hombre* = un *hambre*", cap. XXXV) limitó el horizonte machadiano-maireniano en esa perspectiva, aunque a la vez hubiera en él restos de una idea providencialista y larvadamente religiosa del comunismo ruso y de la "Santa Rusia".

Un aspecto importante del pensamiento maireniano es la crítica del nacionalismo, viendo las naciones modernas como máquinas esencialmente destinadas a guerrear, por más que los ingleses —en su fase de hegemonía— hubieran dado una apariencia de *sport* bien reglamentado a esa extensión global del *struggle-for-life* darwiniano. Pero será en posteriores textos mairenianos donde esa visión se convierta en profecía —cumplida por lo que toca a Alemania— de la inminente Segunda Guerra Mundial.

Otro apartado del pensamiento maireniano es el de la doctrina literaria: el antibarroquismo y el temporalismo lírico ya manifestados en los textos de 1928 reaparecen aquí cap. I, p. 41, cap. V, p. 62, cap. VII, p. 70, cap. VIII, p. 74, pero extendiéndose, en general, a la defensa de la primacía del lenguaje hablado sobre el lenguaje escrito, cap. I, p. 41, cap. XLII, p. 233, capítulo XLIX, p. 267, y con la derivación de considerar que el poeta no habla desde su "yo" íntimo, sino a través de diversas personalidades dramáticas creadas en cada situación y en cada poema (con lo que Shakespeare resultaría el poeta por antonomasia, el "creador de conciencias", cap. XX, p. 123, cap. XXII, p. 133). No conviene, sin embargo, desarrollar más aquí estos conceptos, sino dejarlos en su lugar propio y en boca de su autor y de su apócrifo.

Conviene, sin embargo, insistir en lo que antes se recordó: que Juan de Mairena proseguirá su vida durante la guerra española, sensible a su circunstancia, y —quizá por aparecer en una revista mensual, *Hora de España,* y ya no sujeto al diario— lanzándose a veces al ensayo de cierta extensión, con felices resultados. Allí usará Antonio Machado cada vez más la fórmula "lo que hubiera dicho Juan de Mairena", a la que debería reservarse en rigor el título de "Mairena póstumo" que, sin embargo, José Bergamín aplicó, en su edición mexicana de 1940, a todo lo posterior a junio de 1936. Al final, bajo ese aspecto de "futurible" o de "a la manera de Juan de Mairena", pasaría también el apócrifo a algunas de las colaboraciones en *La Vanguardia* durante 1938. Pero ese Mairena no podía figurar ahora en este volumen por diversas razones, la más drástica de las cuales es la extensión. Quédese, pues, para mejor ocasión. Mientras tanto, el lector puede hallar esos textos en las *Obras,* Ed. Losada, 1964 o en *Prosas y poesías olvidadas* (ed. Robert Marrast y Ramón Martínez López, Centre de Recherches de l'Institut d'Études Hispaniques, París, 1964).

JOSÉ M.ª VALVERDE

# NOTICIA BIBLIOGRÁFICA

EDICIONES PRINCIPALES DE *JUAN DE MAIRENA*

1. *Juan de Mairena. Sentencias, donaires, apuntes y recuerdos de un profesor apócrifo,* Espasa-Calpe, Madrid, 1936 (reimpresiones después de 1940).
2. En A. M., *Obras,* prólogo J. Bergamín, Ed. Séneca, México, 1940.
3. *Juan de Mairena,* Losada, Buenos Aires, 1942.
4. En *Obras completas de Manuel y Antonio Machado,* Plenitud, Madrid, 1947.
5. En A. M., *Prosas,* Editora del Consejo Nacional de Cultura, La Habana, 1965.

TRADUCCIONES:

Al francés: *Juan de Mairena.* Pref. de Jean Cassou. Trad. Marguerite Léon. Gallimard, París, 1955.

Al alemán: *Juan de Mairena. Sentenzen, Spässe, Aufzeichnungen und Erinnerungen eines apokryphen Lehrers.* Trad. G. R. Lind, Suhrkamp, Berlín 1956.

Al inglés [parcial]: *Juan de Mairena.* Trad. Ben Belitt; University of California Press, Berkeley, 1963.

Al italiano: En A. M., *Prose.* Trad. y notas de Oreste Macrí y Elisa Terni Aragone. Lerici, Roma, 1968.

ANTOLOGÍA:

Gran parte de *Juan de Mairena* se encuentra en: *A. M. Antología de su prosa*; volumen I: *Cultura y sociedad*;

volumen II: *Literatura y arte*; volumen III: *Decires y pensares filosóficos*; volumen IV: *A la altura de las circunstancias* (edición preparada por Aurora de Albornoz; Ed. Cuadernos para el Diálogo, Madrid, 1970-71).

# BIBLIOGRAFÍA SELECTA

En nuestra edición de *Nuevas canciones* y *De un cancionero apócrifo,* de A. M., en esta misma colección "Clásicos Castalia", hemos dado una bibliografía selecta general machadiana; aquí señalamos sólo las publicaciones especialmente referentes a la obra que editamos en este volumen, recordando al mismo tiempo que los dos grandes repertorios de bibliografía machadiana están en: A. M., *Obras. Poesía y prosa,* ed. Aurora de Albornoz y Guillermo de Torre; Losada, Buenos Aires, 1964; y en *Poesie di Antonio Machado,* ed. Oreste Macrí, Lerici, Milano, 3.ª edición, 1969.

Alberti, Rafael: "Imagen primera y sucesiva de A. M.", en *Imagen primera de...,* Losada, Buenos Aires, 1945.

Albornoz, Aurora de: *Antonio Machado. Antología de su prosa*; volumen I: *Cultura y sociedad*; volumen II: *Literatura y arte*; volumen III: *Decires y pensares filosóficos*; volumen IV: *A la altura de las circunstancias*; edición preparada [y prologada] por———; Ed. Cuadernos para el Diálogo, Madrid, 1970.

Anderson Imbert, Enrique: "El pícaro Juan de Mairena", en *Sur,* Buenos Aires, 1939, n.º IX, n.º 55, pp. 54-56.

Astrada, Carlos: "Autenticidad de Juan de Mairena"; en *La Nación,* Buenos Aires, 12 marzo 1939.

Beceiro, Carlos: "Una frase de Juan de Mairena"; en *Ínsula,* Madrid, 1960, XV, n.º 158.

Bernard, Jean Pierre: *Estudio sobre los apócrifos de A. M.*; tesis inédita para el Diplôme d'Études Supérieur à la Faculté de Lettres, de París.

Cobos, Pablo de A.: *El pensamiento de A. M. en Juan de Mairena*; Insula, Madrid, 1971.

Darmangeat, Pierre: "Écrire pour le peuple"; en *Les Lettres Françaises,* París, 1955, n.º 554:

Dieste, Rafael: Sobre A. M., "Juan de Mairena"; en *Hora de España,* 1937, I, n.º 3, pp. 56-57.

García Maldonado, A.: "Las enseñanzas de Mairena"; en *El Nacional,* Caracas, 23 febrero 1956.

Gil Novales, Alberto: *Antonio Machado*; Fontanella, Barcelona, 1966.

González, Rafael Antonio: *La prosa de A. M.* (tesis, Universidad de Puerto Rico, 1955).

———: "Pensamiento filosófico de A. M."; en *La Torre,* 1957, V, n.º 18, pp. 129-160.

Gullón, Rafael: "Machado comentado por Mairena"; en *Sur,* Buenos Aires, 1961, n.º 272, pp. 62-68.

Gutiérrez Girardot, Rafael: *Poesía y prosa en A. M.,* Guadarrama, Madrid, 1969.

Larralde, P.: "Ideas y creencias de A. M."; en *Sur,* Buenos Aires, 1944, n.º 117, pp. 84-88.

Lida, Raimundo: "Elogio de Mairena"; en *Universidad de México,* México, 1957-58, XII, n.º 6.

Macrí, Oreste: Introducción a A. M., *Poesie*; trad. y notas de Oreste Macrí y Elisa Terni Aragone; Lerici, Roma, 1968.

Mallo, Jerónimo: "La ideología religiosa y política del poeta A. M."; en *Symposium,* Syracuse, N. Y., 1955, IX, pp. 339-347.

Mateos Muñoz, A.: "Diálogo con Juan de Mairena"; en *Nuestra España,* La Habana, 1940, VII, pp. 71-75.

Milhau, Jacques: "*Juan de Mairena* ou d'une critique de la pure croyance"; en *La Pensée,* París, 1957, n.º 74, pp. 89-100.

Molinos, J.: "Diálogos con Juan de Mairena"; en *Nuestra España,* La Habana, diciembre 1939; pp. 43-48; y marzo 1940, pp. 61-64.

Montserrat, Santiago: *A. M., poeta y filósofo,* Buenos Aires, Losada, 1943.

Olmo, Rosario del: "Al comenzar el año 1934. Deberes del arte en el momento actual" [entrevista con A. M.]; en *La Libertad,* Madrid, 12 enero 1934.

Ors, Eugenio d': "Carta de Octavio de Romeu al profesor Juan de Mairena"; en *Cuadernos Hispanoamericanos,* Madrid, 1949, n.º 11-12, pp. 289-299.

Ridruejo, Dionisio: "El poeta rescatado"; prólogo a A. M., *Poesías completas,* Espasa-Calpe, Madrid, 1941, páginas I-XV.

Romero, Francisco: "Apócrifo del apócrifo. Sigue hablando Mairena"; en *Buenos Aires Literaria,* Buenos Aires, 1953, n.º 14, pp. 1-6.

Ruiz de Conde, Justina: "A. M. y Guiomar"; *Ínsula,* Madrid, 1964.

Sánchez Barbudo, Antonio: *Estudios sobre Unamuno y Machado,* Madrid, Guadarrama, 1959.

Sobejano, Gonzalo: *Nietzsche en España,* Gredos, Madrid, 1967.

Tuñón de Lara, Manuel: *A. M., poeta del pueblo*; Nova Terra, Barcelona, 1967.

Valente, José Ángel: "Tres retratos y un paisaje"; en *Ínsula,* 244, marzo 1967.

Valverde, José M.ª: *Breve historia de la literatura española* [pp. 208-216], Guadarrama, Madrid, 1969.

## NOTA PREVIA

COMO se comprende por lo dicho, seguimos la primera edición del libro (Espasa-Calpe, 1936), que ha sido reproducida en diversas ediciones posteriores. Hemos compulsado el texto del libro con el de las entregas periodísticas en *Diario de Madrid* y *El Sol,* sin hallar más diferencia que alguna corrección en citas de clásicos y en una referencia interna, así como en la supresión de números romanos como división interna y de casi todos los titulares de cada entrega.

En nuestras notas en pie de página se observará que, contra lo acostumbrado, en una media docena de ocasiones no hacemos sino manifestar nuestra ignorancia, con la esperanza de que algún lector la supla para posteriores ediciones.

Damos el índice de publicación del *Juan de Mairena* en los dos mencionados diarios, con los titulares de cada entrega: cuando estaba aún por terminar la compilación de este índice, supimos que don Pablo A. de Cobos tenía ya completada esta averiguación y obtuvimos de su amabilidad algunos datos de su lista, en ese momento en prensa como parte de su libro *El pensamiento de A. M. en Juan de Mairena* (Insula, 1971). Al final, hay también un índice de nombres y conceptos (compilado por mi hija Mariana).

*J. M. V.*

ANTONIO MACHADO

# JUAN DE MAIRENA

SENTENCIAS, DONAIRES,
APUNTES Y RECUERDOS
DE UN PROFESOR APÓCRIFO

ESPASA-CALPE, S. A.
MADRID
1936

JUAN DE MAIRENA

# HABLA JUAN DE MAIRENA A SUS ALUMNOS

## I

La verdad es la verdad, dígala Agamenón o su porquero.

*Agamenón.*— Conforme.

*El porquero.*—No me convence.

*

*(Mairena, en su clase de Retórica y Poética.)*

—Señor Pérez, salga usted a la pizarra y escriba: "Los eventos consuetudinarios que acontecen en la rúa".

El alumno escribe lo que se le dicta.

—Vaya usted poniendo eso en lenguaje poético.

El alumno, después de meditar, escribe: "Lo que pasa en la calle".

*Mairena.*—No está mal.

*

—Cada día, señores, la literatura es más *escrita* y menos hablada. La consecuencia es que cada día se escriba peor, en una prosa fría, sin gracia, aunque no exenta de corrección, y que la oratoria sea un refrito de la palabra escrita, donde antes se había enterrado la palabra hablada. En todo orador de nuestros días hay siempre un periodista chapucero. Lo importante es hablar bien: con viveza, lógica y gracia. Lo demás se os dará por añadidura.

*

*(Sobre el diálogo y sus dificultades.)*

"Ningún comediógrafo hará nada vivo y gracioso en el teatro sin estudiar a fondo la dialéctica de los humores." Esta nota de Juan de Mairena va acompañada de un esquema de diálogo en el cual uno de los interlocutores parece siempre dispuesto a la aquiescencia, exclamando a cada momento: ¡claro!, ¡claro!, mientras el otro replica indefectiblemente: ¡Oh, no tan claro!, ¡no tan claro! En este diálogo, el uno acepta las razones ajenas casi sin oírlas, y el otro se revuelve contra las propias, ante el asentimiento de su interlocutor. [1]

*

"Hay hombres hiperbólicamente benévolos y cordiales, dispuestos siempre a exclamar, como el borracho de buen vino: "¡Usted es mi padre!" Hay otros, en cambio, tan prevenidos contra su prójimo..."

Juan de Mairena acompaña esta nota del siguiente dialoguillo entre un borracho cariñoso y un sordo agresivo:

—Chóquela usted.

—Que lo achoquen a usted.

—Digo que choque usted esos cinco. [2]

—Eso es otra cosa.

*

[1] Quizá A. M. tuviera en cuenta aquí la anotación de Nietzsche (*Humano, demasiado humano*; —*El viajero y su sombra*, n.º 249): "*Positivo y negativo.*—Este pensador no necesita nadie que le contradiga: se basta él mismo para ello".

[2] *chocar esos cinco*, en madrileño ya un poco anticuado, "dar la mano".

*(Sobre la verdad.)*

Señores: la verdad del hombre —habla Mairena a sus alumnos de Retórica— empieza donde acaba su propia tontería. Pero la tontería del hombre es inagotable. Dicho de otro modo: el orador, nace; el poeta se hace con el auxilio de los dioses.

*

Lo corriente en el hombre es la tendencia a creer verdadero cuanto le reporta alguna utilidad. Por eso hay tantos hombres capaces de comulgar con ruedas de molino. Os hago esta advertencia pensando en algunos de vosotros que habrán de consagrarse a la política. No olvidéis, sin embargo, que lo corriente en el hombre es lo que tiene de común con otras alimañas, pero que lo específicamente humano es creer en la muerte. No penséis que vuestro deber de retóricos es engañar al hombre con sus propios deseos; porque el hombre ama la verdad hasta tal punto que acepta, anticipadamente, la más amarga de todas.

*

La blasfemia forma parte de la religión popular. Desconfiad de un pueblo donde no se blasfema: lo popular allí es el ateísmo. Prohibir la blasfemia con leyes punitivas, más o menos severas, es envenenar el corazón del pueblo, obligándole a ser insincero en su diálogo con la divinidad. Dios, que lee en los corazones, ¿se dejará engañar? Antes perdona Él —no lo dudéis— la blasfemia proferida, que aquella otra hipócritamente guardada en el fondo del alma, o, más hipócritamente todavía, trocada en oración. [3]

*

3 V. luego cap. XXII, p. 133.

Mas no todo es *folklore* en la blasfemia, que decía mi maestro Abel Martín. En una Facultad de Teología bien organizada es imprescindible —para los estudios del doctorado, naturalmente— una cátedra de Blasfemia, desempeñada, si fuera posible, por el mismo Demonio.

*

—Continúe usted, señor Rodríguez, desarrollando el tema.

—En una república cristiana —habla Rodríguez, en ejercicio de oratoria— democrática y liberal conviene otorgar al Demonio carta de naturaleza y de ciudadanía, obligarle a vivir dentro de la ley, prescribirle deberes a cambio de concederle sus derechos, sobre todo el específicamente demoníaco: el derecho a la emisión del pensamiento. Que como tal Demonio nos hable, que ponga cátedra, señores. No os asustéis. El Demonio, a última hora, no tiene razón; pero tiene razones. Hay que escucharlas todas.

*

*L'individualité enveloppe l'infini.* [4]—El individuo es todo. ¿Y qué es, entonces, la sociedad? Una mera suma de individuos. (Pruébese lo superfluo de la suma y de la sociedad.)

*

Por muchas vueltas que le doy —decía Mairena— no hallo manera de sumar individuos.

*

4 Esta frase aparece citada en el inédito *Proyecto de discurso de ingreso en la Academia*, añadiendo: "había dicho Leibniz, y el siglo XIX repite en vario tono la vieja sentencia" (*OPP*, 846).

Cuando el saber se especializa, crece el volumen total de la cultura. Ésta es la ilusión y el consuelo de los especialistas. ¡Lo que sabemos entre todos! ¡Oh, eso es lo que no sabe nadie!

*

El alma de cada hombre —cuenta Mairena que decía su maestro— pudiera ser una pura intimidad, una mónada sin puertas ni ventanas,[5] dicho líricamente: una melodía que se canta y escucha a sí misma, sorda e indiferente a otras posibles melodías —¿iguales?, ¿distintas?— que produzcan las otras almas. Se comprende lo inútil de una batuta directora. Habría que acudir a la genial hipótesis leibnitziana de la armonía preestablecida. Y habría que suponer una gran oreja interesada en escuchar una gran sinfonía. ¿Y por qué no una gran algarabía?

*

*(Sobre el escepticismo.)*

Contra los escépticos se esgrime un argumento aplastante: "Quien afirma que la verdad no existe, pretende que eso sea la verdad, incurriendo en palmaria contradicción". Sin embargo, este argumento irrefutable no ha convencido, seguramente, a ningún escéptico. Porque la gracia del escéptico consiste en que los argumentos *no le convencen.* Tampoco pretende él convencer a nadie.

*

—Dios existe o no existe. Cabe afirmarlo o negarlo, pero *no dudarlo.*

—Eso es lo que usted cree.

*

[5] Alude Mairena también a la teoría de las mónadas en Leibniz.

Un Dios existente —decía mi maestro— sería algo terrible. ¡Que Dios nos libre de él!

## II

Nunca la palabra *burgués* —decía Juan de Mairena— ha sonado bien en los oídos de nadie. Ni siquiera hoy, cuando la burguesía, con el escudo al brazo —después de siglo y medio de alegre predominio—, se defiende de ataques fieros y constantes, hay quien se atreva a llamarse *burgués.* Sin embargo, la burguesía, con su liberalismo, su individualismo, su organización capitalista, su ciencia positiva, su florecimiento industrial, mecánico, técnico; con tantas cosas más —sin excluir el socialismo, nativamente burgués—, no es una clase tan despreciable para que monsieur Jourdain siga avergonzándose de ella y no la prefiera, alguna vez, a su fantástica gentilhombría.[6]

*

La vida de provincias —decía mi maestro, que nunca tuvo la superstición de la corte— es una copia descolorida de la vida madrileña; es esta misma vida, vista en uno de esos espejos de café provinciano, enturbiados por muchas generaciones de moscas. Con un estropajo y un poco de lejía... estamos en la Puerta del Sol.

*

*(La pedagogía, según Juan de Mairena en 1940.*[7]*)*

—Señor Gonzálvez.

—Presente.

6 En *Le Bourgeois Gentilhomme*, de Molière, Monsieur Jourdain, burgués enriquecido, quiere adquirir cultura y buenos modales para pasar por caballero.

7 Probablemente habría que poner una coma: "Mairena, en 1940".

—Respóndame sin titubear. ¿Se puede comer judías con tomate? (El maestro mira atentamente a su reloj.)

—¡Claro que sí!

—¿Y tomate con judías?

—También.

—¿Y judíos con tomate?

—Eso... no estaría bien.

—¡Claro! Sería un caso de antropofagia. Pero siempre se podrá comer tomate *con judíos.* ¿No es cierto?

—Eso...

—Reflexione un momento.

—Eso, no.

El chico no ha comprendido la pregunta.

—Que me traigan una cabeza de burro para este niño.

*

*Nunca, nada, nadie.* Tres palabras terribles; sobre todo la última. (Nadie es la personificación de la nada.) El hombre, sin embargo, se encara con ellas, y acaba perdiéndoles el miedo... ¡Don Nadie! ¡Don José María Nadie! [8] ¡El excelentísimo señor don Nadie! Conviene que os habituéis —habla Mairena a sus discípulos— a pensar en él y a imaginarlo. Como ejercicio poético no se me ocurre nada mejor. Hasta mañana.

*

La palabra *representación,* que ha viciado toda la teoría del conocimiento —habla Mairena en clase de Retórica—, envuelve muchos equívocos, que pueden ser funestos al poeta. Las cosas están presentes a la conciencia o ausentes de ella. No es fácil probar, y nadie, en efecto, ha probado que estén representadas en la conciencia. Pero aunque concedamos que haya algo

8 Don José María Nadie aparecerá luego (cap. IX) en versión escénica.

en la conciencia semejante a un espejo donde se reflejan imágenes más o menos parecidas a las cosas mismas, siempre debemos preguntar: ¿y cómo percibe la conciencia las imágenes de su propio espejo? Porque una imagen en un espejo plantea para su percepción igual problema que el objeto mismo. Claro es que al espejo de la conciencia se le atribuye el poder milagroso de ser consciente, y se da por hecho que *una imagen en la conciencia es la conciencia de una imagen.* De este modo se esquiva el problema eterno, que plantea una evidencia del sentido común: el de la absoluta heterogeneidad entre los actos conscientes y sus objetos.

A vosotros, que vais para poetas, artistas imaginadores, os invito a meditar sobre este tema. Porque también vosotros tendréis que habéroslas con presencias y ausencias, de ningún modo con copias, traducciones ni representaciones.

*

*(Prácticas de oratoria.)*

—Señores (habla Rodríguez, aventajado discípulo de Mairena): Nadie menos autorizado que yo para dirigiros la palabra: mi ingenio es nulo; mi ignorancia, casi enciclopédica. Encomiéndome, pues, a vuestra indulgencia... ¿Qué digo indulgencia? ¡A vuestra misericordia!

*La clase.*—¡Bien!

*Mairena.*—No se achique usted tanto, señor Rodríguez. Agrada la modestia, pero no el propio menosprecio.

—Señores (habla Rodríguez, erguido, ensayando un nuevo exordio): Pocas palabras voy a deciros; pero estas pocas palabras van a ser buenas. Aguzad las orejas y prestadme toda la atención de que seáis capaces.

Silencio de estupefacción en la clase.

*Una voz.*—Nos ha llamado burros.

*El orador* (mirando a su maestro).—¿Sigo?
*Mairena.*—Si es cuestión de riñones, adelante.

*

Amar a Dios sobre todas las cosas —decía mi maestro Abel Martín— es algo más difícil de lo que parece. Porque ello parece exigirnos: primero, que creamos en Dios; segundo, que creamos en todas las cosas; tercero, que amemos todas las cosas; cuarto, que amemos a Dios sobre todas ellas. En suma: la santidad perfecta, inasequible a los mismos santos.

*

Nuestro amor a Dios —decía Spinoza— es una parte del amor con que Dios se ama a sí mismo.[9] "¡Lo que Dios se habrá reído —decía mi maestro— con esta graciosa y gedeónica[10] reducción al absurdo del concepto de amor!" Los grandes filósofos son los bufones de la divinidad.

*

*De lo uno a lo otro* es el gran tema de la metafísica.[11] Todo el trabajo de la razón humana tiende a la eliminación del segundo término. *Lo otro no existe*: tal es la fe racional, la incurable creencia de la razón humana. Identidad = realidad, como si, a fin de cuentas, todo

9 Quizá se alude a este pasaje de la *Ética* (V, 22, 23): "El amor de Dios al hombre y el amor intelectual del hombre a Dios son una y la misma cosa".

10 *gedeónica*: es oscuro el origen de la creación folklórica del personaje Gedeón —a veces acompañado por un tal Calínez—, epónimo de un caudal de ocurrencias a la vez obvias y maliciosas. Cuando A. M. escribía ésto, hacía mucho tiempo que había desaparecido el semanario humorístico titulado *Gedeón*.

11 *De lo uno a lo otro* era el título de una de las obras atribuidas a Abel Martín (v. nuestra edición de *Nuevas Canciones* y *De un Cancionero apócrifo*, Clásicos Castalia, p. 188), y el motivo central de la metafísica martiniana como intento de "otredad" (v.p. ej., pp. 209 y 210 en dicha edición).

hubiera de ser, absoluta y necesariamente, *uno y lo mismo.* Pero *lo otro* no se deja eliminar; subsiste, persiste; es el hueso duro de roer en que la razón se deja los dientes. Abel Martín, con fe poética, no menos humana que la fe racional, creía *en lo otro,* en "La esencial Heterogeneidad del ser", como si dijéramos en la incurable *otredad* que padece lo *uno.*

*

*(Fragmento de clase.)*

*Mairena.*—Señor Martínez, salga usted a la pizarra, y escriba:

Las viejas espadas de tiempos gloriosos... [12]

Martínez obedece.

*Mairena.*—¿A qué tiempos cree usted que alude el poeta?

*Martínez.*—A aquellos tiempos en que esas espadas no eran viejas.

## III

*(De política.)*

En España —no lo olvidemos— la acción política de tendencia progresiva suele ser débil, porque carece de originalidad; es puro mimetismo que no pasa de simple excitante de la reacción. Se diría que sólo el resorte reaccionario funciona en nuestra máquina social con alguna precisión y energía. Los políticos que pretenden gobernar hacia el porvenir deben tener en cuenta la reacción de fondo que sigue en España a todo avance de superficie. Nuestros políticos llamados de izquierda, un tanto frívolos —digámoslo de pasada—,

12 La cita procede de la *Marcha triunfal,* de Rubén Darío, pero mezclando el v. 48 ("las viejas espadas de los granaderos") con el v. 46 ("las nobles espadas de tiempos gloriosos").

rara vez calculan, cuando disparan sus fusiles de retórica futurista, el retroceso de las culatas, que suele ser, aunque parezca extraño, más violento que el tiro.

*

*Consejo de Maquiavelo*: No conviene irritar al enemigo.[13]
*Consejo que olvidó Maquiavelo*: Procura que tu enemigo nunca tenga razón.

*

Se habla del fracaso de los intelectuales en política. Yo no he creído nunca en él. Se le confunde con el fracaso de ciertos *virtuosos* de la inteligencia, hombres de algún ingenio literario o de alguna habilidad aneja a la literatura y a la conversación —médicos, retóricos, fonetistas, ventrílocuos—, que no siempre son los más inteligentes.

*

Claro es que en el campo de la acción política, el más superficial y aparente, sólo triunfa quien pone la vela donde sopla el aire; jamás quien pretende que sople el aire donde pone la vela.

*

Y en cuanto al fracaso de Platón en política, habremos de buscarlo donde seguramente no lo encontraremos: en su inmortal *República*. Porque ésta fue la política que hizo Platón.

*

La libertad, señores (habla Mairena a sus alumnos), es un problema metafísico. Hay, además, el *liberalismo*,

13 Quizá se alude, de modo vago y sumario, al cap. 20 de *El Príncipe*, o a los *Discursos* (2, 14).

una invención de los ingleses, gran pueblo de marinos, boxeadores e ironistas.

*

Sólo un inglés es capaz de sonreír a su adversario y aun de felicitarle por el golpe maestro que pudo poner fin al combate. Con un ojo hinchado y dos costillas rotas, el inglés parece triunfar siempre de otros púgiles más fuertes, pero menos educados para la lucha y cuya victoria pudiera celebrarse en la espuerta de la basura. El inglés, en efecto, ha sabido dignificar la lucha, convirtiéndola en juego, más o menos violento, pero siempre limpio, donde se gana sin jactancia y se pierde sin demasiada melancolía. Aun en la lucha trágica, que no puede ser juego, la del hombre con el mar, el inglés es el último en perder elegancia. Todo esto es verdad. Mas cuando no se trata de pelear, ¿de qué nos sirven los ingleses? Porque no todas las actividades han de ser polémicas.

*

Si se tratase de construir una casa, de nada nos aprovecharía que supiéramos tirarnos correctamente los ladrillos a la cabeza. Acaso tampoco, si se tratara de gobernar a un pueblo, nos serviría de mucho una retórica con espolones.

*

El siglo XIX es esencialmente peleón. Se ha tomado demasiado en serio el *struggle-for-life* darwiniano.[14] Es lo que pasa siempre: se señala un hecho; después se le acepta como una fatalidad; al fin se convierte en bandera. Si un día se descubre que el hecho no era

14 *struggle-for-life*, "lucha por la vida", concepto central en la teoría de Darwin sobre la evolución y selección de las especies.

completamente cierto, o que era totalmente falso, la bandera, más o menos descolorida, no deja de ondear.

*

—El hombre ha venido al mundo a pelear. Es uno de los dogmas esencialmente paganos de nuestro siglo —decía Juan de Mairena a sus discípulos.

—¿Y si vuelve el Cristo, maestro?

—Ah, entonces se armaría la de Dios es Cristo.

*

—Dadme cretinos optimistas —decía un político a Juan de Mairena—, porque ya estoy hasta los pelos del pesimismo de nuestros sabios. Sin optimismo no vamos a ninguna parte.

—¿Y qué diría usted de un optimismo con sentido común?

—¡Ah, miel sobre hojuelas! Pero ya sabe usted lo difícil que es eso, amigo Mairena.

*

En política, como en arte, los *novedosos* apedrean a los originales.

*

A los tradicionalistas convendría recordarles lo que tantas veces se ha dicho contra ellos:

Primero. Que si la historia es, como el tiempo, irreversible, no hay manera de restaurar lo pasado.

Segundo. Que si hay algo en la historia fuera del tiempo, valores eternos, eso, que no ha pasado, tampoco puede restaurarse.

Tercero. Que si aquellos polvos trajeron estos lodos, no se puede condenar el presente y absolver el pasado.

Cuarto. Que si tornásemos a aquellos polvos volveríamos a estos lodos.

Quinto. Que todo reaccionarismo consecuente termina en la caverna o en una edad de oro, en la cual sólo, y a medias, creía Juan Jacobo Rousseau.

*

Y a los arbitristas y reformadores de oficio convendría advertirles:

Primero. Que muchas cosas que están mal por fuera están bien por dentro.

Segundo. Que lo contrario es también frecuente.

Tercero. Que no basta mover para renovar.

Cuarto. Que no basta renovar para mejorar.

Quinto. Que no hay nada que sea absolutamente *impeorable.*

*

—Ah, señores... (Habla Mairena, iniciando un ejercicio de oratoria política.) Continúe usted, señor Rodríguez, desarrollando el tema.

—Ah, señores, no lo dudéis. España, nuestra querida España, merece que sus asuntos se resuelvan favorablemente. ¿Sigo?

—Ya ha dicho usted bastante, señor Rodríguez. Eso es toda una declaración de gobierno, casi un discurso de la corona.

*

—La sociedad burguesa de que formamos parte —habla Mairena a sus alumnos— tiende a dignificar el trabajo. Que no sea el trabajo la dura ley a que Dios somete al hombre después del pecado. Más que un castigo, hemos de ver en él una bendición del cielo. Sin embargo, nunca se ha dicho tanto como ahora: "El que no trabaje que no coma". [15] Esta frase, perfectamente bíblica, encierra un odio inexplicable a los hol-

15 *2.ª Tesalonicenses*, 3, 10, aunque actualmente se suele atribuir a Marx más bien que a San Pablo.

gazanes, que nos proporcionan con su holganza el medio de acrecentar nuestra felicidad y de trabajar más de la cuenta.

Uno de los discípulos de Mairena hizo la siguiente observación al maestro:

—El trabajador no odia al holgazán porque la holganza aumente el trabajo de los laboriosos, sino porque les merma su ganancia, y porque no es justo que el ocioso participe, como el trabajador, de los frutos del trabajo.

—Muy bien, señor Martínez. Veo que no discurre usted mal. Convengamos, sin embargo, en que el trabajador no se contenta con el placer de trabajar: reclama, además, el fruto íntegro de su trabajo. Pero aquellos bienes de la tierra que da Dios de balde ¿por qué no han de repartirse entre los trabajadores y holgazanes, mejorando un poco al pobrecito holgazán, para indemnizarle de la tristeza de su holganza?

—Porque Dios, señor doctor, no da nada de balde, puesto que nuestra propia vida nos la concede a condición que la hemos de ganar con el trabajo.

—Muy bien. Estamos de nuevo en la concepción bíblica del trabajo: dura ley a que Dios somete al hombre, a todos los hombres, por el mero pecado de haber nacido. Es aquí adonde yo quería venir a parar. Porque iba a proponeros, como ejercicio de clase, un "Himno al trabajo", que no debe contribuir a entristecer al trabajador como una canción de forzado, pero que tampoco puede cantar, insinceramente, alegrías que no siente el trabajador.

Conviene, sobre todo, que nuestro himno no suene a canto de negrero, que jalea al esclavo para que trabaje más de la cuenta.

## IV

Al hombre público, muy especialmente al político, hay que exigirle que posea las virtudes públicas, todas las cuales se resumen en una: *fidelidad a la propia máscara.* Decía mi maestro Abel Martín —habla Mairena a sus discípulos de Sofística— que un hombre público que queda mal en público es mucho peor que una mujer pública que no queda bien en privado. Bromas aparte —añadía—, reparad en que no hay lío político que no sea un trueque, una confusión de máscaras, un mal ensayo de comedia, en que nadie sabe su papel.

Procurad, sin embargo, los que vais para políticos, que vuestra máscara sea, en lo posible, obra vuestra; hacéosla vosotros mismos, para evitar que os la pongan —que os la *impongan*— vuestros enemigos o vuestros correligionarios; y no la hagáis tan rígida, tan imporosa e impermeable que os sofoque el rostro, porque, más tarde o más temprano, *hay que dar la cara.*

*

¡Figuraos
si habré metido mal caos
en su cabeza, Don Juan! [16]

¿Dónde me han dicho a mí —se decía Juan de Mairena— esta frase tan graciosa? Acaso en los pasillos del Congreso... ¡Quién sabe! ¡Hay tantos sitios donde se abusa de la inocencia!

*

La filosofía, vista desde la razón ingenua es, como decía Hegel, el mundo al revés. [17] La poesía, en cambio

16 *Don Juan Tenorio*, de Zorrilla, Parte I, Acto II, Esc. IX; son palabras de Brígida contando a Don Juan cómo le ha preparado el terreno para seducir a doña Inés.

17 Probablemente la referencia sea: "Si la posición de la conciencia —el saber de cosas objetivas en oposición a ella misma, y el saber de sí misma en oposición a aquellas— le parece a la ciencia *lo otro* [...], por otra parte, a la conciencia le parece que la ciencia está en una remota lejanía, en que la conciencia ya no se posee a sí misma. Cada una de estas dos partes le parece a la otra

—añadía mi maestro Abel Martín— es el reverso de la filosofía, el mundo visto, al fin, del derecho. Este *al fin*, comenta Juan de Mairena, revela el pensamiento un tanto gedeónico [18] de mi maestro "Para ver del derecho hay que haber visto antes del revés". O viceversa.

*

*(Ejercicios de Sofística.)*

La serie par es la mitad de la serie total de los números. La serie impar es la otra mitad.

Pero la serie par y la serie impar son —ambas— infinitas.

La serie total de los números es también infinita. ¿Será entonces doblemente infinita que la serie par y que la serie impar?

No parece aceptable, en buena lógica, que lo infinito pueda duplicarse, como tampoco, que pueda partirse en mitades.

Luego la serie par y la serie impar son ambas, y cada una, iguales a la serie total de los números.

No es tan claro, pues, como vosotros pensáis, que el todo sea mayor que la parte.

Meditad con ahinco, hasta hallar en qué consiste lo sofístico de este razonamiento.

Y cuando os hiervan los sesos, avisad.

*

una deformación de la verdad. Para la conciencia natural, el confiarse sin más a la ciencia es un intento que hace, de repente, de echarse a andar de cabeza, movida no se sabe por qué; la obligación de tomar esa postura insólita y moverse en ella, es una violencia, sin preparación y sin apariencia de necesidad, que se le obliga a hacerse" (Hegel, *Fenomenología del espíritu, Prefacio*; texto original, p. 29, vol. II, Jubiläum-Ausgabe, Stuttgart, 1964). Marx recoge esa imagen hegeliana de un saber cabeza abajo: "Con [Hegel, la dialéctica] está cabeza abajo. Hay que volver a ponerla al derecho" (*El Capital*, prefacio a la 2.ª edición).

18 Para *gedeónico*, v. cap. II, nota 10.

La prosa, decía Juan de Mairena a sus alumnos de Literatura, no debe escribirse demasiado en serio. Cuando en ella se olvida el humor —bueno o malo—, se da en el ridículo de una oratoria extemporánea, o en esa que llaman prosa lírica, ¡tan empalagosa!...

—Pero —observó un alumno— los Tratados de Física, de Biología...

—La prosa didáctica es otra cosa. En efecto: hay que escribirla en serio. Sin embargo, una chispita de ironía nunca está de más. ¿Qué hubiera perdido el doctor Laguna con pitorrearse un poco de su *Dioscórides Anazarbeo*...? [19] Pensaríamos de él como pensamos hoy: que fue un sabio, para su tiempo, y hasta intentaríamos leerle alguna vez.

*

*(Sobre la crítica.)*

Si alguna vez cultiváis la crítica literaria o artística, sed benévolos. Benevolencia no quiere decir tolerancia de lo ruin o conformidad con lo inepto, sino voluntad del bien, en vuestro caso, deseo ardiente de ver realizado el milagro de la belleza. Sólo con esta disposición de ánimo la crítica puede ser fecunda. La crítica malévola que ejercen avinagrados y melancólicos es frecuente en España, y nunca descubre nada bueno. La verdad es que no lo busca ni lo desea.

Esto no quiere decir que la crítica malévola no coincida más de una vez con el fracaso de una intención artística. ¡Cuántas veces hemos visto una comedia mala sañudamente lapidada por una crítica mucho peor que la comedia!... ¿Ha comprendido usted, señor Martínez?

*Martínez.*—Creo que sí.

*Mairena.*—¿Podría usted resumir lo dicho en pocas palabras?

19 El doctor Andrés Laguna (1494 a 1499-1560) se hizo famoso sobre todo por su traducción (1555) de *De materia medica* de Pedacio Dioscórides Anazarbeo (siglo I d.C.).

*Martínez.*—Que no conviene confundir la crítica con las malas tripas.

*Mairena.*—Exactamente.

*

Más de una vez, sin embargo, la malevolencia, el odio, la envidia han aguzado la visión del crítico para hacerle advertir, no lo que hay en las obras de arte, pero sí algo de lo que falta en ellas. Las enfermedades del hígado y del estómago han colaborado también con el ingenio literario. Pero no han producido nada importante.

*

*(Viejos y jóvenes.)*

Cuenta Juan de Mairena que uno de sus discípulos le dio a leer un artículo cuyo tema era la inconveniencia e inanidad de los banquetes. El artículo estaba dividido en cuatro partes: A) Contra aquellos que aceptan banquetes en su honor; B) Contra los que declinan el honor de los banquetes; C) Contra los que asisten a los banquetes celebrados en honor de alguien; D) Contra los que no asisten a los tales banquetes. Censuraba agriamente a los primeros por fatuos y engreídos; a los segundos acusaba de hipócritas y falsos modestos; a los terceros, de parásitos del honor ajeno; a los últimos, de roezancajos y envidiosos del mérito.

Mairena celebró el ingenio satírico de su discípulo.

—¿De veras le parece a usted bien, maestro?

—De veras. ¿Y cómo va usted a titular ese trabajo?

—"Contra los banquetes."

—Yo le titularía mejor: "Contra el género humano, con motivo de los banquetes".

*

—A usted le parecerá Balzac un buen novelista—decía a Juan de Mairena un joven ateneísta de Chipiona.

—A mí, sí.

—A mí, en cambio, me parece un autor tan insignificante que ni siquiera lo he leído.

*

*(Una gran plancha de Juan de Mairena y de su maestro Abel Martín.)*

"Carlos Marx, señores —ya lo decía mi maestro—, fue un judío alemán que interpretó a Hegel de una manera judaica, con su dialéctica materialista y su visión usuraria del futuro. ¡Justicia para el innumerable rebaño de los hombres; el mundo para apacentarlo! Con Marx, señores, la Europa, apenas cristianizada, retrocede al Viejo Testamento. Pero existe Rusia, la santa Rusia, cuyas raíces espirituales son esencialmente evangélicas. Porque lo específicamente ruso es la interpretación exacta del sentido fraterno del cristianismo. En la tregua del eros genesíaco, que sólo aspira a perdurar en el tiempo, de padres a hijos, proclama el Cristo la hermandad de los hombres, emancipada de los vínculos de la sangre y de los bienes de la tierra; el triunfo de las virtudes fraternas sobre las patriarcales. Toda la literatura rusa está impregnada de este espíritu cristiano. Yo no puedo imaginar, señores, una Rusia marxista, porque el ruso empieza donde el marxista acaba. ¡Proletarios del mundo, defendeos, porque sólo importa el gran rebaño de hombres! Así grita, todavía, el bíblico semental humano. Rusia no ha de escucharle." [20] *(Fragmento de un discurso de Juan de Mairena, conocido por sus discípulos con el nombre de "Sermón de Rute", porque fue pronunciado en el Ateneo de esta localidad.)*

20 Sobre el tema de Marx y el cristianismo, v. *Introducción*.

## V

*(Las clases de Mairena.)*

Juan de Mairena hacía advertencias demasiado elementales a sus alumnos. No olvidemos que éstos eran muy jóvenes, casi niños, apenas bachilleres; que Mairena colocaba en el primer banco de su clase a los más torpes, y que casi siempre se dirigía a ellos.

*

*(Apuntes tomados al oído por discípulos de Mairena.)*

Se dice que vivimos en un país de autodidactos. Autodidacto se llama al que aprende algo sin maestro. Sin maestro, por revelación interior o por reflexión autoinspectiva, pudimos aprender muchas cosas, de las cuales cada día vamos sabiendo menos. En cambio, hemos aprendido mal muchas otras que los maestros nos hubieran enseñado bien. Desconfiad de los autodidactos, sobre todo cuando se jactan de serlo.

*

Para que la palabra "entelequia" signifique algo en castellano [21] ha sido preciso que la empleen los que no saben griego ni han leído a Aristóteles. De este modo, la ignorancia, o, si queréis, la pedantería de los ignorantes, puede ser fecunda. Y lo sería mucho más sin la pedantería de los sabios, que frecuentemente le sale al paso.

21 *Entelequia* (del griego εντελής, "acabado" y ἔχειν, "tener") tuvo en la filosofía aristotélico-escolástica dos sentidos: primer principio de los actos del ser viviente: y "acto", forma sustancial; pero popularmente se usa en sentido de idea vacía y absurda, sin realidad. V. sin embargo, en cap. XXXVIII (y nota 183), su uso técnico en A. M.

*(Sobre el barroco literario.)*

El cielo estaba más negro
que un portugués embozado,[22]

dice Lope de Vega, en su *Viuda Valenciana,* de una noche sin luna y anubarrada.

Tantos papeles azules
que adornan letras doradas,

dice Calderón de la Barca, aludiendo al cielo estrellado.[23]

Reparad en lo pronto que se amojama un estilo, y en la insuperable gracia de Lope.

*

*(Eruditos.)*

El amor a la verdad es el más noble de todos los amores. Sin embargo, no es oro en él todo lo que reluce. Porque no faltan sabios, investigadores, eruditos que persiguen la verdad de las cosas y de las personas, en la esperanza de poder deslustrarlas, acuciados de un cierto afán demoledor de reputaciones y excelencias.

Recuerdo que un erudito amigo mío llegó a tomar en serio el más atrevido de nuestros ejercicios de clase, aquel en que pretendíamos demostrar cómo los *Diálogos* de Platón eran los manuscritos que robó Platón, no precisamente a Sócrates, que acaso ni sabía escribir, sino a Jantipa, su mujer, a quien la historia y la crítica deben una completa reivindicación. Recordemos nuestras razones. "El verdadero nombre de Platón —decíamos— era el de Aristocles; pero los griegos de su tiempo, que conocían de cerca la insignificancia del filósofo, y que, en otro caso, le hubieran llamado *Cefalón, el Macrocéfalo, el Cabezota,* le apodaron Platón, mote más adecuado

22 El texto exacto es: "Estaba el cielo más negro / que un portugués embozado" (I, VII).

23 De *La vida es sueño* (III, XIV).

a un atleta del estadio o a un cargador del muelle que a una lumbrera del pensamiento."[24] No menos lógicamente explicábamos lo de Jantipa.[25] "La costumbre de Sócrates de echarse a la calle y de conversar en la plaza con el primero que topaba, revela muy a las claras al pobre hombre que huye de su casa, harto de sufrir la superioridad intelectual de su señora." Claro es que a mi amigo no le convencían del todo nuestros argumentos. "Eso —decía— habría que verlo más despacio". Pero le agradaba nuestro propósito de matar dos pájaros, es decir, dos águilas, de un tiro. Y hasta llegó a insinuar la hipótesis de que la misma condena de Sócrates fuese también cosa de Jantipa, que intrigó con los jueces para deshacerse de un hombre que no le servía para nada.

*

*(Ejercicios poéticos sobre temas barrocos.)*

Lo clásico —habla Mairena a sus alumnos— es el empleo del sustantivo, acompañado de un adjetivo definidor. Así, Homero llama hueca a la nave;[26] con lo cual se acerca más a una definición que a una descripción de la nave. En la nave de Homero, en verdad, se navega todavía y se navegará mientras rija el principio de Arquímedes. Lo barroco no añade nada a lo clásico, pero perturba su equilibrio, exaltando la importancia del adjetivo definidor hasta hacerle asumir la propia función del sustantivo. Si el oro se define por la amarillez, y la plata por su blancor, no hay el menor

24 "Platón" según la tradición fue el apodo dado al filósofo —llamado Aristocles, en realidad— por significar "ancho de hombros".

25 En cuanto a la "cuestión Jantipa", en efecto, aunque A. M. no lo supiera, ha habido un erudito que trató de hacer esa "completa reivindicación": E. Zeller, en *Zur Ehrenrettung der Xanthippe* (*Vorträge und Abhandlungen*, 1875).

26 El epíteto "huecas naves" o "cóncavas naves" (κοῖλαι νῆες) se repite frecuentemente en Homero, a partir del v. 26 del Canto I de la *Iliada*.

inconveniente en que al oro le llamemos plata, con tal que esta plata sea rubia, y plata al oro, siempre que este oro sea cano. ¿Comprende usted, señor Martínez?

—Creo que sí.

—Salga usted a la pizarra y escriba:

Oro cano te doy, no plata rubia.

¿Qué quiere decir eso?

—Que no me da usted oro, sino plata.

—Conformes. ¿Y qué opina usted de ese verso?

—Que es un endecasílabo bastante correcto.

—¿Y nada más?

—...La gracia de llamar plata al oro y oro a la plata.

—Escriba usted ahora:

¡Oh, anhelada plata rubia,
tú humillas al oro cano!

¿Qué le parecen esos versos?

—Que eso de "oh, anhelada plata" me suena mal, y lo de "tú humillas", peor.

—De acuerdo. Pero repare usted en la riqueza conceptual de esos versos y en la gimnasia intelectual a que su comprensión nos obliga. "La plata —dice el poeta—, tan deseada, cuando es rubia, humilla al oro mismo, cuando éste es cano, porque la plata, cuando es oro vale mucho más que el oro cuando es plata, puesto que hemos convenido en que el oro vale más que la plata." Y todo esto ¡en dos versos octasilábicos! Ahora, en cuatro versos —ni uno más—, continúe usted complicando, a la manera barroca, el tema que nos ocupa.

Martínez, después de meditar, escribe:

Plata rubia, en leve lluvia,
es temporal de oro cano:
cuanto más la plata es rubia
menos lluvia hace verano.

—Verano está aquí por cosecha, caudal, abundancia...

—Comprendido, señor Martínez. Vaya usted bendito de Dios.

*

## VI

*(Proverbios y consejos de Mairena.)*

Los hombres que están siempre de vuelta en todas las cosas son los que no han ido nunca a ninguna parte. Porque ya es mucho ir; volver, ¡nadie ha vuelto!

*

El paleto perfecto es el que no se asombra de nada; ni aun de su propia estupidez.

*

Sed modestos: yo os aconsejo la modestia, o por mejor decir: yo os aconsejo un orgullo modesto, que es lo español y lo cristiano. Recordad el proverbio de Castilla: "Nadie es más que nadie." Esto quiere decir cuánto es difícil aventajarse a todos, porque, por mucho que un hombre valga, nunca tendrá valor más alto que el de ser hombre.

Así hablaba Mairena a sus discípulos. Y añadía: ¿Comprendéis ahora por qué los grandes hombres solemos ser modestos?

*

Huíd de escenarios, púlpitos, plataformas y pedestales. Nunca perdáis contacto con el suelo; porque sólo así tendréis una idea aproximada de vuestra estatura.

*

Los honores, sin embargo, rendidos a vuestro prójimo, cuando son merecidos, deben alegraros; y si no lo fueren, que no os entristezcan por vosotros, sino por aquellos a quienes se tributan.

*

Nunca debéis incurrir en esa monstruosa ironía del homenaje al soldado desconocido, a ese pobre héroe anónimo por definición, muerto en el campo de batalla, y que si por milagro levantara la cabeza para decirnos: "Yo me llamaba Pérez", tendríamos que enterrarle otra vez, gritándole: "Torna a la huesa, ¡oh Pérez infeliz!, porque nada de esto va contigo".

*

Vosotros debéis amar y respetar a vuestros maestros, a cuantos de buena fe se interesan por vuestra formación espiritual. Pero para juzgar si su labor fue más o menos acertada, debéis esperar mucho tiempo, acaso toda la vida, y dejar que el juicio lo formulen vuestros descendientes. Yo os confieso que he sido ingrato alguna vez —y harto me pesa— con mis maestros, por no tener presente que en nuestro mundo interior hay algo de ruleta en movimiento, indiferente a las posturas del paño, y que mientras gira la rueda, y rueda la bola que nuestros maestros lanzaron en ella un poco al azar, nada sabemos de pérdida o ganancia, de éxito o de fracaso.

*

Pláceme poneros un poco en guardia contra mí mismo. De buena fe os digo cuanto me parece que puede ser más fecundo en vuestras almas, juzgando por aquello que a mi parecer, fue más fecundo en la mía. Pero ésta es una norma expuesta a múltiples yerros. Si la empleo es por no haber encontrado otra mejor. Yo os pido un poco de amistad y ese mínimo de respeto que hace posible la convivencia entre personas durante algunas horas. Pero no me toméis demasiado en serio. Pensad que no siempre estoy yo seguro de lo que os digo, y que, aunque pretenda educaros, no creo que mi educación esté mucho más avanzada que la vuestra. No es fácil que pueda yo enseñaros a hablar, ni a escribir, ni a pensar correctamente, porque yo soy la incorrección misma, un alma siempre en borrador, llena de tachones, de vacilaciones y de arrepentimientos. Llevo conmigo un diablo —no el demonio de Sócrates—, sino un diablejo que me tacha a veces lo que escribo, para escribir encima lo contrario de lo tachado; que a veces habla por mí y otras yo por él, cuando no hablamos los dos a la par, para decir en coro cosas distintas. ¡Un verdadero lío! Para los tiempos que vienen, no soy yo el maestro que debéis elegir, porque de mí sólo aprenderéis lo que tal vez os convenga ignorar toda la vida: a desconfiar de vosotros mismos.

*

Para los tiempos que vienen hay que estar seguros de algo. Porque han de ser tiempos de lucha, y habréis de tomar partido. ¡Ah! ¿Sabéis vosotros lo que esto significa? Por de pronto, renunciar a las razones que pudieran tener vuestros adversarios, lo que os obliga a estar doblemente seguros de las vuestras. Y eso es mucho más difícil de lo que parece. La razón humana no es hija, como algunos creen, de las disputas entre los hombres, sino del diálogo amoroso en que se busca la comunión por el intelecto en verdades, absolutas o relativas, pero que, en el peor caso, son independientes del humor individual. Tomar partido es no sólo renunciar a las razones de vuestros adversarios, sino también a las vuestras; abolir el diálogo, renunciar, en suma, a la razón humana. Si lo miráis despacio, comprenderéis el arduo problema de vuestro porvenir: habéis de retroceder a la barbarie, cargados de razón. Es el trágico y gedeónico destino de nuestra especie. ¿Qué piensa usted, señor Rodríguez?

—Que, en efecto —habla Rodríguez, continuando el discurso del maestro—, hay que tomar partido, seguir un estandarte, alistarse bajo una bandera, para pelear. La vida es lucha, antes que diálogo amoroso. Y hay que vivir.

—¡Qué duda cabe! Digo, a no ser que pensemos, con aquel gran chuzón que fue Voltaire: "Nous n'en voyons pas la necessité." [27]

*

El escultor que saca a escena Zorrilla en su *Tenorio* —en ese Don Juan tan calumniado, sobre todo por los que no conocen otro— es un hombre magnífico. ¡Con qué gusto hubiera modelado él la estatua de Don Juan, del "matador", como le llama con ingenuidad insuperable, y puéstola entre las víctimas del héroe, en el pedestal más alto de todos! No halló a mano un retrato de donde sacarla... [28] Además, los testamentarios de Don Diego Tenorio... Pero, seguramente, era ésa la estatua que él hubiera esculpido de balde.

A la ética por la estética, decía Juan de Mairena, adelantándose a un ilustre paisano suyo. [29]

*

27 En realidad, Voltaire no dijo esta frase: en una carta (*Besterman* 8722) cuenta que un tal D'Argenson reprochó al Abbé Desfontaines que hubiera escrito acusaciones escandalosas contra Voltaire, a lo que contestó el *abbé*: *Il faut pourtant gagner ma vie*; replicándole el primero: *Monsieur, je n'en voi pas la nécessité.* Luego, Voltaire alude al incidente en su prólogo a la tragedia *Alzire* (Agradecemos la información al Prof. Ira Wade, Princeton).

28 *Don Juan Tenorio* (Parte Segunda, Acto I, Escena II): "Yo quise poner también / la estatua del matador / entre sus víctimas, pero / no pude a manos haber / su retrato. Un Lucifer / dicen que era el caballero...

29 El *ilustre paisano* es, sin duda, el propio Antonio Machado, sevillano, como Mairena, y nacido diez años después del supuesto nacimiento de aquél. Sin embargo, no hemos encontrado, al menos en esta misma forma literal, tal expresión en la obra machadiana. Es de notar también que por entonces, en *El Sol*, Juan Ramón Jiménez

Hay hombres que nunca se hartan de saber. Ningún día —dicen— se acuestan sin haber aprendido algo nuevo. Hay otros, en cambio, que nunca se hartan de ignorar. No se duermen tranquilos sin averiguar que ignoran profundamente algo que creían saber. ¡*A*, igual *A*!, decía mi maestro, cuando el sueño eterno comenzaba a enturbiarle los ojos. Y añadía, con voz que no sonaba ya en este mundo: ¡Áteme usted esa mosca por el rabo! [30]

## RECUERDO INFANTIL

(DE JUAN DE MAIRENA)

Mientras no suene un paso leve
y oiga una llave rechinar,
el niño malo no se atreve
a rebullir ni a respirar.
El niño Juan, el solitario,
oye la fuga del ratón,
y la carcoma en el armario,
y la polilla en el cartón.
El niño Juan, el hombrecito,
escucha el tiempo en su prisión:
una quejumbre de mosquito
en un zumbido de peón.
El niño está en el cuarto oscuro,
donde su madre lo encerró;

---

jugaba con los mismos conceptos por ejemplo: "CRÍTICO ESTÉTICO: ¿Filósofo ético?" (recogido en *Estética y ética estética*, p. 387, Aguilar, Madrid, 1967).

30 Quizá haya aquí una réplica a Bergson: "Si je me demande pourquoi des corps ou des esprits existent plutôt que rien, je ne trouve pas de réponse. Mais qu'un principe logique tel que A=A ait le vertu de se créer lui-même, triomphant du néant dans l'éternité, cela me semble naturel" (*L'évolution créatrice*, cap. IV: *L'existence et le néant*).

es el poeta, el poeta puro [31]
que canta: ¡el tiempo, el tiempo y yo!

## VII

*(Sobre poesía. Fragmentos de lecciones.)*

Hay una poesía que se nutre de superlativos. El poeta pretende elevar su corazón hasta ponerlo fuera del tiempo, en el "topos uranios" [32] de las ideas. Esta poesía, acompañada a veces de una emoción característica, que es la emoción de los superlativos, puede ser realmente poética, mientras el poeta no logra su propósito. Lo que quiere decir que el propósito, al menos, es antipoético. Si leyerais a Kant —en leer y comprender a Kant se gasta mucho menos fósforo que en descifrar tonterías sutiles y en desenredar marañas de conceptos ñoños— os encontraríais con aquella su famosa parábola de la paloma que, al sentir en las alas la resistencia que le opone el aire, sueña que podría volar mejor en el vacío. [33] Así ilustra Kant su argumento más decisivo contra la metafísica dogmática, que pretende elevarse a lo absoluto por el vuelo imposible del intelecto discursivo en una vacío de intuiciones. Las imágenes de los grandes filósofos, aunque ejercen una función didáctica, tienen un valor poético indudable, y algún día nos ocuparemos de ellas. Conste ahora, no más, que existe —creo yo— una paloma lírica que

31 *el poeta puro*, véase más adelante (pp. 72-73) sobre el peculiar sentido que da Machado-Mairena a esta expresión, bien lejos del concepto entonces de moda de "poesía pura" como poesía esteticista y deshumanizada.

32 τόπος οὐράνιος, "lugar celeste", en Platón, la esfera de las Ideas.

33 "La ligera paloma, surcando el aire en su libre vuelo y sintiendo su resistencia, podría imaginar que su vuelo sería más fácil en un espacio vacío" (Kant, *Crítica de la razón pura*, Introducción, III).

suele eliminar el tiempo para mejor elevarse a lo eterno y que, como la kantiana, ignora la ley de su propio vuelo.

*

Porque, ¿cantaría el poeta sin la angustia del tiempo, sin esa fatalidad de que las cosas no sean para nosotros, como para Dios, todas a la par, sino dispuestas en serie y encartuchadas como balas de rifle, para disparadas una tras otra? Que hayamos de esperar a que se fría un huevo, a que se abra una puerta o a que madure un pepino, es algo, señores, que merece nuestra reflexión.[34] En cuanto nuestra vida coincide con nuestra conciencia, es el tiempo la realidad última, rebelde al conjuro de la lógica, irreductible, inevitable, fatal. Vivir es devorar tiempo: esperar; y por muy trascendente que quiera ser nuestra espera, siempre será espera de seguir esperando. Porque, aun la vida beata, en la gloria de los justos, ¿estará, si es vida, fuera del tiempo y más y más allá de la espera? Adrede evito la palabra "esperanza", que es uno de esos grandes superlativos con que aludimos a un esperar los bienes supremos, tras de los cuales ya no habría nada que esperar. Es palabra que encierra un concepto teológico, impropio de una clase de Retórica y Poética. Tampoco quiero hablaros del Infierno, por no impresionar desagradablemente vuestra fantasía. Sólo he de advertiros que allí se renuncia a la esperanza, en el sentido teológico, pero no al tiempo y a la espera de una infinita

[34] Compárese: "...la succesion est un fait incontestable, même dans le monde matériel. Nos raisonnements sur les systèmes isolés ont beau impliquer que l'histoire passé, présente et future de chacun d'eux serait dépliable tout d'un coup, en éventail; cette histoire ne s'en déroule pas moins au fur et à mesure, comme si elle occupait une durée analogue à la nôtre. Si je veux me préparer un verre d'eau sucrée, j'ai beau faire, je dois attendre que le sucre fonde. Ce petit fait est gros d'enseignements. Car le temps que j'ai à attendre n'est plus ce temps mathématique qui s'appliquerait aussi bien le long de l'histoire entière du monde matériel, lors même qu'elle serait étalée tout d'un coup dans l'espace. Il coïncide avec mon impatience..." M. Bergson, *L'évolution créatrice* (cap. I, *De l'évolution de la vie*, *Oeuvres*, p. 502, P.U.F., Paris 1963).

serie de desdichas. Es el Infierno la espeluznante mansión del tiempo, en cuyo círculo más hondo está Satanás dando cuerda a un reloj gigantesco por su propia mano.

*

Ya en otra ocasión definíamos la poesía como diálogo del hombre con el tiempo, y llamábamos "poeta puro" a quien lograba vaciar el suyo para entendérselas a solas con él, o casi a solas; algo así como quien conversa con el zumbar de sus propios oídos, que es la más elemental materialización sonora del fluir temporal. Decíamos, en suma, cuánto es la poesía palabra en el tiempo y cómo el deber de un maestro de Poética consiste en enseñar a sus alumnos a reforzar la temporalidad de su verso. A todo esto respondían nuestras prácticas de clase —nada más práctico que una clase de poética—, ejercicios elementalísimos, uno de los cuales recuerdo: el de *El huevo pasado por agua,* poema en octavillas, que no llegó a satisfacernos, pero que no estaba del todo mal. Encontramos, en efecto, algunas imágenes adecuadas para transcribir líricamente los elementos materiales de aquella operación culinaria: el infiernillo de alcohol con su llama azulada, la vasija de metal, el agua hirviente, el relojito de arena, y aun logramos otras imágenes felices para expresar nuestra atención y nuestra impaciencia. Nos faltó, sin embargo, la intuición central de nuestro poema, de la cual debiéramos haber partido; falló nuestra simpatía por el huevo, que habíamos olvidado, porque no lo veíamos, y no supimos vivir por dentro, hacer nuestro el proceso de su cocción.

*

Nuestro fracaso en el poemilla a que aludo se debió, en parte —todo hay que decirlo—, a la estrofa que elegimos para su desarrollo. La octavilla es composición de artificio complicado y trivial, con sus dos versos bobos —el primero y el quinto—, sus agudos obligados —en el cuarto y el octavo— y su consonancia cantarina y machacona.[35] Es una estrofa de bazar de rimas trohechas, que sólo en manos de un gran poeta puede trocarse en algo realmente lírico. Nosotros, meros aprendices de poeta, debemos elegir, para nuestros ejercicios de clase, formas sencillas y populares, que nos pongan de resalto cuanto hay de esencial en el arte métrica.

*

Tal vez, en castigo a nuestro afán de rimas superfluas, nos faltó el verso que regalan las musas al poeta, y que es el verso temporal por excelencia. Acaso ellas nos lo hubieran dictado en un simple romance en "ía", con uso y abuso del pretérito imperfecto, y que, tal vez hubiera sido:

y el huevo ya se cocía,

o algo semejante. Por fortuna, nosotros, después de tantear, corregir y borrar para escribir de nuevo, supimos, a última hora, romper, y arrojar todo el fruto de nuestro trabajo al cesto de la basura.

*

—Señor Martínez, salga usted a la pizarra y escriba, para que todos copien, lo que voy a dictarle:

"Yo conocí un poeta de maravilloso natural, y borraba tanto, que sólo él entendía sus escritos, y era imposible copiarlos; y ríete, Laurencio, de poeta que no borra."

Y ahora, agarraos, hijos, adonde bien podáis, para escuchar lo que voy a deciros. El autor de esas líneas,

35 La "octavilla" es la estrofa de ocho octosílabos rimados según el esquema *abbé-cddé*: el primero y el quinto verso son "bobos" porque no riman.

y probablemente el poeta a que en ellas se alude, fue aquel monstruo de la naturaleza, prodigio de improvisadores, que se llamó Lope Félix de Vega Carpio.[36]

## VIII

(*Fragmentos de lecciones.*)

No hay mejor definición de la poesía que ésta: "poesía es algo de lo que hacen los poetas". Qué sea este algo no debéis preguntarlo al poeta. Porque no será nunca el poeta quien os conteste.

¿Se lo preguntaréis a los profesores de Literatura? Nosotros sí os contestaremos, porque para eso estamos. Es nuestra obligación. "Poesía, señores, será el residuo obtenido después de una delicada operación crítica, que consiste en eliminar de cuanto se vende por poesía todo lo que no lo es". La operación es difícil de realizar. Porque para eliminar de cuanto se vende por poesía la ganga o escoria antipoética que lo acompaña, habría que saber lo que no es poesía, y para ello saber, anticipadamente, lo que es poesía. Si lo supiéramos, señores, la experiencia sería un tanto superflua, pero no exenta de amenidad. Mas la verdad es que no lo sabemos, y que la experiencia parece irrealizable.

¿Se lo preguntaremos a los filósofos? Ellos nos contestarán que nuestra pregunta es demasiado ingenua y que, en último término, no se creen en la obligación de contestarla. Ellos no se han preguntado nunca qué sea la poesía, sino qué es algo que sea algo, y si es posible saber algo de algo, o si habremos de contentarnos con no saber nada de nada que merezca saberse.

Hemos de hablar modestamente de la poesía, sin pretender definirla, ni mucho menos obtenerla por vía experimental químicamente pura.

*

36 *La Dorotea,* Acto V, Escena I.

Os digo todo esto un poco en descargo de mi conciencia y arrepentido de haberos hablado de poesía alguna vez, aparentando, por exigencias de la oratoria, convicciones sólidas y profundas que no siempre tengo. Es el peligro inevitable de la elocuencia que pretende elevarse sobre el diálogo. Al orador, es decir, al hombre que habla, convirtiéndonos en simple auditorio, le exigimos, más o menos conscientemente, no sólo que sea él quien piensa lo que dice, sino que crea él en la verdad de lo que piensa, aunque luego nosotros lo pongamos en duda; que nos transmita una fe, una convicción, que la exhiba, al menos, y nos contagie de ella en lo posible. De otro modo, la oratoria sería inútil, porque las razones no se transmiten, se engendran, por cooperación, en el diálogo. El orador necesita impresionar a su auditorio, y para ello refuerza con el tono, el gesto, y a veces la cosmética misma, todo cuanto dice, y a pesar suyo dogmatiza, enfatiza y pedantea en mayor o menor grado. Vicios son éstos anejos a la oratoria, de los cuales yo mismo, cuando os hablo en clase, no estoy exento.

*

(*Mairena lee y comenta versos de su maestro.*)

Mairena no era un recitador de poesías. Se limitaba a leer sin gesticular y en un tono neutro, levemente musical. Ponía los acentos de la emoción donde suponía él que los había puesto el poeta. Como no era tampoco un virtuoso de la lectura, cuando leía versos —o prosa— no pretendía nunca que se dijese: ¡qué bien lee este hombre!, sino: ¡qué bien está lo que este hombre lee!, sin importarle mucho que se añadiese: ¡lástima que no lea mejor! Le disgustaba decir sus propios versos, que no eran para él sino cenizas de un fuego o virutas de una carpintería, algo que ya no le interesaba. Oírlos declamados, cantados, bramados por los recitadores y, sobre todo, por las recitadoras de oficio, le hubiera horripilado. Gustaba, en cambio, de oírlos recitar a los niños de las escuelas populares.

*

Escribiré en tu abanico:
te quiero para olvidarte,
para quererte te olvido.[37]

Estos versos de mi maestro Abel Martín —habla Mairena a sus alumnos— los encontré en el álbum de una señorita —o que lo fué, en su tiempo— de Chipiona. Y estos otros escritos en otro álbum, y que parecen la coda de los anteriores:

Te abanicarás
con un madrigal que diga:
en amor el olvido pone la sal.[38]

Y estos otros, publicados hace muchos años en *El Faro de Rota*:[39]

Te mandaré mi canción:
"Se canta lo que se pierde",
con un papagayo verde
que la diga en tu balcón.[40]

Son versos juveniles de mi maestro, anteriores no a la invención, acaso, pero sí al uso y abuso del fonógrafo, de ese magnífico loro mecánico que empieza hoy a fatigarnos el tímpano. En ellos se alude a una

37 En *Otras canciones a Guiomar* (*Poesías completas*, CLXXIV, III; v. p. 254 de nuestra edición citada).
38 *Ibidem* (CLXXIV, IV).
39 Por supuesto, *El Faro de Rota* es también apócrifo.
40 *Ibidem* (CLXXIV, V) con una variante: en el primer verso: "Y te enviaré mi canción".

canción que he buscado en vano, y que tal vez no llegó a escribirse, al menos con ese título.

Pensaba mi maestro, en sus años románticos, o —como se decía entonces con frase epigramática popular— "de alma perdida en un melonar", que el amor empieza con el recuerdo, y que mal se podía recordar lo que antes no se había olvidado. Tal pensamiento expresa mi maestro muy claramente en estos versos:

> Sé que habrás de llorarme cuando muera
> para olvidarme y, luego,
> poderme recordar, limpios los ojos
> que miran en el tiempo.
> Más allá de tus lágrimas y de
> tu olvido, en tu recuerdo,
> me siento ir por una senda clara,
> por un "Adiós, Guiomar" enjuto y serio.[41]

Mi maestro exaltaba el valor poético del olvido, fiel a su metafísica. En ella —conviene recordarlo— era el olvido uno de los "siete reversos, aspectos de la nada o formas del gran Cero".[42] Merced al olvido puede el poeta —pensaba mi maestro— arrancar las raíces de su espíritu, enterradas en el suelo de lo anecdótico y trivial, para amarrarlas, más hondas, en el subsuelo o roca viva del sentimiento, el cual no es ya evocador, sino —en apariencia, al menos— alumbrador de formas nuevas. Porque sólo la creación apasionada triunfa del olvido.

> ... ¡Sólo tu figura
> como una centella blanca
> escrita en mi noche oscura!

41 Esta poesía no se publicó en *Poesías completas*, entre las dedicadas allí a "Guiomar".

42 *Los siete reversos* era el título del tratado de metafísica atribuido a Juan de Mairena (v. *Poesías completas*, CLXVIII; o en nuestra mencionada edición, p. 214). El "gran Cero" aparece en el soneto de Abel Martín así titulado (p. 211 en nuestra edición).

Y en la tersa arena,
cerca de la mar,
tu carne rosa y morena,
súbitamente, Guiomar.

En el gris del muro,
cárcel y aposento,
y en un paisaje futuro
con sólo tu voz y el viento;

en el nácar frío
de tu zarcillo en mi boca,
Guiomar, y en el calofrío
de una amanecida loca;
asomada al malecón
que bate la mar de un sueño,
y bajo el arco del ceño
de mi vigilia, a traición,
¡siempre tú!, Guiomar, Guiomar,
mírame en ti castigado:
reo de haberte creado,
ya no te puedo olvidar. [43]

Aquí la creación aparece todavía en la forma obsesionante del recuerdo. A última hora el poeta pretende licenciar a la memoria, y piensa que todo ha sido imaginado por el sentir.

Todo amor es fantasía:
él inventa el año, el día,
la hora y su melodía,
inventa el amante y, más,
la amada. No prueba nada
contra el amor que la amada
no haya existido jamás... [44]

[43] Es la primera parte de las *Otras canciones a Guiomar*, con una variante en el verso 3: se suprime "escrita" y queda: en mi noche oscura.

[44] Es la segunda parte de las *Otras canciones...*

## IX

*("Don Nadie en la corte" —boceto de una comedia en tres actos de Juan de Mairena—.)*

### ACTO PRIMERO

#### ESCENA ÚNICA

*Un señor importante. Claudio (su criado)*

S. I.—Dime, Claudio, ¿quién estuvo aquí esta mañana?

C.—Uno que preguntaba por usted.

S. I.—Pero ¿quién era?

C.—Uno.

S. I.—¿No dijo cómo se llamaba?

C.—¡Qué memoria tengo! Me dio esta tarjeta.

S. I.—*(Leyendo).* "José María Nadie. Del comercio." *(A Claudio)* Si vuelve, que pase.

TELÓN

### ACTO SEGUNDO

#### ESCENA ÚNICA

*Señor importante. Claudio.*

S. I.—¿No ha vuelto don José María Nadie?

C.—No, que yo sepa.

S. I.—¿Nadie más ha preguntado por mí?

C.—Nadie.

S. I.—¿Nadie?

C.—Nadie.

TELÓN

## ACTO TERCERO

### ESCENA ÚNICA

*Señor importante. Claudio. Un espejo de tocador, que hace cuanto indica el diálogo.*

S. I.—Dime, Claudio, ¿qué le pasa a este espejo?

C.—¿Qué le pasa?

S. I.—Cuando voy a mirarme en él da una vuelta de campana —¿ves?—, y me presenta su revés de madera.

C.—Es verdad. Pues ¡es gracioso!

S. I.—Luego —míralo— vuelve a su posición normal, sin que nadie le toque. Prueba tú a mirarte.

C.—¡Quieto! Conmigo no se mueve, señor. Pruebe usted ahora.

S. I.—¡Quieto! ¡Otra vez! (*Furioso*) ¡Juro a Dios!

C.—¡Tiene gracia!

S. I.—¡Maldita! (*Con voz ronca*) Claudio, ¿quién estuvo aquí esta mañana?

C.—Esta mañana estuvo aquí don José María Nadie. Se marchó, cansado de esperarle a usted, y dijo que no volvía más.

TELÓN

*

(*Sobre el tiempo poético.*)

La poesía es —decía Mairena— el diálogo del hombre, de un hombre con su tiempo. Eso es lo que el poeta pretende eternizar, sacándolo fuera del tiempo, labor difícil y que requiere mucho tiempo, casi todo el tiempo de que el poeta dispone. El poeta es un pescador, no de peces, sino de pescados vivos: entendámonos: de peces que puedan vivir después de pescados.

## X

Dice Echegaray, por boca del Conde de Argelez, en su leyenda trágica. *En el seno de la muerte*:

> para vengarme yo, y atormentaros,
> tengo ante mí la eternidad del tiempo, [45]

como si dijéramos: dispongo de la gran pescada para vengarme de los peces. Sin embargo, Echegaray, poeta ingeniero, [46] no exento de ingenio poético, no parece oponer el concepto de eternidad al de tiempo, sino que concibe la eternidad como tiempo eterno, un tiempo vivo, es decir, medido por una conciencia, pero que no se acaba nunca. Es el concepto de la eternidad que tiene el sentido común, concepto, en el fondo, mucho más trágico que el metafísico. En suma, lo que viene a decir Echegaray es esto: "Dispongo de la mar para castigar a los peces".

*

(*Fragmento de lecciones.*)

A muchos asombra, señores, que en una clase de Retórica, como es la nuestra, hablemos de tantas cosas ajenas al arte de bien decir; porque muchos —los más— piensan que este arte puede ejercitarse en el vacío del pensamiento. Si esto fuera así, tendríamos que definir la Retórica como el arte de hablar bien sin decir nada, o de hablar bien de algo, pensando en otra cosa... Esto no puede ser. Para decir bien hay que pensar bien, y para pensar bien conviene elegir temas muy esenciales, que logren por sí mismos captar nuestra

45 Acto III, Escena X.

46 Recuérdese que lo de "ingeniero", aplicado a Echegaray, tiene también un sentido profesional, puesto que lo fue, y por cierto de Caminos, Canales y Puertos.

atención, estimular nuestros esfuerzos, conmovernos, apasionarnos y hasta sorprendernos. Conviene, además, no distinguir demasiado entre la Retórica y la Sofística, entre la Sofística y la Filosofía, entre la Filosofía y el pensar reflexivo, a propósito de lo humano y de lo divino.

*

—Hoy traemos, señores, la lección 28, que es la primera que dedicamos a la oratoria sagrada. Hoy vamos a hablar de Dios. ¿Os agrada el tema?

Muestras de asentimiento en la clase.

—Que se pongan en pie todos los que crean en Él.

Toda la clase se levanta, aunque no toda con el mismo ímpetu.

—¡Bravo! Muy bien. Hasta mañana, señores.

—¿...?

—Que pueden ustedes retirarse.

—¿Y qué traemos mañana?

—La lección 29: "De la posible inexistencia de Dios."

## XI

(*Sobre Don Juan.*)

Don Juan es el hombre de las mujeres, el hombre que aman y se disputan las mujeres y a quien los hombres mirarán siempre con cierto desdén envidioso o con cierta envidia desdeñosa. Conviene suponer en Don Juan aquella belleza corporal que la mujer estima propia del varón. Esto quiere decir que el sexo reflejo de Don Juan, el de su imagen en el espejo femenino, es siempre el varonil. Don Juan podrá ser guapo o feo, fuerte o flojo, tuerto o derecho; él sabe, en todo caso, que es bello para la mujer. Sin la conciencia de esto no hay donjuanismo posible.

¿Hay algo perverso en Don Juan? En este hombre de las mujeres quisieran ver sus detractores algo femenino. La envidia erótica encontraría cierto alivio si lograse demostrar, muy especialmente a las mujeres, que Don Juan, el afortunado, era precisamente un invertido... La paradoja, siempre tentadora, es en este caso inaceptable. El más leve conato de desviación sexual destruye lo esencial donjuanesco: su orientación constante hacia la mujer. Entre sus detractores femeninos no falta quien le acuse de narcisismo. La mujer, siempre menospreciada por Don Juan, piensa que Don Juan se prefiere a sí mismo, se enamora, como Narciso, de su propia imagen. Pero esto es un espejismo del celo femenino, que proyecta en Don Juan el culto a Don Juan, propio de la mujer. No. Don Juan, a quien viste de prisa su criado, no pierde su tiempo en el espejo. Naufragar en él, como el hijo de Liriopea,[47] ¡qué desatino!

Don Juan aparece en los albores del Renacimiento, en una sociedad todavía jerarquizada por la Iglesia, y con un carácter satánico y blasfematorio. No hay en él un átomo de paganía, tampoco de espíritu mosaico, de Viejo Testamento. Don Juan es héroe de clima cristiano. Su hazaña típica es violar a la monja, sin ánimo de empreñarla. En la tregua del eros genesíaco, Don Juan no renuncia a la carne, pero sí, como el monje, a engendrar en ella. Cuando Don Juan se arrepiente, se mete a fraile —en cierto modo ya lo era—, muy rara vez a padre de familia.

¿Y hasta qué punto —se preguntaba mi maestro— es superfluo para la especie este Don Juan, varón de lujo, que no se cura de acrecentar la prole de Adán? ¿Responde este Don Juan, como el onanista y el homosexual, a una corriente maltusiana? A esta opinión se inclinan muchos, sobre todo los padres de familia, abrumados por la fecundidad de su casto lecho. ¿Es, por el contrario, Don Juan un avivador erótico, que habla a

47 Narciso.

la fantasía de la mujer para combatir su frecuente y natural frigidez? ¡Quién sabe! Preguntas son éstas que no atañen a la esencia de Don Juan, sino a su utilidad. No deben interesarnos.

*

Sed originales; yo os lo aconsejo; casi me atrevería a ordenároslo. Para ello —claro es— tenéis que renunciar al aplauso de los *snobs* y de los fanáticos de la novedad; porque ésos creerán siempre haber leído algo de lo que vosotros pensáis, y aun pensarán, además, que vosotros lo habíais leído también, aunque en ediciones profanas ya por el vulgo, y que, en último término, no lo habéis comprendido tan bien como ellos. A vosotros no os importe pensar lo que habéis leído ochenta veces y oído quinientas, porque no es lo mismo pensar que haber leído.

*

Huid del preciosismo literario, que es el mayor enemigo de la originalidad. Pensad que escribís en una lengua madura, repleta de *folklore,* de saber popular, y que ése fue el barro santo de donde sacó Cervantes la creación literaria más original de todos los tiempos. No olvidéis, sin embargo, que el "preciosismo", que persigue una originalidad frívola y de pura costra, pudiera tener razón contra vosotros, cuando no cumplís el deber primordial de poner en la materia que labráis el doble cuño de vuestra inteligencia y de vuestro corazón. Y tendrá más razón todavía si os sambullís en la barbarie casticista, que pretende hacer algo por la mera renuncia a la cultura universal.

*

Juan de Mairena lamentaba la falta de un buen manual de literatura española. Según él, no lo había en su tiempo. Alguien le dijo: "¿También usted necesita un librito?" "Yo —contestó Mairena— deploro que no se haya escrito ese manual, porque nadie haya sido capaz de escribirlo. La verdad es que nos faltan ideas generales sobre nuestra literatura. Si las tuviéramos, tendríamos también buenos manuales de literatura y podríamos, además, prescindir de ellos. No sé si habrá usted comprendido... Probablemente no".

*

*(Verso y prosa.)*

El siglo XVIII piensa, con D'Alembert, que "es sólo bueno en verso lo que sería excelente en prosa". [48] D'Alembert era, como Diderot, un paradojista muy de su tiempo. Un siglo antes, el maestro de Filosofía de M. Jourdain había dicho: "Tout ce qui n'est point vers est prose"; [49] es decir, lo contrario de una paradoja; una verdad de Pero Grullo. Y un siglo después, Mallarmé, de acuerdo con el maestro de M. Jourdain, piensa absolutamente lo contrario que D'Alembert: que sólo es bueno en poesía lo que de ningún modo puede ser algo en prosa.

*Nota.*—Juan de Mairena no alcanzó el reciente debate sobre "la poesía pura", en el cual no fue D'Alembert, sino M. De la Palissc, [50] quien dijo la última

48 "Quand une pensée est juste et noble, il faut voir si la manière dont vous l'esprimez en vers serait belle en prose" (Carta de Voltaire a Helvétius, citada por D'Alembert en las *Notas* al *Éloge de Despréaux*).

49 En *Le Bourgeois Gentilhomme* (II, IV): MAISTRE DE PHILOSOPHIE. Non, Monsieur; tout ce qui n'est point Prose, c'est Vers; et tout ce qui n'est point Vers, est Prose. / MONSIEUR JOURDAIN. Et comme l'on parle, qu'est que c'est donc que cela? / M. DE PH. De la Prose. / M. J. Quoy, quand je dis, "Nïcole apportez-moy mes Pantoufles, et me donnez mon bonnet de nuit", c'est de la Prose? / M. DE PH. Ouy, Monsieur. / M. J. Par ma foy, il y a plus de quarante ans que je dis de la Prose, sans que j'en sceusse rien...".

50 Recuérdese que "Monsieur de la Palisse" es el "Perogrullo" francés.

palabra: "Poesía pura es lo que resta después de quitar a la poesía todas sus impurezas".

*

(*Mairena fantasea.*)

Imaginad un mundo en el cual las piedras pudieran elegir su manera de caer y los hombres no pudieran enmendar, de ningún modo, su camino, obligados a circular sobre rieles. Sería la zona infernal que el Dante habría destinado a los deterministas.

Políticamente, sin embargo, no habría problema. En ese mundo todos los hombres serían liberales; y las piedras... seguirían siendo conservadoras.

## XII

(*Sobre Demócrito y sus átomos.*)

Según Demócrito, el antiguo filósofo griego, "lo dulce y lo amargo, lo caliente y lo frío, lo amarillo y lo verde, etc., no son más que *opiniones*; sólo los átomos y el vacío son verdaderos".[51] Para Demócrito, *opinión* era un conocimiento obscuro, sin la menor garantía de realidad. Claro está que todo esto, señores, es una opinión de Demócrito, que nadie nos obliga a aceptar. Sin embargo, la ciencia ha ido formando, a través de los siglos, una concepción del Universo puramente mecánica, que lleva implícita la opinión de Demócrito, la cual *mutatis mutandi,* ha llegado hasta nosotros, pobres diablos que estudiamos la Física, con algunos lustros de rezago, en las postrimerías del siglo XIX. No es fácil, pues, que podamos reirnos de Demócrito, sin aparentar, vanamente, una ignorancia mayor que la nuestra, que ya es, de suyo, bastante considerable. Y yo os pregunto: si aceptamos la opinión de Demócrito,

51 Fragmento 9, edición Diels.

con todas sus consecuencias, ¿qué somos nosotros, meros aprendices de poeta, enamorados de lo dulce y lo amargo, lo caliente y lo frío, lo verde y lo azul, y de todo lo demás —sin excluir lo bueno y lo malo— que en nada se parece a los átomos, ni al vacío en que éstos se mueven? Seríamos el vacío del vacío mismo, un vacío en que ni siquiera se mueven los átomos. Meditad en lo trágico de nuestra situación. Porque, aunque lográramos recabar para nosotros una sombra de ser, una realidad más o menos opinable, siempre resultaría que los átomos pueden ser sin nosotros, y nosotros no podemos ser sin los átomos. Y esto es para nosotros más trágicamente desairado que la pura zambullida en la nada.

Preciso es que tomemos posición, como dicen los filósofos: posición defensiva, digo yo, de gatos panza arriba ante esta vieja concepción del gran filósofo de Tracia. El escepticismo que, lejos de ser, como muchos creen, un afán de negarlo todo, es, por el contrario, el único medio de defender algunas cosas, vendrá en nuestro auxilio. Vamos a empezar dudando de la existencia de los átomos. Vamos, después, a aceptarla; pero con ciertas restricciones. Aunque sea cierto que nosotros no podemos ser sin los átomos, puesto que al fin estamos de ellos compuestos, no es menos cierto que ellos tampoco pueden ser sin nosotros, puesto que, al cabo, ellos aparecen en nuestra conciencia; nuestra conciencia los engloba, juntos con los colores del iris y las pintadas plumas de los pavos reales. ¿Qué sentido metafísico puede tener —decía mi maestro— el decretar la mayor o menor realidad de cuanto, más o menos descolorido, aparece en nuestra conciencia, toda vez que, fuera de ella, realidad e irrealidad son igualmente indemostrables? Cuando los filósofos vean esto claro y nos lo expliquen no menos claramente, tendremos esa metafísica para poetas con que soñaba mi maestro y de que tanto habemos menester.

Y ahora, vamos a lo nuestro, señores. Cantemos al gran Demócrito de Abdera, no sólo por lo bien que suena su nombre, sino, además, y sobre todo, porque a través de veinticuatro siglos, aproximadamente... (Mairena no estaba nunca seguro de sus cifras), vemos, o imaginamos, su ceño sombrío de pensador en el acto magnífico de *desimaginar* el huevo universal, sorbiéndole clara y yema, hasta dejarlo vacío,[52] para llenarlo luego de partículas imperceptibles en movimiento más o menos aborrascado, y entregarlo así a la ciencia matemática del porvenir. Fue grande el acto poético negativo, desrealizador, creador —en el sentido que daba mi maestro a esta palabra— del célebre Demócrito. Nosotros hemos de cantarle, sin olvidar en nuestro poema aquel humor jovial —¡quién lo diría!— que le atribuye la leyenda, y la nobleza de su vida y la suave serenidad de su muerte.

*

(*Sobre los modos de decir y pensar.*)

Se miente más que se engaña;
y se gasta más saliva
de la necesaria...[53]

Si nuestros políticos comprendieran bien la intención de esta sentencia de mi maestro, ahorrarían las dos terceras partes, por lo menos, de su llamada actividad política.

Cuando dos gitanos hablan
ya es la mentira inocente:
se mienten y no se engañan.

52 "Y el huevo universal alzó, vacío, / ya sin color, desubstanciado y frío...", *Al Gran Cero*, atribuido a Abel Martín, en A. M., *Poesías completas*, CLXVII; p. 211 en nuestra edición citada).

53 En los manuscritos póstumos, se atribuye otra versión de esta copla a Manuel Espejo, último de los *Doce poetas que pudieron existir* (catorce, en realidad), *OPP* 736, con estas variantes: "Oí decir a un gitano: / —Se miente mas no se engaña /", etc.

La sentencia es la misma; pero dicha de un modo más perverso, que parece implicar una cierta afición a la gitanería.

El deber de la mentira
es embaucar papanatas;
y no es buena la piadosa,
sino la que engaña.

Aquí la lógica se ha comido a la ética. Es la manera urgente y cínica de expresar la misma sentencia. Algunas mujeres, los cazadores con reclamo, y, sobre todo, los toreros cuando se abren de capa ante el toro, la piensan así. Acaso también los filósofos pragmatistas.

Reparad en que hay muchas maneras de pensar lo mismo, que no son lo mismo. Cuidad vuestro *folklore* y ahondad en él cuanto podáis.

*

Mairena tenía una idea del *folklore* que no era la de los *folkloristas* de nuestros días. Para él no era el *folklore* un estudio de las reminiscencias de viejas culturas, de elementos muertos que arrastra inconscientemente el alma del pueblo en su lengua, en sus prácticas, en sus costumbres, etcétera. Mairena vivía en una gran población andaluza, compuesta de una burguesía algo beocia, de una aristocracia demasiado rural y de un pueblo inteligente, fino, sensible, de artesanos que saben su oficio y para quienes el hacer bien las cosas es, como para el artista, mucho más importante que el hacerlas. Cuando alguien se lamentaba del poco arraigo y escaso ambiente que tenía allí la Universidad, Mairena, que había estudiado en ella y la guardaba respeto y cariño, solía decir: "Mucho me temo que la causa de eso sea más profunda de lo que se cree. Es muy posible que, entre nosotros, el saber universitario no puede competir con el *folklore,* con el saber popular. El pueblo sabe más, y sobre todo, mejor que nosotros. El hombre que sabe hacer algo de un modo perfecto —un zapato, un sombrero, una guitarra, un ladrillo— no es nunca un trabajador inconsciente, que ajusta su labor a viejas fórmulas y recetas, sino un artista que pone toda su alma en cada momento de su trabajo. A este hombre no es fácil engañarle con cosas mal sabidas o hechas a desgana". Pensaba Mairena que el *folklore* era cultura viva y creadora de un pueblo de quien había mucho que aprender, para poder luego enseñar bien a las clases adineradas.

*

(*Fragmentos de lecciones.*)

Decía mi maestro Abel Martín que es la modestia la virtud que más espléndidamente han solido premiar los dioses. Recordad a Sócrates, que no quiso ser más que un amable conversador callejero, y al divino Platón, su discípulo, que puso en boca de tal maestro lo mejor de su pensamiento. Recordad a Virgilio, que nunca pensó igualar a Homero, y al Dante, que no soñó en superar a Virgilio. Recordad, sobre todo, a nuestro Cervantes, que hizo en su *Quijote* una parodia de los libros de caballerías, empresa literaria muy modesta para su tiempo y que en el nuestro sólo la habrían intentado los libretistas de zarzuelas bufas. Los períodos más fecundos de la historia son aquellos en que los modestos no se chupan el dedo.

*

Carlos Marx —decía mi maestro— fue la criada que le salió respondona a Nicolás Maquiavelo. Propio es de siervos el tardar algunos siglos en insolentarse con sus señores. Pronto —añadía— asistiremos a la gran contienda entre esos dos fantasmas, o gran disputa de "más eres tú", en que, excluida la moral, las razones se convierten en piedras con que achocarse mutuamente. Pero nuestros nietos asistirán a una reconciliación entre ambos, que será Maquiavelo el primero que inicie, a su manera epistolar florentina: "*Honorando compare...*" [54]

*

El Greco es la explosión de Miguel Angel. Cuanto hay de dinámico en el barroco empieza en el Buonarotti y acaba en Domenico Theotocopuli. Si hay algo más que sea dinámico en el barroco, es ya de un dinamismo de teatro. Calderón lo representa mejor que nadie.

*

En toda catástrofe moral sólo quedan en pie las virtudes cínicas. ¿Virtudes perrunas? [55] De perro humano, en todo caso, sólo fiel a sí mismo.

*

Sobre la muerte, señores, hemos de hablar poco. Sois demasiado jóvenes... Sin embargo, no estará de más que comencéis a reparar en ella como fenómeno frecuente y, al parecer, natural, y que recitéis de memoria el inmortal hexámetro de Homero:

Oieper phyllon gene toide kai andrón. [56]

Dicho en romance:
"Como la generación de las hojas, así también la de los hombres".

Homero habla aquí de la muerte como un gran épico que la ve desde fuera del gran bosque humano. Pensad

54 Quizá se alude a dos cartas a Francesco del Nero (núms. 175 y 185).

55 Recuérdese que "cínicos" viene de κύων, "perro".

56 οἵη περ φύλλων γενεή, τοίη δὲ καὶ ἀνδρῶν (*Iliada* VI, 146).

en que cada uno de vosotros la verá un día desde dentro, y coincidiendo con una de esas hojas. Y, por ahora, nada más.

Algunos discípulos de Mairena aprendieron de memoria el verso homérico; otros recordaban también la traducción; no faltó quien hiciese el análisis gramatical y propusiese una versión más exacta o más elegante que la del maestro, ni quien, tomando el hexámetro por las hojas, cantase al árbol verde, luego desnudo, al fin vuelto a verdecer. Ninguno parecía recordar el comentario de Mairena al verso homérico; mucho menos, el consejo final.

Mairena no quiso insistir. La muerte —pensaba él— no es tema para jóvenes, que viven hacia el mañana, imaginándose vivos indefinidamente más allá del momento en que viven y saltándose a la torera el gran barranco en que pensamos los viejos.

—Hablemos, pues, señores, de la inmortalidad.

*

"*Cogito, ergo sum*", decía Descartes. Vosotros decid: "Existo, luego soy", por muy gedeónica que os parezca la sentencia. Y si dudáis de vuestro propio existir, apagad e idos.

*

"Nueva sensibilidad" es una expresión que he visto escrita muchas veces y que acaso yo mismo he empleado alguna vez. Confieso que no sé, realmente, lo que puede significar. "Una nueva sensibilidad" sería un hecho biológico muy difícil de observar y que acaso no sea apreciable durante la vida de una especie zoológica. "Nueva sentimentalidad" suena peor y, sin embargo, no me parece un desatino. Los sentimientos cambian en el curso de la historia, y aun durante la vida individual del hombre. En cuanto resonancias cordiales de los valores en boga, los sentimientos varían cuando estos valores se desdoran, enmohecen o son substituidos por otros. Algunos sentimientos perduran a través de los tiempos; mas no por eso han de ser eternos. ¿Cuántos siglos durará todavía el sentimiento de la patria? ¿Y el sentimiento de la paternidad? Aun dentro de un mismo ambiente sentimental, ¡qué variedad de grados y de matices! Hay quien llora al paso de una bandera; quien se descubre con respeto; quien la mira pasar indiferente; quien siente hacia ella antipatía, aversión. Nada tan voluble como el sentimiento. Esto debieran aprender los poetas que piensan que les basta sentir para ser eternos.

*

Si algún día profesáis la literatura y dais en publicistas, preveníos contra la manía persecutoria, que pudiera aquejaros. No penséis que cuanto se escribe sobre Homero o Cervantes es para daros a roer cebolla, como vulgarmente se dice, o para abrumaros y confundiros poniendo de resalto vuestra insignificancia literaria. Que no os atormenten enemigos imaginarios que os obliguen a escribir demasiadas tonterías.

*

Hay escritores cuyas palabras parecen lanzarse en busca de las ideas; otros, cuyas ideas parecen esperar las palabras que las expresen. El encuentro de unas y otras, ideas y palabras, es muchas veces obra del azar. Hay escritores extraños —y no son los peores— en quienes la reflexión improvisa y la inspiración corrige.

*

No os empeñéis en corregirlo todo. Tened un poco el valor de vuestros defectos. Porque hay defectos que son olvidos, negligencias, pequeños errores fáciles de enmendar y deben enmendarse; otros son limitaciones, imposibilidades de ir más allá y que la vanidad os llevará a ocultarlos. Y eso es peor que jactarse de ellos.

## XIII

Los pragmatistas [57] —decía Juan de Mairena— piensan que, a última hora, podemos aceptar como verdadero cuanto se recomienda por su utilidad; aquello que sería conveniente creer, porque, creído, nos ayudaría a vivir. Claro es que los pragmatistas no son tan brutos como podríais deducir, sin más, de esta definición. Ellos son, en el fondo, filósofos escépticos que no creen en una verdad absoluta. Creen, con Protágoras, que el hombre es la medida de todas las cosas, y con los nominalistas, en la irrealidad de los universales. [58] Esto asentado, ya no parece tan ramplón que se nos recomiende elegir, entre las verdades relativas al individuo humano, aquellas que menos pueden dañarle o que menos conspiran contra su existencia. Los pragmatistas, sin embargo, no han reparado en que lo que ellos hacen es invitarnos a elegir una fe, una creencia, y que el racionalismo que ellos combaten es ya un producto de la elección que aconsejan, el más acreditado hasta la fecha. No fue la razón, sino la fe en la razón lo que mató en Grecia la fe en los dioses. En verdad, el hombre ha hecho de esta creencia en la razón el distintivo de su especie.

*

57 Probablemente parte Machado, en su consideración del pragmatismo, de conceptos de Max Scheler, sobre todo en *Conocimiento y trabajo* (parte III, *El pragmatismo filosófico*, y parte IV, *El pragmatismo metódico*).

58 Al presocrático Protágoras se le atribuye la expresión de que "el hombre es la medida de todas las cosas" (o "de todos los asuntos", παντῶν χρηματῶν), en sentido relativista y antropocéntrico. Los nominalistas medievales afirmaban que las ideas universales no eran más que palabras.

Frente a los pragmatistas escépticos no faltará una secta de idealistas, por razones pragmáticas, que piensen resucitar a Platón, cuando, en realidad, disfrazan a Protágoras. Lo propio de nuestra época es vivir en plena contradicción, sin darse de ello cuenta, o, lo que es peor, ocultándolo hipócritamente. Nada más ruin que un escepticismo inconsciente o una sofística inconfesada que, sobre una negación metafísica que es una fe agnóstica, pretende edificar una filosofía positiva. ¡Bah! Cuando el hombre deja de creer en lo absoluto, ya no cree en nada. Porque toda creencia es creencia en lo absoluto. Todo lo demás se llama pensar.

*

El español suele ser un buen hombre, generalmente inclinado a la piedad. Las prácticas crueles —a pesar de nuestra afición a los toros— no tendrán nunca buena opinión en España. En cambio, nos falta respeto, simpatía, y, sobre todo, complacencia en el éxito ajeno. Si veis que un torero ejecuta en el ruedo una faena impecable y que la plaza entera bate palmas estrepitosamente, aguardad un poco. Cuando el silencio se haya restablecido, veréis, indefectiblemente, un hombre que se levanta, se lleva los dedos a la boca, y silba con toda la fuerza de sus pulmones. No creáis que ese hombre silba al torero —probablemente él lo aplaudió también—: silba al aplauso.

*

Yo siempre os aconsejaré que procuréis ser mejores de lo que sois; de ningún modo que dejéis de ser españoles. Porque nadie más amante que yo ni más convencido de las virtudes de nuestra raza. Entre ellas debemos contar la de ser muy severos para juzgarnos a nosotros mismos, y bastante indulgentes para juzgar a nuestros vecinos. Hay que ser español, en efecto, para decir las cosas que se dicen contra España. Pero nada advertiréis en esto que no sea natural y explicable. Porque nadie sabe de vicios que no tiene, ni de dolores que no le aquejan. La posición es honrada, sincera y profundamente humana. Yo os invito a perseverar en ella hasta la muerte.

Los que os hablan de España como de una razón social que es preciso a toda costa acreditar y defender en el mercado mundial, esos para quienes el reclamo, el jaleo y la ocultación de vicios son deberes patrióticos, podrán merecer, yo lo concedo, el título de buenos patriotas; de ningún modo el de buenos españoles.

Digo que podrán ser hasta buenos patriotas, porque ellos piensan que España es, como casi todas las naciones de Europa, una entidad esencialmente batallona, destinada a jugárselo todo en una gran contienda, y que conviene no enseñar el flaco y reforzar los resortes polémicos, sin olvidar el orgullo nacional, creado más o menos artificialmente. Pero pensar así es profundamente antiespañol. España no ha peleado nunca por orgullo nacional, ni por orgullo de raza, sino por orgullo humano o por amor de Dios, que viene a ser lo mismo. De esto hablaremos más despacio otro día.

*

(*Contra la educación física.*)

Siempre he sido —habla Mairena a sus alumnos de Retórica— enemigo de lo que hoy llamamos, con expresión tan ambiciosa como absurda, *educación física.* Dejemos a un lado a los antiguos griegos, de cuyos gimnasios hablaremos otro día. Vengamos a lo de hoy. *No hay que educar físicamente a nadie.* Os lo dice un profesor de Gimnasia.

Sabido es que Juan de Mairena era, oficialmente, profesor de Gimnasia, y que sus clases de Retórica, gratuitas y voluntarias, se daban al margen del programa oficial del Instituto en que prestaba sus servicios.

Para crear hábitos saludables —añadía—, que nos acompañen toda la vida, no hay peor camino que el de la gimnasia y de los deportes, que son ejercicios mecanizados, en cierto sentido abstractos, desintegrados, tanto de la vida animal como de la ciudadana. Aun suponiendo que estos ejercicios sean saludables —y es mucho suponer—, nunca han de sernos de gran provecho, porque no es fácil que nos acompañen sino durante algunos años de nuestra efímera existencia. Si lográsemos, en cambio, despertar en el niño el amor a la naturaleza, que se deleita en contemplarla, o la curiosidad por ella, que se empeña en observarla y conocerla, tendríamos más tarde hombres maduros y ancianos venerables, capaces de atravesar la sierra de Guadarrama en los días más crudos del invierno, ya por deseo de recrearse en el espectáculo de los pinos y de los montes, ya movidos por el afán científico de estudiar la estructura y composición de las piedras o de encontrar una nueva especie de lagartijas.

Todo deporte, en cambio, es trabajo estéril, cuando no juego estúpido. Y esto se verá claramente cuando una ola de ñoñez y de americanismo invada a nuestra vieja Europa.

Se diría que Juan de Mairena había conocido a nuestro gran don Miguel de Unamuno, tan antideportivo, como nosotros lo conocemos: *jam senior, sed cruda deo viridisque senectu*; [59] o que había visto al insigne Bolívar, [60] cazando saltamontes a sus setenta años, con general asombro de las águilas, los buitres y los alcotanes de la cordillera carpetovetónica.

*

59 *Eneida*, VI, 304: hay un error: *senectu* en vez de *senectus*: "ya anciano, pero la vejez es cruda y verde para un dios".

60 Ignacio Bolívar (n. 1850-?), naturalista, profesor de la Universidad de Madrid, vinculado a los medios "institucionistas"; académico en 1930.

(*De teatro.*)

Hay cómicos que están siempre en escena, como si vivieran la comedia que representan. De éstos se dice, con razón, que son los mejores. Hay otros cuya presencia en el escenario no supone la más leve intervención en la comedia. Ellos están allí, en efecto, pensando en otra cosa tal vez más importante que cuanto se dice en la escena. Estos actores me inspiran cierto respeto, y espero, para juzgarlos, el papel que coincida con sus preocupaciones. Hay otros, en fin, que ya están, ya no están en la comedia, porque en ella entran o de ella salen a cada momento, por razones que sólo conoce el apuntador. De estos hay poco que esperar: ni dentro ni fuera del teatro parece que hayan de hacer cosa de provecho.

## XIV

(*De un discurso de Juan de Mairena.*)

Sólo en sus momentos perezosos puede un poeta dedicarse a interpretar los sueños y a rebuscar en ellos elementos que utilizar en sus poemas. La oniroscopia [61] no ha producido hasta la fecha nada importante. Los poemas de nuestra vigilia, aun los menos logrados, son más originales y más bellos y, a las veces, más disparatados que los de nuestros sueños. Os lo dice quien pasó muchos años de su vida pensando lo contrario. Pero de sabios es mudar de consejo. [62]

Hay que tener los ojos muy abiertos para ver las cosas como son; aun más abiertos para ver las otras de lo que son; más abiertos todavía para verlas me-

61 *oniroscopia*, "observación de los sueños", conforme a los términos griegos.

62 Esto debió escribirse después de los *Recuerdos de fiebre, sueño y duermivela* (en *PC*, CLXXII; pp. 240 y sig. en nuestra edición mencionada).

jores de lo que son. Y os aconsejo la visión vigilante, porque vuestra misión es ver e imaginar despiertos, y que no pidáis al sueño sino reposo.

*

¡Esta gran placentería
de ruiseñores que cantan!...
Ninguna voz es la mía.

Así cantaba un poeta para quien el mundo comenzaba a adquirir una magia nueva. "La gracia de esos ruiseñores —solía decir— consiste en que ellos cantan sus amores, y de ningún modo los nuestros". Por muy de Perogrullo que parezca esta afirmación ella encierra toda una metafísica que es, a su vez, una poética nueva. ¿Nueva? Ciertamente, tan nueva como el mundo. Porque el mundo es lo nuevo por excelencia, lo que el poeta inventa, descubre a cada momento, aunque no siempre, como muchos piensan, descubriéndose a sí mismo. El pensamiento poético, que quiere ser creador, no realiza ecuaciones, sino diferencias esenciales, irreductibles; sólo en contacto con lo otro, real o aparente, puede ser fecundo. Al pensamiento lógico o matemático, que es pensamiento homogeneizador, a última hora pensar de la nada, se opone el pensamiento poético, esencialmente heterogeneizador. Perdonadme estos terminachos de formación erudita, porque en algo se ha de conocer que estamos en clase, y porque no hay cátedra sin un poco de pedantería. Pero todo esto lo veréis más claro en nuestros ejercicios —los de Retórica, se entiende— y por ejemplos más o menos palpables.

*

(*De otro discurso.*)

Es muy posible que el argumento ontológico o prueba de la existencia de Dios no haya convencido nunca a nadie, ni siquiera al mismo San Anselmo, que, según se dice, lo inventó.[63] No quiero con esto daros a entender que piense yo que el buen obispo de Canterbury era hombre descreído, sino que, casi seguramente, no fue hombre que necesitase de su argumento para creer en Dios. Tampoco habéis de pensar que nuestro tiempo sea más o menos descreído porque el tal argumento haya sido refutado alguna vez, lo cual, aunque fuese cierto, no sería razón suficiente para *descreer* en cosa tan importante como es la existencia de Dios. Todo esto es tan de clavo pasado, que hasta las señoras —como decía un ateneísta— pueden entenderlo. No es aquí, naturalmente, adonde yo quería venir a parar, sino a demostraros que el famoso argumento o prueba venerable de la existencia de Dios no es, como piensan algunos opositores a cátedras de Filosofía, una trivialidad, que pueda ser refutada por el sentido común. Cuando ya la misma escolástica, que engendró el famoso argumento, creía haberlo aniquilado, resucita en Descartes, nada menos. Descartes lo hace suyo y lo refuerza con razones que pretenden ser evidencias. Más tarde Kant, según es fama, le da el golpe de gracia, como si dijéramos: lo descabella a pulso en la Dialéctica trascendental de su *Crítica de la razón pura.* Con todo, el famoso argumento ha llegado hasta nosotros, atravesando ocho siglos —si no calculo mal—, puesto que todavía nos ocupamos de él y en una clase que ni siquiera es de Filosofía, sino de retórica.

63 Recuérdese que el argumento ontológico de San Anselmo —tan escasamente convincente como difícil de refutar— afirmaba que Dios existe por esencia —en términos más populares, "por definición"—: dado que pensamos a Dios como la suma de todas las perfecciones en grado máximo, hay que pensarle como existente, porque, de otro modo, faltaría en él esa perfección que es el existir, y podríamos pensar entonces otra idea mejor, que tuviera todo lo de Dios más la existencia. Descartes, al dar una nueva versión del argumento, lo cambia, dándole un sentido causal: si tenemos la idea de un ser infinito, es que existe ese ser, porque ningún otro ser podría producir esa idea mayor que él mismo. Es Kant —como señala A. M.— quien destruye el argumento, pero a costa de admitir que nuestras ideas no tengan en sí mismas ninguna garantía de corresponder a realidades existentes.

Permitid o, mejor, perdonad que os lo exponga brevemente. Y digo *perdonad,* porque, en nuestro tiempo, se puede hablar de la esencia del queso manchego, pero nunca de Dios, sin que se nos tache de pedantes. "Dios es el ser insuperablemente perfecto —*ens perfectissimum*— a quien nada puede faltarle. Tiene, pues, que existir, porque si no existiera le faltaría una perfección: la existencia, para ser Dios. De modo que un Dios inexistente, digamos, mejor *no existente,* para evitar equívocos, sería un Dios que no llega a ser Dios. Y esto no se le ocurre ni al que asó la manteca". El argumento es aplastante. A vosotros, sin embargo, no os convence; porque vosotros pensáis, con el sentido común —entendámonos: el común sentir de nuestro tiempo—, que "si Dios existiera, sería, en efecto, el ser perfectísimo que pensamos de Él; pero de ningún modo en el caso de no existir". Para vosotros queda por demostrar la existencia de Dios, porque pensáis que nada os autoriza a inferirla de la definición o esencia de Dios.

Reparad, sin embargo, en que vosotros no hacéis sino oponer una creencia a otra, y en que los argumentos no tienen aquí demasiada importancia. Dejemos a un lado la creencia en Dios, la cual no es, precisamente, ninguna de las dos que intervienen en este debate. El argumento ontológico lo ha creado una fe racionalista de que vosotros carecéis, una creencia en el poder mágico de la razón para intuir lo real, la creencia platónica en las ideas, en el ser de lo pensado. El célebre argumento no es una prueba; pretende ser —como se ve claramente en Descartes— una evidencia. A ella oponéis vosotros una fe agnóstica, una desconfianza de la razón, una creencia más o menos firme en su ceguera para lo absoluto. En toda cuestión metafísica, aunque se plantee en el estadio de la lógica, hay siempre un conflicto de creencias encontradas. Porque todo es creer, amigos, y tan creencia es el *sí* como el *no.* Nada importante se refuta ni se demuestra, aunque se pase de creer lo uno a creer lo otro. Platón creía que las cosas sensibles eran copias más o menos borrosas de las ideas, las cuales eran, a su vez, los verdaderos originales. Vosotros creéis lo contrario; para vosotros lo borroso y descolorido son las ideas; nada hay para vosotros, en cambio, más original que un queso de bola, una rosa, un pájaro, una lavativa. Pero daríais prueba de incapacidad filosófica si pensáseis que el propio Kant ha demostrado nada contra la existencia de Dios, ni siquiera contra el famoso argumento. Lo que Kant demuestra, y sólo a medias, si se tiene en cuenta la totalidad de su obra, es que él no cree en más intuición que la sensible, ni en otra existencia que la espacio-temporal. Pero ¿cuántos grandes filósofos, antes y después de Kant, no han jurado por la intuición intelectiva, por la realidad de las ideas, por el verdadero ser de lo pensado?

—*Universalia sunt nomina.*[64]

—En efecto, eso es lo que usted cree.

## XV

Todos hemos oído alguna vez que es el poeta quien suele ver más claro en lo futuro, *into the seeds of time,*[65] que dijo Shakespeare. Esto se afirma, generalmente, pensando en Goethe, cuya prognosis sobre lo humano y lo divino ya fatiga de puro certera. Pero no es Goethe el único poeta; otros mayores que Goethe han sido, sobre todo, grandes videntes de lo pasado. En verdad, lo poético es ver, y como toda visión requiere distancia, sólo hemos de perdonar al poeta, atento a lo que viene y a lo que se va, que no vea casi nunca lo que pasa, las imágenes que le azotan los ojos y que nosotros quisiéramos coger con las manos.

64 El sentido exacto es: "Las ideas universales no son más que nombres" —nominalismo—.

65 *Macbeth,* I, III. "En las semillas del tiempo",

Es el viento en los ojos de Homero, la mar multisonora, en sus oídos, lo que nosotros llamamos actualidad.

*

Si yo intentara alguna vez un florilegio poético para aprendices de poeta, haría muy otra cosa de lo que hoy se estila en el ramo de antologías. Una colección de composiciones poéticas de diversos autores —aun suponiendo que estén bien elegidas— dará siempre una idea tan pobre de la poesía como de la música, un desfile de instrumentos heterogéneos, tañidos y soplados por solistas sin el menor propósito de sinfonía. Además, una flor poética es muy rara vez una composición entera. Lo poético, en el poeta mismo, no es la sal, sino el oro que, según se dice, también contiene el agua del mar. Tendríamos que elegir de otra manera para no desalentar a la juventud con esas "Centenas de mejores poesías" de tal o cual lengua.[66] Porque eso no es, por fortuna, lo selectamente poético de ninguna literatura, y mucho menos de ninguna lengua. Sobre este tema hablaremos extensamente a fin de curso.

*

Debemos estar muy prevenidos en favor y en contra de los lugares comunes. En favor, porque no conviene eliminarlos sin antes haberlos penetrado hasta el fondo, de modo que estemos plenamente convencidos de su vaciedad; en contra, porque, en efecto, nuestra misión es singularizarlos, ponerles el sello de nuestra individualidad, que es la manera de darles un nuevo impulso para que sigan rodando.

Pensaba Mairena —como nuestro gran don Ramón del Valle-Inclán— que el "unir dos palabras por

66 Quizá alude a *Las cien mejores poesías de la lengua castellana*, de M. Menéndez Pelayo, Londres, 1908 —luego en los clásicos Bergua—.

primera vez" podía ser una verdadera hazaña poética.[67] Pero solía decir: no conviene intentarla sin precauciones. Vayamos despacio. Empecemos por el empleo de adjetivos que añadan algo a lo que, de primeras, pensamos o imaginamos en el substantivo. Un "ángel bueno" no está mal dicho. La bondad es propia de los ángeles, aunque no es lo esencialmente angélico, puesto que hubo ángeles prevaricadores. El adjetivo no es superfluo. Aún menos superfluo sería el adjetivo "custodio" o "guardián" aplicado al ángel, porque no parece que los ángeles, sin especial mandato de la divinidad, tengan por qué guardar a nadie. "El ángel de la espada flamígera" está mejor, porque alude a un ángel único, al que guardaba las puertas del Paraíso.[68] Hay mucho que andar, sin salir de los lugares comunes, antes que lleguemos a la expresión nueva y sorprendente, a la adjetivación valiente, que desafía la misma *contradictio in adjecto*; por ejemplo: ¡un guardia de asalto!...[69]

*

*(Dos grandes inventos.)*

La fe platónica en las ideas trascendentes salvó a Grecia del *solus ipse* en que la hubiera encerrado la sofística. La razón humana es pensamiento genérico. Quien razona afirma la existencia de un prójimo, la necesidad del diálogo, la posible comunión mental entre los hombres. Conviene creer en las ideas platónicas, sin desvirtuar demasiado la interpretación tradicional del platonismo. Sin la absoluta trascendencia de las ideas, iguales para todos, intuíbles e indeformables por el pensamiento individual, la razón, como estructura común a una pluralidad de espíritu, no existiría, no tendría razón de existir. Dejemos a los filó-

67 No hemos encontrado esta expresión en *La lámpara maravillosa*, aunque sí la idea como elemento básico de este libro.
68 *Génesis*, 3, 24.
69 Todavía era reciente (1932) la creación de ese cuerpo armado v. por tanto, de su paradójico nombre: "*Guardia de Asalto*".

sofos que discutan el verdadero sentido del pensamiento platónico. Para nosotros lo esencial del platonismo es una fe en la realidad metafísica de la idea, que los siglos no han logrado destruir.

*

Grande hazaña fue el platonismo —sigue hablando Mairena—, pero no suficiente para curar la soledad del hombre. Quien dialoga, ciertamente, afirma a su vecino, al otro yo; todo manejo de razones —verdades o supuestos— implica convención entre sujetos, o visión común de un objeto ideal. Pero no basta la razón, el invento socrático, para crear la convivencia humana; ésta precisa también la comunión cordial, una convergencia de corazones en un mismo objeto de amor. Tal fue la hazaña del Cristo, hazaña prometeica y, en cierto sentido, satánica. Para mi maestro Abel Martín fue el Cristo un ángel díscolo, un menor en rebeldía contra la norma del Padre. Dicho de otro modo: fue el Cristo un hombre que se hizo Dios para expiar en la cruz el gran pecado de la Divinidad. De este modo, pensaba mi maestro, la tragedia del Gólgota adquiere nueva significación y mayor grandeza.

El Cristo, en efecto, se rebela contra la ley del Dios de Israel, que es el dios de un pueblo cuya misión es perdurar en el tiempo. Este dios es la virtud genésica divinizada, su ley sólo ordena engendrar y conservar la prole. En nombre de este dios de proletarios fue crucificado Jesús, un hijo de nadie, en el sentido judaico, una encarnación del espíritu divino, sin misión carnal que cumplir. ¿Quién es este hijo de nadie, que habla de amor y no pretende engendrar a nadie? ¡Tanta sangre heredada, tanto semen gastado para llegar a esto! Así se revuelven con ira proletaria los hijos de Israel contra el Hijo de Dios, el hermano del Hombre. Contra el sentido patriarcal de la historia, milita la palabra del Cristo.

Si eliminamos de los Evangelios cuanto en ellos se contiene de escoria mosaica, aparece clara la enseñanza del Cristo: "Sólo hay un Padre, padre de todos, que está en los cielos". He aquí el objeto erótico trascendente, la idea cordial que funda, para siempre, la fraternidad humana. ¿Deberes filiales? Uno y no más: el amor de radio infinito hacia el padre de todos, cuya impronta, más o menos borrosa, llevamos todos en el alma. Por lo demás, sólo hay virtudes y deberes fraternos. El Cristo, por el mero hecho de nacer, otorga el canuto,[70] licencia, para siempre, al bíblico semental judaico. Y como triunfa Sócrates de la sofística protagórica,[71] alumbrando el camino que conduce a la idea, a una obligada comunión intelectiva entre los hombres, triunfa el Cristo de una sofística erótica, que fatiga las almas del mundo pagano, descubriendo otra suerte de universalidad: la del amor. Ellos son los dos grandes maestros de dialéctica, que saben preguntar y aguardar las respuestas. No son dos charlatanes ni dos pedantes. Charlatán y pedante es sólo quien habla y ni siquiera se escucha a sí mismo. Pero la dialéctica del Cristo es muy otra que la socrática, y mucho más útil y luminosa. De ella hablaremos otro día, cuando nos ocupemos de "La mujer, como invención del Cristo".

*(Fragmento de un discurso de Juan de Mairena, conocido por sus discípulos con el nombre de "Sermón de Chipiona".)*

## XVI

*(Apuntes y recuerdos de Juan de Mairena.)*

Nuestro siglo —decía Juan de Mairena, aludiendo al siglo XIX— es, acaso, el que más se ha escuchado

70 *el canuto*; al terminar el servicio militar se entregaba al soldado el documento de su licencia guardado en un canuto; de ahí la expresión, hoy en desuso, "dar el canuto" en sentido de "despedir".

71 Recuérdese cap. XIII, nota 58.

a sí mismo, tal vez porque nosotros, los que en él vivimos, tenemos una conciencia marcadamente temporal de nuestro existir. El hombre de nuestra centuria ha sido un sedicente *enfant du siècle,*[72] ha hablado de un *mal del siglo,* y habla, en nuestros días, de un *fin de siglo.* De este modo ha expresado, más o menos conscientemente, una vocación a la temporalidad, que no es propia de todos los tiempos.

Nuestra centuria ha exaltado hasta el mareo la música y la poesía lírica, artes temporales por excelencia. Carece de arquitectura y estatuaria. En pintura ha sido naturalista, impresionista, luminista; maneras temporales de ser pintor. Ha zambullido en el tiempo la Historia, que fue para los clásicos la narración de lo mítico e intemporal en el hombre, y ha vertido la epopeya en la novela y en el periódico, que es desgranar la hazaña intemporal, desmenuzándola en sucesos de la semana y anécdotas de lo cotidiano. Su dramática no es arte, ni lógica, ni moral, sino psicologismo, que es la manera temporal del diálogo escénico. Su filosofía típica es el positivismo, un pensar de *su tiempo,* venido —según él— a superar una edad metafísica y otra teológica. En política ha peleado por el progreso y por la tradición, dos fantasmas del tiempo. Su ciencia es biologismo, evolucionismo, un culto a los hechos vitales sometidos a la ley del tiempo. Lamartine[73] llora, con los románticos —¿quién no es romántico en esta gran centuria?—, el *fugit irreparabile tempus,*[74] mientras Carnot y Clausius ponen, con su termodinámica,[75] también en el tiempo la regla más general de la naturaleza.

72 Alusión a *La confesión d'un enfant du siècle* (1836), de Alfred de Musset.

73 Para Lamartine, piénsese, sobre todo, en *Le lac.* Quizá hay luego una alusión a ¿"Quién que Es, no es romántico?" de Rubén Darío.

74 *Geórgicas,* III, 284.

75 El principio de Carnot-Clausius, segundo de la Termodinámica, es el de la entropía, la disminución de la energía universal disponible, con el paso del tiempo. Antonio Machado recoge esta idea a través de Bergson (*L'évolution créatrice,* cap. III, *De la signification de la vie, Œuvres,* p. 701, ed. P. U. F., 1963).

Tal es, señores, nuestro siglo, el de vuestros padres, sobre todo, pero también el vuestro, aunque vosotros traspaséis sus fronteras. Un siglo interesante entre otros, no muchos, que conocemos de la vida del hombre, ni mayor, ni menor, ni más sabio, ni más estúpido que algunos que han dejado también huella en la cultura; pero acaso el siglo más siglo de los transcurridos hasta la fecha, porque sólo él ha tenido la constante obsesión de sí mismo.

*

Juan de Mairena, que murió en los primeros años del siglo XX, mantuvo hasta última hora su fe ochocentista, pensando que los siglos no empiezan ni terminan con la exactitud cronológica que fuese de desear, y que algunos siglos como el suyo, *bien pudieran durar siglo y medio.* Mairena no alcanzó la guerra europea, que él hubiera llamado el *gran morrón de la gran centuria*; ni el triunfo y boga de la obra de Bergson,[76] ni el documento póstumo más interesante del ochocientos, la novela de Marcelo Proust. *A la recherche du temps perdu,* donde aparece, acaso por última vez, *l'enfant du siècle* pocho y desteñido, perdida ya toda aquella alegría napoleónica de burguesía con zapatos nuevos y toda la nostalgia romántica que en él pusieron Balzac y Stendhal, Lamartine y Musset. *Voilà enfin* —hubiera dicho Mairena— *un vrai fin de siècle.* En este hombrecito, sobre todo, que narra la novela proustiana, hubiera sentido Mairena, con los últimos compases, los primeros motivos de la melodía del siglo. Porque se trata, en efecto, de un poema romántico en la

76 La fecha de la supuesta muerte de Mairena es 1909; en rigor, habría podido leer, de la obra de Bergson, el *Essai sur les données immédiates de la conscience* (1889), *Matière et mémoire* (1896), *Le Rire* (1901), *Introduction à la metaphysique* (1903) y, aun por los pelos, *L'évolution créatrice* (1907) —recuérdese que Antonio Machado asistió a las lecciones de Bergson en 1910-1911—. En efecto, no habría podido leer a Proust (1871-1922); su obra *A la recherche...* fue apareciendo desde 1913 a 1927.

tal novela a la manera decadente, un poema en que se evoca una juventud desde una vejez. *Le temps perdu* es, en verdad, el siglo del autor, visto como un pasado que no puede convertirse en futuro y que se pierde, irremediablemente, si no se recuerda.

*

*(Sobre la política y la juventud.)*

La política, señores —sigue hablando Mairena— es una actividad importantísima... Yo no os aconsejaré nunca el *apoliticismo,* sino, en último término, el desdeño de la política mala que hacen trepadores y cucañistas, sin otro propósito que el de obtener ganancia y colocar parientes. Vosotros debéis *hacer política,* aunque otra cosa os digan los que pretenden hacerla sin vosotros, y, naturalmente, contra vosotros. Sólo me atrevo a aconsejaros que la hagáis a cara descubierta; en el peor caso con máscara política, sin disfraz de otra cosa; por ejemplo: de literatura, de filosofía, de religión. Porque de otro modo contribuiréis a degradar actividades tan excelentes, por lo menos, como la política, y a enturbiar la política de tal suerte que ya no podamos nunca entendernos.

Y a quien os eche en cara vuestros pocos años bien podéis responderle que la política no ha de ser, necesariamente, cosa de viejos. Hay movimientos políticos que tienen su punto de arranque en una justificada rebelión de menores contra la inepcia de los sedicentes padres de la patria. Esta política, vista desde el barullo juvenil, puede parecer demasiado revolucionaria, siendo, en el fondo, perfectamente conservadora. Hasta las madres —¿hay algo más conservador que una madre?— pudieran aconsejarla con estas o parecidas palabras: "Toma el volante, niño, porque estoy viendo que tu papá nos va estrellar a todos —de una vez— en la cuneta del camino".

*

*(Sin embargo...)*

No toméis, sin embargo, al pie de la letra lo que os digo. En general, los viejos sabemos, por viejos, muchas cosas que vosotros, por jóvenes, ignoráis. Y algunas de ellas —todo hay que decirlo— os convendría no aprenderlas nunca. Otras, sin embargo, etc., etc.

*

*(Ejercicios de Sofística.)*

Se dice que no hay regla sin excepción. ¿Es esto cierto? Yo no me atrevería a asegurarlo. En todo caso, si esta afirmación contiene verdad, será una verdad de hecho, que no satisface plenamente a la razón. Toda excepción —se añade— confirma la regla. Esto no parece tan obvio, y es, sin embargo, más aceptable lógicamente. Porque si toda excepción lo es de una regla, donde hay excepción hay regla, y quien piensa la excepción piensa la regla. Esto es ya una verdad de razón, es decir, de Pero Grullo, mera tautología, que nada nos enseña. No podemos conformarnos con ella. Sutilicemos, añadamos algo que no se le pueda ocurrir a Pero Grullo.

1.ª Si toda excepción confirma la regla, una regla sin excepción sería una regla sin confirmar, de ningún modo una *no-regla.*

2.ª Una regla con excepciones será siempre más firme que una regla sin excepciones, a la cual faltaría la excepción que la confirmase.

3.ª Tanto más regla será una regla cuanto más abunde en excepciones.

4.ª La regla ideal sólo contendría excepciones.

Continuar por razonamientos encadenados, hasta alcanzar el ápice o el vórtice de vuestro ingenio. Y cuando os hiervan los sesos, etcétera, etcétera.

*

Señores: nunca un gran filósofo renegaría de la verdad si, por azar, la oyese de labios de su barbero. Pero esto es un privilegio de los grandes filósofos. La mayoría de los hombres preferirá siempre, a la verdad degradada por el vulgo —por ejemplo: dos y dos, igual a cuatro—, la mentira ingeniosa o la tontería sutil, puesta hábilmente más allá del alcance de los tontos.

Un discípulo de Mairena hizo —al día siguiente— algunas intencionadas preguntas a su maestro: "¿Cómo puede un hombre poner la tontería más allá del alcance de los tontos, es decir, más allá del alcance de sí misma? Si, como usted nos enseña, la tontería del hombre es inagotable, ¿dónde pondrá el hombre la tontería que su propia tontería no le dé alcance? Y, en general, ¿cómo puede una cosa ponerse más allá de sí misma?"

## XVII

El escepticismo pudiera estar o no estar de moda. Yo no os aconsejo que figuréis en el coro de sus adeptos ni en el de sus detractores. Yo os aconsejo, más bien, una posición escéptica frente al escepticismo. Por ejemplo: "Cuando pienso que la verdad no existe, pienso, además, que pudiera existir, precisamente por haber pensado lo contrario, puesto que no hay razón suficiente para que sea verdad lo que yo pienso, aunque tampoco demasiada para que deje de serlo". De ese modo nadáis y guardáis la ropa, dais prueba de modestia y eludís el famoso argumento contra escépticos, que lo es sólo contra escépticos dogmáticos.[77]

*

¿Cuántos reversos tiene un anverso? Seguramente uno. ¿Y viceversa? Uno también. ¿Cuáles serán,

77 Compárese con *Aurora*, de Nietzsche, Libro V, n. 477.

entonces, los *siete anversos* que corresponden a "Los siete reversos" a que alude Mairena en su libro recientemente publicado? Tal fue el secreto que su maestro se llevó a la fosa.[78] (De *El Faro de Chipiona.*)

*

Juan de Mairena se preguntó alguna vez si la difusión de la cultura había de ser necesariamente una degradación, y, a última hora, una disipación de la cultura; es decir, si el célebre principio de Carnot tendría una aplicación exacta a la energía humana que produce la cultura.[79] El afirmarlo le parecía temerario. De todos modos —pensaba él—, nada parece que deba aconsejarnos la defensa de la cultura como privilegio de casta, considerarla como un depósito de energía cerrado, y olvidar que, a fin de cuentas, lo propio de toda energía es difundirse y que, en el peor caso, la entropia o nirvana cultural tendríamos que aceptarlo por inevitable. En el peor caso —añadía Mairena—, porque cabe pensar, de acuerdo con la más acentuada apariencia, que lo espiritual es lo esencialmente reversible, lo que al propagarse ni se degrada ni se disipa, sino que se acrecienta. Digo esto para que no os acongojéis demasiado porque las masas, los pobres desheredados de la cultura tengan la usuraria ambición de educarse y la insolencia de procurarse los medios para conseguirlo.

*

78 Todo este párrafo debería ir entrecomillado o en cursiva, porque se supone citado del imaginario periódico de Chipiona: se implica que el tratado de metafísica de Juan de Mairena —v. p. 214 nuestra edición— se publicaría póstumamente, tal vez incluso entonces, en 1935.

79 Sobre el principio de Carnot, véase nota 75, cap. XVI. La cuestión de la difusión popular de la cultura —que no implicaría "degradación"— probablemente le fue sugerida a Antonio Machado por Max Scheler (véase *Universidad y Escuela Superior Popular*, en *Las formas del saber y la sociedad*).

*(Sobre lo apócrifo.)*

Tenéis —decía Mairena a sus alumnos— unos padres excelentes, a quienes debéis respeto y cariño; pero ¿por qué no inventáis otros más excelentes todavía?

*

*(Mairena, examinador.)*

Mairena era, como examinador, extremadamente benévolo. Suspendía a muy pocos alumnos, y siempre tras exámenes brevísimos. Por ejemplo:

—¿Sabe usted algo de los griegos?

—Los griegos..., los griegos eran unos bárbaros...

—Vaya usted bendito de Dios.

—¿...?

—Que puede usted retirarse.

Era Mairena —no obstante su apariencia seráfica— hombre, en el fondo, de malísimas pulgas. A veces recibió la visita airada de algún padre de familia que se quejaba, no del suspenso adjudicado a su hijo, sino de la poca seriedad del examen. La escena violenta, aunque también rápida, era inevitable.

—¿Le basta a usted ver a un niño para suspenderlo? —decía el visitante, abriendo los brazos con ademán irónico de asombro admirativo.

Mairena contestaba, rojo de cólera y golpeando el suelo con el bastón:

—¡Me basta ver a su padre!

*

*(Contra los contrarios.)*

Nada puede ser —decía mi maestro— lo contrario de lo que es.

Nada que *sea* puede tener su contrario en ninguna parte.

Hay una *esencia rosa,* de que todas las rosas participan, y otra *esencia pepino,* y otra *comadreja,* etc., etc., con idéntica virtud. Dicho de otro modo: todas las rosas son *rosa,* todos los pepinos son *pepino,* etc., etc. Pero ¿dónde encontraréis —ni esencial ni existencialmente— lo contrario de una rosa, de un pepino, de una comadreja? El ser carece de contrario, aunque otra cosa os digan. Porque la Nada, su negación, necesitaría para ser su contrario comenzar por ser algo. Y estaría en el mismo caso de la rosa, del pepino, de la comadreja.

*

*(Siempre en guardia.)*

Ya os he dicho que el escepticismo pudiera no estar de moda, y para ese caso posible, y aun probable, yo os aconsejo también una posición escéptica. Se inventarán nuevos sistemas filosóficos en extremo ingeniosos, que vendrán, sobre todo, de Alemania, [80] contra nosotros los escépticos o filósofos propiamente dichos. Porque el hombre es un animal extraño que necesita —según él— justificar su existencia con la posesión de alguna verdad absoluta, por modesto que sea lo absoluto de esta verdad. Contra esto, sobre todo, contra lo modesto absoluto, debéis estar absolutamente en guardia.

*

*(Sobre la modestia relativa.)*

Contaba Mairena que había leído en una placa dorada, a la puerta de una clínica, la siguiente inscripción: "Doctor Rimbombe. De cuatro a cinco, consulta a precios módicos para empleados modestos con blenorragia crónica". Reparad —observaba Mairena— en que aquí

80 Aquí seguramente Antonio Machado ya está tomando en cuenta la obra de Georges Gurvitch, *Tendances actuelles de la philosophie allemande* (Vrin, París, 1930).

lo modesto no es precisamente el doctor, ni, mucho menos la blenorragia.

*

*(Sobre el Carnaval.)*

Se dice que el Carnaval es una fiesta llamada a desaparecer. Lo que se ve —decía Mairena— es que el pueblo, siempre que se regocija, *hace Carnaval.* De modo que lo carnavalesco, que es lo específicamente popular de toda fiesta, no lleva trazas de acabarse. Y desde un punto de vista más aristocrático, tampoco el Carnaval desaparece. Porque lo esencial carnavalesco no es ponerse careta, sino quitarse la cara. Y no hay nadie tan bien avenido con la suya que no aspire a estrenar otra alguna vez.

## XVIII

*(En clase.)*

—¿Recuerda usted, señor Rodríguez, lo que dijimos de las intuiciones y de los conceptos?

R.—Que son vacíos los conceptos sin intuiciones, y ciegas las intuiciones sin los conceptos.[81] Es decir, que no hay manera de llenar un concepto sin la intuición, ni de poner ojos a la intuición sin encajarla en el concepto. Pero unidas las intuiciones a los conceptos tenemos el conocimiento: una oquedad llena que es, al mismo tiempo, una ceguedad vidente.

M.—¿Y usted ve claro eso que dice?

R.—Con una claridad perfectamente tenebrosa, querido maestro.

*

81 "Los pensamientos sin contenido son vacíos, las intuiciones sin conceptos son ciegas" (Kant, *Crítica de la razón pura. Doctrina transcendental de los elementos*, segunda parte, introducción, I); la misma idea aparece repetida en numerosos pasajes de la misma *Crítica.*

Decía mi maestro: Pensar es deambular de calle en calleja, de calleja en callejón, hasta dar en un callejón sin salida. Llegados a este callejón pensamos que la gracia *estaría* en salir de él. Y entonces es cuando se busca la puerta al campo.

*

A este escritor, que vosotros llamáis "humorista" [82] —decía Mairena a sus alumnos— porque se ríe de todo y pretende hacernos reír a costa de todo, le falta, para ser humorista el haberse reído alguna vez de sí mismo. En verdad, él lleva dentro un hombrecito muy engolado y muy serio, que está pidiendo un puntapié en la espinilla que lo ponga en ridículo. Y es él mismo quien tendría que dárselo.

Sed incomprensivos; yo os aconsejo la incomprensión, aunque sólo sea para destripar los chistes de los tontos. Cuando alguien os diga: "Si sales de Madrid y caminas hacia el Norte, cuida bien de tus botas, sobre todo al pasar de El Plantío, porque, primero las Rozas, después las Matas...", [83] vosotros añadid: "Y después, Torrelodones, Villalba... En efecto, es mucho trajín para el calzado".

*

El ceño de la incomprensión —decía Mairena, gran observador de fisonomías— es, muchas veces, el signo de la inteligencia, propio de quien piensa algo en contra de lo que se le dice, que es, casi siempre, la única manera de pensar algo.

*

82 *A este escritor*; sin duda, el sainetero responsable del mal chiste del párrafo siguiente.

83 El juego de palabras es tan castizamente sainetesco y tan malo, que puede costar trabajo verlo: "primero rozas las botas, después las matas" (las destruyes)...

Es cosa triste que hayamos de reconocer a nuestros mejores discípulos en nuestros contradictores, a veces en nuestros enemigos, que todo magisterio sea, a última hora, cría de cuervos, que vengan un día a sacarnos los ojos.

*

Pero no exageremos —añadía Mairena—. Nosotros, los maestros, somos un poco egoístas, y no siempre pensamos que la cultura sea como la vida, aquella antorcha del corredor a que alude Lucrecio en su verso inmortal.[84] Nosotros quisiéramos acapararla. Nuestras mismas ideas nos parecen hostiles en boca ajena, porque pensamos que ya no son nuestras. La verdad es que las ideas no deben ser de nadie. Además —todo hay que decirlo—, cuando profesamos nuestras ideas y las convertimos en opinión propia, ya tienen algo de prendas de uso personal, y nos disgusta que otros las usen. Otrosí: las ideas profesadas como creencias[85] son también gallos de pelea con espolones afilados. Y no es extraño que alguna vez se vuelvan contra nosotros con los espolones más afilados todavía. En suma, debemos ser indulgentes con el pensar más o menos gallináceo de nuestro vecino.

*

Por eso yo os aconsejo —¡oh dulces amigos!— el pensar alto, o profundo, según se mire. De la claridad no habéis de preocuparos, porque ella se os dará siempre por añadidura. Contra el sabido latín, yo os aconsejo el *primum philosophari* de toda persona espiritualmente bien nacida.[86] Sólo el pensamiento filosófico

[84] *et quasi cursores vitai lampada tradunt* (*De Rerum Natura*, libro II, v. 79).

[85] La contraposición entre "ideas" y "creencias" se había hecho ya moneda de curso legal por obra de Ortega y Gasset, aunque el libro titulado *Ideas y creencias* se publicaría después (1940).

[86] *Primum vivere, deinde philosophari*, "primero vivir, después filosofar".

tiene alguna nobleza. Porque él se engendra, ya en el diálogo amoroso que supone la dignidad pensante de nuestro prójimo, ya en la pelea del hombre consigo mismo. En este último caso puede parecer agresivo, pero, en verdad, a nadie ofende y a todos ilumina.

## XIX

*(Leve profecía de Juan de Mairena.)*

Donde la mujer suele estar, como en España —decía Juan de Mairena—, en su puesto, es decir, en su casa, cerca del fogón y consagrada al cuidado de sus hijos, es ella la que casi siempre domina, hasta imprimir el sello de su voluntad a la sociedad entera. El verdadero problema es allí el de la emancipación de los varones, sometidos a un régimen maternal demasiado rígido. La mujer perfectamente abacia [87] en la vida pública, es voz cantante y voto decisivo en todo lo demás. Si unos cuantos viragos del sufragismo, que no faltan en ningún país, consiguiesen en España de la frivolidad masculina la concesión del voto a la mujer, las mujeres propiamente dichas votarían contra el voto; quiero decir que enterrarían en las urnas el régimen político que, imprudentemente, les concedió un derecho a que ellas no aspiraban. Esto sería lo inmediato. Si, más tarde, observásemos que la mujer deseaba, en efecto, intervenir en la vida política, y que pedía el voto, sabiendo lo que pedía, entonces podríamos asegurar que el matriarcado español comenzaba a perder su fuerza y que el varón tiraba de la mujer más que la mujer del varón. Esto sería entre nosotros profundamente revolucionario. Pero es peligro demasiado remoto para que pueda todavía preocuparnos.

*

87 *abacia,* del griego αβαχεής, "que no habla", o "que no tiene voz ni voto"; no está en el Diccionario de la R. A. E.

*(Mairena, autor dramático.)*

"¡Qué padre tan cariñoso pierde el mundo!" Esto exclamaba Jacks el destripador, momentos antes de ser ahorcado, en el drama trágico *Padre y verdugo,* de Juan de Mairena, estrepitosamente silbado en un teatro de Sevilla, hacia los últimos años del pasado siglo.

El Jacks de Mairena era un hombre que había amado mucho —a más de sesenta mujeres, entre esposas y barraganas— con el tenaz propósito, nunca logrado, de fabricar un hijo. La infecundidad de su casto lecho le llevó a la melancolía primero; después, a la desesperanza; por último, al odio, a la locura, al crimen monstruoso. La obra iba "pasando" entre aplausos tímidos y murmullos de desagrado... Algunos decían: "No está mal"; otros: "Atrevidillo"; otros: "¡Inaceptable!" Cuando llegó la frase final —¡qué padre tan cariñoso!, etc.—, dicha con profunda emoción por don Pedro Delgado,[88] uno de los discípulos de Mairena gritó con voz estentórea: "¡Bravo, maestro!" Y fue entonces cuando estalló la tormenta. Mairena no volvió a escribir para el teatro, temeroso de un nuevo fracaso ante un público insuficientemente preparado para la tragedia. Por aquella época, sin embargo, se estrenó un *Nerón,* de Cavestany, con el éxito más lisonjero.[89]

*

Todo hombre célebre debe cuidar de no deshacer su leyenda —la que a todo hombre célebre acompaña en vida desde que empieza su celebridad—, aunque ella sea hija de la frecuente y natural incomprensión de su prójimo. La vida de un hombre no es nunca lo bastante dilatada para deshacer una leyenda y crear otra. Y

[88] Don Pedro Delgado (1824-1904) fue, en la realidad, el actor que, en 1860, resucitó y popularizó, hasta hacerlo costumbre anual, el *Don Juan Tenorio* de Zorrilla, sólo medianamente celebrado en su primera presentación.

[89] Juan Antonio Cavestany (1861-1924) fue prolífico y celebrado autor dramático: la Enciclopedia Espasa dice que su *Nerón* tiene "magistrales versos".

sin leyenda no se pasa a la Historia. Esto que os digo, para el caso de que alcancéis celebridad, es un consejo de carácter pragmático. Desde un punto de mira más alto, yo me atrevería a aconsejaros lo contrario. Jamás cambiéis vuestro auténtico ochavo moruno por los falsos centenes en que pretendan estampar vuestra efigie.

*

Yo no os aconsejo que desdeñéis los tópicos, lugares comunes y frases más o menos mostrencas de que nuestra lengua —como tantas otras— está llena, ni que huyáis sistemáticamente de tales expresiones; pero sí que adoptéis ante ellas una actitud interrogadora y reflexiva. Por ejemplo: "Porque las canas, siempre venerables..." ¡Alto! ¿Son siempre, en efecto, venerables las canas? ¡Oh, no siempre! Hay canas prematuras que ni siquiera son signo de ancianidad. Además, ¿pueden ser venerables las canas de un anciano usurero? Parece que no. En cambio, las canas de un hombre envejecido en el estudio, en el trabajo, en actividades heroicas, son en efecto, venerables. Pero ¿en qué proporción, dentro de la vida social, son venerables las canas, y en cuál dejan de serlo? ¿Por qué el adjetivo venerable se aplica tan frecuentemente al substantivo canas? ¿Es que, por ventura, el número de ancianos venerables propiamente dichos excede al de viejos sinvergüenzas cuyas canas de ningún modo deben venerarse? Después de este análisis, que yo inicio, nada más, y que vosotros podéis continuar hasta lo infinito, ya estáis libres del maleficio de los lugares comunes, del grave riesgo de anegar vuestro pensamiento en la inconsciencia popular, de pasearle en el gran *omnibus* o *coche-ripert* de la vulgaridad idomática. Porque ya podéis emplear los lugares comunes con arreglo a una lógica nueva, llamada Logística por los que la inventaron y conocen, la cual exige una "cuantificación de los predicados" a que no estábamos habituados. Por ejemplo: "Las canas, casi siempre venerables; las canas, algunas veces venerables; las canas, no siempre despreciables; las canas, en un treinta y cinco por ciento venerables"; etc., etc.

Para la "cubicación" de vuestro lenguaje, que es, a fin de cuentas, la gran faena del escritor, estas reflexiones no me parecen del todo inoportunas.

## XX

Entre las piezas dramáticas que escribió Juan de Mairena, sin ánimo ya de hacerlas representar, recordamos una tragicomedia titulada: *El gran climatérico*. El protagonista de ella, siempre en escena, era un personaje que simbolizaba lo "inconsciente libidinoso" a través de la existencia humana, desde la adolescencia hasta el término de la vida sexual, que los médicos de aquel entonces colocaban en el sexagésimo tercero aniversario del nacimiento, para los varones, y Mairena, al borde de la fosa, aproximadamente, para ambos sexos.

No había en los veintiún actos de esta obra la más leve anticipación de las teorías de Freud y de otros eminentes psiquiatras de nuestros días, pero sí algunas interesantes novedades —no demasiado nuevas— de técnica teatral. El diálogo iba acompañado de ilustraciones musicales. Cornetín y guitarra ejercían, ya de comentaristas alegres o burlones, ya, como el coro clásico, de jaleadores del infortunio. Mas todo ello muy levemente y administrado con gran parsimonia. Restablecía Juan de Mairena en su obra —y esto era lo más original de su técnica— los monólogos y los apartes, ya en desuso, y con mayor extensión que se habían empleado nunca. Y ello por varias razones, que él exponía, en clase, a sus alumnos.

1.ª De este modo —decía Mairena— se devuelve al teatro parte de su inocencia y casi toda su honradez de otros días. La comedia con monólogos y apartes puede ser juego limpio; mejor diremos, juego a cartas vistas, como en Shakespeare, en Lope, en Calderón. Nada tenemos ya que adivinar en sus personajes, salvo lo que ellos ignoran de sus propias almas, porque todo lo demás ellos lo declaran, cuando no en la conversación, en el soliloquio o diálogo interior, y en el aparte o reserva mental, que puede ser el reverso de toda plática o "interloquio".

2.ª Desaparecen del teatro el drama y la comedia embotellados, de barato psicologismo, cuyo interés "folletinesco" proviene de la ocultación arbitraria de los propósitos conscientes más triviales, que hemos de adivinar a través de conversaciones sin substancia o de reticencias y frases incompletas, pausas, gestos, etc., de difícil interpretación escénica.

3.ª Se destierra del teatro al confidente, ese personaje pasivo y superfluo, cuando no perturbador de la acción dramática, cuya misión es escuchar —para que el público se entere— cuanto los personajes activos y esenciales no pueden decirse unos a otros, pero que, necesariamente, cada cual se dice a sí mismo, y nos declaran todos en sus monólogos y apartes.

*

Uno de los discípulos de Mairena hizo esta observación a su maestro:

—El teatro moderno, marcadamente realista, huye de lo convencional y, sobre todo, de lo inverosímil. No es, en verdad, admisible que un personaje hable consigo mismo en alta voz cuando está acompañado, ni aun cuando está solo, como no sea en momentos de exaltación o de locura.

—¡Es gracioso! —exclamó Mairena, celebrando con una carcajada la discreción de su discípulo—. Pero ¿usted no ha reparado todavía en que casi siempre que se levanta el telón o se descorre la cortina en el teatro moderno aparece una habitación con tres paredes, que falta en ella ese cuarto muro que suelen tener las habitaciones en que moramos? ¿Por qué no se asombra usted, no se "estrepita", como dicen en Cuba, de esa terrible inverosimilitud?

—Porque sin la ausencia de ese cuarto muro —contestó el alumno de Mairena—, ¿cómo podríamos saber lo que pasa dentro de esa habitación?

—¿Y cómo quiere usted saber lo que pasa dentro de un personaje de teatro si él no lo dice?

*

—Antes —añadía Mairena— que intentemos la comedia no euclidiana de "n" dimensiones —digamos esto para captarnos la expectante simpatía de los novedosos— hemos de restablecer y perfeccionar la comedia cúbica con su bien acusada tercera dimensión, que había desaparecido de nuestra escena. Y reparad, amigos, en que el teatro moderno, que vosotros llamáis realista, y que yo llamaría también docente y psicologista, es el que más ha aspirado a la profundidad, no obstante su continua y progresiva "planificación". En esto, como en todo, nuestro tiempo es fecundo en contradicciones.

*

Porque lo natural en el hombre es estar siempre en compañía más o menos íntima de sí mismo, y sólo algunas veces acompañado de su prójimo, los personajes de mi comedia —Mairena aludía a *El gran climatérico*— no pueden ser meros conversadores o semovientes silenciosos de hueca o impenetrable soledad, sino, como los personajes shakesperianos, cuya acción se acompaña de conciencia más o menos clara, hombres y mujeres para quienes la conversación no siempre tiene la importancia de sus monólogos y apartes. Recordad a Hamlet, a Macbeth, a tantos otros gigantes inmortales de ese portentoso creador de conciencias [90] —¿qué otra cosa más grande puede ser un poeta?—,

90 Sobre Shakespeare como "creador de conciencias" ver también luego cap. XXII y nota 101, p. 133.

los cuales nos dicen todo cuanto saben de sí mismos y aun nos invitan a adivinar mucho de lo que ignoran.

*

La parte musical de mi obra *El gran climatérico* quedó reducida a muy pocas notas. Y aún de ellas se podría prescindir, si la comedia alguna vez, y nunca en mis días, llega a representarse. No estaba, sin embargo, puesta la música sin intención estética y psicológica. Porque algún elemento expresivo ha de llevar en el teatro la voz de lo subconsciente, donde residen, a mi juicio, los más íntimos y potentes resortes de la acción. Pero dejemos esto y resumamos algo de lo dicho.

Tenemos, pues como elementos esenciales de nuestro teatro "cúbico":

1.º Lo que los personajes se dicen unos a otros cuando están en visita, el diálogo en su acepción más directa, de que tanto usa y abusa el teatro moderno. Es la costra superficial de las comedias, donde nunca se intenta un diálogo a la manera socrática, sino, por el contrario, un coloquio en el cual todos rivalizan en insignificancia ideológica. Ejemplo:

—Porque una mujer de mi clase, ¿podrá enamorarse de un sargento de Carabineros?

—¿Quién lo piensa, duquesa?

—¡Oh, nadie! Pero ya sabe usted, marqués, que la maledicencia no tiene límites.

—Lo reconozco, en efecto, no sin rubor; porque ¿quién no ha pecado alguna vez de maldiciente?

—Tampoco seré yo quien tire la primera piedra...

—Ni yo la segunda si usted no se decide...

—Usted siempre galante y ocurrente, etc., etcétera.

Para este diálogo sobran actores, maestros en el arte de quitar importancia a cuanto dicen.

2.º Los monólogos y apartes, que nos revelan propósitos y sentimientos recónditos, y que nos muestran, por ejemplo, cómo en el alma de Macbeth cuaja la ambición de ser rey, su decisión de asesinar a Duncan, y aun el acto fatal que se desprende, como fruto maduro, de aquel terrible soliloquio:

*Is this a dagger which I see before me,*
*The handle towards my hand?* [91]

O, en el ejemplo que antes pusimos, la escena de la duquesa a solas con el carabinero, quiero decir con la imagen del carabinero que le enturbia el alma, el monólogo en que ella se encomienda a Dios para que proteja su orgullo de mujer, su honor de esposa intachable y para que la libre de malas tentaciones.

La expresión de todo esto necesita actores capaces de sentir, de comprender y, sobre todo, de imaginar personas dramáticas en trances y situaciones que no pueden copiarse de la vida corriente. El cómico de tipo creador, de intuiciones geniales, a lo Antonio Vico, o la actriz a lo Adelaida Ristori, [92] son imprescindibles.

3.° y último. Agotado ya, por el diálogo, el monólogo y el aparte, cuando el personaje dramático sabe de sí mismo, el total contenido de su conciencia clara, comienza lo que pudiéramos llamar "táctica oblicua" del comediógrafo, para sugerir cuanto carece de expresión directa, algo realmente profundo y original, el fondo inconsciente o subconsciente de donde surgen los impulsos creadores de la conciencia y de la acción, la fuerza cósmica que, en última instancia, es el motor dramático, ese ¡ole, ole!, por ejemplo, misterioso y tenaz, que va llevando a nuestra heroína, ineluctablemente, a los brazos del sargento de Carabineros.

Sólo para esto requería yo el auxilio de la música. Pero, convencido de que la mezcla de las artes nos da siempre productos híbridos, estéticamente infecundos, acaso me decida a prescindir del pentagrama.

91 Acto II, Esc. I: "¿Es una daga lo que veo ante mí, / con el puño hacia mi mano?".

92 Antonio Vico (1840-1902) y Adelaida Ristori (1822-1906) fueron famosos actores.

Pero de esto hablaremos más despacio, cuando os coloque y explique algunas escenas de *El gran climatérico*. Quede para otro día.

## XXI

*(Fragmentos de varias lecciones de Mairena.)*

—Sostenía mi maestro —habla Mairena a sus alumnos de Sofística— que todo cuanto se mueve es inmutable, es decir, que no puede afirmarse de ello otro cambio que el cambio de lugar; que el movimiento corrobora la identidad del móvil en todos los puntos de su trayectoria. Sea lo que sea aquello que se mueve, no puede cambiar, por el mismo hecho de moverse.[93] Meditad sobre esto, que parece muy lógico, y está, sin embargo, en pugna con todas las apariencias.

Uno de los discípulos de Mairena presentó al día siguiente algunas objeciones al maestro. Entre otras, ésta: "Esa tesis pugna, en efecto, con el sentido común. Un objeto puede cambiar mientras se mueve. Si echo a rodar una naranja por el suelo, esta naranja puede llegar al fin de su trayectoria con la corteza rota, toda escachada y muy otra que salió de mi mano. La naranja, pues, se ha movido y ha cambiado".

—Eso parece muy claro —respondió Mairena—. Sin embargo, no sirve para refutar la tesis propuesta. Usted habla muy *grosso modo* de la naranja, y no distingue claramente lo que piensa en lo que habla. Usted no puede pensar el movimiento de cuanto no conserva su identidad al fin de su trayectoria, por corta que ésta sea. Su identidad puede ser real o aparente, más sólo de ella es dado pensar el movimiento. De la menor partícula que no se conserve igual a sí misma en dos

93 Quizá hay aquí una derivación, o réplica paradójica respecto a Bergson (*L'évolution créatice*, cap. VI, "Comme le devenir choque les habitudes de la pensée...", *Œuvres*, pág. 760, ed. P. U. F., 1963).

lugares y dos momentos sucesivos no puede usted decir que se haya movido. Aunque usted piense esa partícula, como la naranja, parcialmente cambiada, entre dos puntos de su trayectoria, sólo de la parte de esa partícula que no ha cambiado piensa usted lógicamente el movimiento, o cambio de lugar. El movimiento anula el cambio. Y viceversa.

De aquí sacaba mi maestro consecuencias muy graves:

1.º Si lo que se mueve no puede cambiar, es el movimiento la prueba más firme de la inmutabilidad del ser, entendiendo por ser *ese algo* que no sabemos *lo que es,* ni siquiera *si es,* y del cual, en este caso, pensamos el movimiento.

2.º La ciencia física, que reduce la naturaleza a fenómenos de movimiento, piensa un ser inmutable, a la manera eleática, al cual atribuye un movimiento.

3.º Si todo, pues, se mueve, nada cambia.

4.º Si algo cambia, no se mueve.

5.º Si todo cambiase, nada se movería.

—Conviene, sin embargo, —objetó el alumno—, que distingamos entre cambio de lugar o movimiento y cambios cualitativos. Ya Aristóteles...

—Dejémonos de monsergas —replicó Mairena—. Los cambios cualitativos, si son meras apariencias que sólo contienen cambios de lugar o movimientos, están en el caso que ya hemos analizado; si son otra cosa, escapan al movimiento y son, necesariamente, inmóviles. Siempre vendremos a parar a lo mismo: el movimiento es inmutable, y el cambio es inmóvil.

Sin embargo —añadía Mairena—, reparad en esto: es muy difícil dudar del cambio, de un cambio ajeno al movimiento, que nos parece una realidad inmediata, y no menos difícil dudar de la realidad del movimiento.

6.º Si el cambio es una realidad y el movimiento es otra, la realidad absoluta sería absolutamente heterogénea.

Tal fue el problema que dejó mi maestro para entretenimiento de los desocupados del porvenir.

*

*(Sobre teatro.)*

—¿Por qué he llamado a mi tragicomedia —decía Mairena a sus discípulos— *El gran climatérico*? En primer lugar, porque me suena bien, algo así como a título de drama trágico, que fuese para comedia de figurón o viceversa. En segundo, porque, como ya he dicho, alude al sexagésimotercero año de la existencia humana, que los médicos y los astrólogos consideran como el más crítico y peligroso de la vida, su escalón o *klimakter*[94] más difícil de salvar, y después del cual estamos en plena ancianidad y, con ella, más allá de la vida preponderantemente sexual, al fin de la tragicomedia erótica, cuando ya podemos hacer algunas reflexiones sobre su totalidad. Tal es la razón del título, que no pretende, por lo demás, contener una definición de la obra.

La elección del tema —la libídine o apetito lascivo a través del tiempo y de las edades del hombre— no obedece a un deseo de llevar a la escena asuntos escabrosos que despierten un interés insano, alusiones salaces que halaguen el gusto estragado y pervertido de nuestras ciudades. Nada de esto. El tema es original, quiero decir que es viejo como el mundo, y no aspira tampoco a ser del agrado de los *snobs*. En el teatro de nuestro gran siglo ha aparecido muchas veces, bajo múltiples formas. Por muy nuestro y trillado de plumas castellanas lo elijo, para tema de comedia integral, a la española.

*

94 κλιμακτήρ, "escalón", en griego, y, a la vez, "edad crítica".

Pero dejemos a un lado —sigue hablando Mairena— esta obra mía, de cuya importancia y trascendencia soy yo el menos convencido, aunque volvamos a ella más adelante; porque, al fin, ¿qué autor no coloca su obra, cuando no en el teatro, a un círculo de oyentes más o menos obligado a escucharle? Y volvamos al tema general de la renovación del teatro.

*

Recordad lo que tantas veces os he dicho: "De cada diez novedades que se intentan, más o menos flamantes, nueve suelen ser tonterías; la décima y última, que no es tontería, resulta, a última hora, de muy escasa novedad". Y esto es lo inevitable, señores. Porque no es dado al hombre el crear un mundo de la nada como al Dios bíblico, ni hacer tampoco lo contrario, como hizo el Dios de mi maestro, cosa más difícil todavía. [95] La novedad propiamente dicha nos está vedada. Quede esto bien asentado. Nuestro deseo de renovar el teatro no es un afán novelero —o novedoso, como dicen nuestros parientes de América—, sino que es, en parte y por de pronto, el propósito de restaurar, *mutatis mutandis,* mucho de lo olvidado o injustamente preterido.

Es la dramática un arte literario. Su medio de expresión es la palabra. De ningún modo debemos mermar en él los oficios de la palabra. Con palabras se charla y se diserta; con palabras se piensa y se siente y se desea; con palabras hablamos a nuestro vecino, y cada cual se habla a sí mismo, y al Dios que a todos nos oye, y al propio Satanás que nos salga al paso. Los grandes poetas de la escena supieron esto mejor que nosotros; ellos no limitaron nunca la palabra a la expresión de cuantas naderías cambiamos en pláticas

95 El Dios de Abel Martín creó la Nada en el Ser para crear el mundo (v. *De un cancionero apócrifo,* p. 187 y sig. de nuestra edición, y también nota 57 a p. 237, y, sobre todo, p. 71 de la *Introducción*).

superfluas, mientras pensamos en otra cosa, sino que dicen también esa otra cosa, que suele ser lo más interesante.

Lo dramático —añadía Mairena— es acción, como tantas veces se ha dicho. En efecto, acción humana, acompañada de conciencia y, por ello, siempre de palabra. A toda merma en las funciones de la palabra corresponde un igual empobrecimiento de la acción. Sólo quienes confunden la acción con el movimiento gesticular y el trajín de entradas y salidas pueden no haber reparado en que la acción dramática —perdonadme la redundancia— va poco a poco desapareciendo del teatro. El mal lo han visto muchos, sobre todo el gran público, que no es el que asiste a las comedias sino el que se queda en casa. Disminuida la palabra y, concomitantemente, la acción dramática, el teatro, si no se le refuerza como espectáculo, ¿podrá competir con una función de circo o una capea de toros enmaromados? Sólo una oleada de ñoñez espectacular, más o menos cinética, que nos venga de América, podrá reconciliarnos con la mísera dramática que aún nos queda. Pero esto no sería una resurrección del teatro, sino un anticipado oficio de difuntos.

*

(*Sobre crítica.*)

*Ten censure wrong for one who writes amiss,*[96] decía Pope, un inglés que no se chupaba el dedo. Ignoro —añadía Mairena— si esta sentencia tiene todavía una perfecta aplicación a la literatura inglesa; mas creo que viene como anillo al dedo de la nuestra. Entre nosotros —digámoslo muy en general, sin ánimo de zaherir a nadie y salvando siempre cuanto se salva por sí mismo— la crítica o reflexión juiciosa sobre la obra realizada es algo tan pobre, tan desorientado y desca-

96 *Essay on criticism,* v. 6; "diez censuran equivocadamente por uno que escriba mal".

minante que apenas si nos queda más norte que el público. En el teatro, sobre todo. Hasta nuestros grandes dramáticos del Siglo de Oro, metidos a censores y preceptistas, no hicieron cosa mejor que pedantear en torno a Aristóteles. Y cuando el teatro era Francisco Comella, vino Moratín, gran censor. El buen don Leandro, autor de piezas estimables, llevaba dentro un crítico tan inepto para juzgar las comedias como don Eleuterio Crispín de Andorra para escribirlas.[97] Bástenos recordar que *El gran cerco de Viena,* modelo de cacografía escénica, está imaginado sobre un esquema calderoniano, es una parodia inconsciente de la obra de nuestro gran barroco. De la crítica, ya especializada, a la hora del florecer romántico, más vale no hablar. Y es que entre nosotros lo endeble es el juicio, tal vez porque lo sano y viril es, como vió Cervantes, la locura.

*

Pero el público, señores... ¿qué diremos del público? Del público, mejor diré: del pueblo, que ya no quiere ser público en el teatro, hablaremos otro día. Sólo adelantaremos —añadía Mairena— que ha sido él quien ha salvado más valores esenciales en el teatro, casi todos los que han llegado hasta nosotros.

## XXII

Antes de escribir un poema —decía Mairena a sus alumnos— conviene imaginar el poeta capaz de escribirlo. Terminada nuestra labor, podemos conservar el poeta con su poema, o prescindir del poeta —como suele hacerse— y publicar el poema; o bien tirar el

97 El personaje don Eleuterio Crispín de Andorra, en *La comedia nueva o El café,* de Moratín, era una caricatura de Francisco Comella (1751-1812), rezagado superviviente de la dramaturgia al modo del Siglo de Oro. El señor de Andorra, en la obra de Moratín, es el supuesto autor de una pieza, *El gran cerco de Viena,* que fracasa, con lo que su autor renuncia a sus sueños literarios.

poema al cesto de los papeles y quedarnos con el poeta, o, por último, quedarnos sin ninguno de los dos, conservando siempre al hombre imaginativo para nuevas experiencias poéticas.

Estas palabras, y algunas más que añadía Mairena, publicadas en un periódico de la época, sentaron muy mal a los poetas, que debían ser muchos en aquel entonces, a calcular por el números de piedras que le cayeron encima al modesto profesor de Retórica.

*

¡Quién fuera diamante puro!
—dijo un pepino maduro.
Todo necio
confunde valor y precio.[98]

Sin embargo —añadía Mairena, comentando el aforismo de su maestro—, pasarán los pepinos y quedarán los diamantes, si bien —todo hay que decirlo— no habrá ya quien los luzca ni quien los compre. De todos modos, la aspiración del pepino es una verdadera pepinada.

*

(*Una saeta de Abel Martín*)[99]

Abel, solo. Entre sus libros
palpita un grueso roskopf.[100]
Los ojos de un gato negro
—dos uvas llenas de sol—
le miran. Abel trabaja,

98 El tercer y cuarto verso de este epigrama formaban el epigrama LXVIII de *Proverbios y canciones*, en *Nuevas canciones* (página 148 de nuestra edición).

99 La "saeta" —en sentido de copla de "cante hondo" propia de Semana Santa— está formada por los cuatro últimos versos: los anteriores explican su génesis.

100 "Roskopf Patent" era la marca de unos relojes de acero, baratos y absolutamente irrompibles.

al voladizo balcón
de sus gafas asomado:
"Es la que perdona Dios".
... Escrito el verso, el poeta
pregunta: ¿quién me dictó?
¡Estas sílabas contadas,
quebrando el agrio blancor
del papel!... ¿Ha de perderse
un verso tan español?

*

Hay blasfemia que se calla
o se trueca en oración;
hay otra que escupe al cielo
y es la que perdona Dios.

*

Supongamos —decía Mairena— que Shakespeare, creador de tantos personajes plenamente humanos, se hubiera entretenido en imaginar el poema que cada uno de ellos pudo escribir en sus momentos de ocio, como si dijéramos, en los entreactos de sus tragedias. Es evidente que el poema de Hamlet no se parecería al de Macbeth; el de Romeo sería muy otro que el de Mercutio.[101] Pero Shakespeare sería siempre el autor de estos poemas y el autor de los autores de estos poemas.

*

Pero, además, ¿pensáis —añadía Mairena— que un hombre no puede llevar dentro de sí más de un poeta? Lo difícil sería lo contrario, que no llevase más que uno.

*

101 Recuérdese que Mercutio, en *Romeo y Julieta*, es un personaje que parece principalmente creado para decir el maravilloso poema sobre la Reina Mab y los sueños.

El escepticismo de los poetas suele ser el más hondo y el más difícil de refutar. Ellos nos engañan casi siempre con su afición a los superlativos.

*

Después de la verdad —decía mi maestro— nada hay tan bello como la ficción.

Los grandes poetas son metafísicos fracasados.

Los grandes filósofos son poetas que creen en la realidad de sus poemas.

El escepticismo de los poetas puede servir de estímulo a los filósofos. Los poetas, en cambio, pueden aprender de los filósofos el arte de las grandes metáforas, de esas imágenes útiles por su valor didáctico e inmortales por su valor poético. Ejemplos: *El río de Heráclito, la esfera de Parménides, la lira de Pitágoras, la caverna de Platón, la paloma de Kant,* etc., etc.[102]

También de los filósofos pueden aprender los poetas a conocer los callejones sin salida del pensamiento, para salir —por los tejados— de esos mismos callejones; a ver, con relativa claridad, la natural *aporética*[103] de nuestra razón, su profunda irracionalidad, y a ser tolerantes y respetuosos con quienes la usan del revés, como don Julián Sanz del Río[104] usaba su gabán, en los días más crudos del invierno, con los forros hacia fuera, convencido de que así abrigaba más.

*

102 "No es posible entrar dos veces en el mismo río", Heráclito (ed. Diels, cap. 22, frag. 91, 5.ª edición); "el corazón inconmovible de la bien redondeada verdad", Parménides, ed. Diels, 5.ª edición, cap. 28, frag. 8; la lira de Pitágoras —de quien no se conservan textos— era el símbolo de la armonía, ley esencial de todas las cosas; la caverna de Platón, símbolo del conocimiento por reminiscencia de las Ideas contempladas en la esfera celeste anterior a la vida, está en *República* VIII, 514; para la paloma de Kant, v. capítulo VII, nota 33.

103 *aporética,* por derivación de "aporía", "tendencia a buscar lo problemático, a poner en duda lo pensado".

104 Julián Sanz del Río (1814-1869), tras un viaje de estudios a Heidelberg (1843-45) trajo a España la filosofía de Krause, que tanto influyó en el espíritu de la posterior Institución Libre de Enseñanza.

Juan de Mairena decía a sus alumnos de cuando en cuando frases impresionantes, de cuya inexactitud era él el primer convencido; pero que, a su juicio, encerraban una cierta verdad. Y ahora recordamos una sentencia, muy semejante en su forma y apariencia a otra más universal de contenido, pero también desmesurada, del gran Xenius: "En nuestra literatura —decía Mairena— casi todo lo que no es *folklore* es pedantería." [105]

Con esta frase no pretendía Mairena degradar nuestra gloriosa literatura, como, seguramente, Xenius, cuando afirmaba: *Todo lo que no es tradición es plagio,* no pretendía degradar la tradición hasta ponerla al alcance de los tradicionalistas. Mairena entendía por *folklore,* en primer término, lo que la palabra más directamente significa: saber popular, lo que el pueblo sabe, tal como lo sabe; lo que el pueblo piensa y siente, tal como lo siente y piensa, y así como lo expresa y plasma en la lengua que él, más que nadie, ha contribuido a formar. En segundo lugar, todo trabajo consciente y reflexivo sobre estos elementos, y su utilización más sabia y creadora.

Es muy posible —decía Mairena— que, sin libro de caballerías y sin romances viejos que parodiar, Cervantes no hubiese escrito su *Quijote*; pero nos habría dado, acaso, otra obra de idéntico valor. Sin la asimilación y el dominio de una lengua madura de ciencia y conciencia popular, ni la obra inmortal ni nada equivalente pudo escribirse. De esto que os digo estoy completamente seguro.

Mucho me temo, sin embargo, que nuestros profesores de Literatura —dicho sea sin ánimo de molestar a ninguno de ellos— os hablen muy de pasada de nuestro *folklore,* sin insistir ni ahondar en el tema, y que pretendan explicaros nuestra literatura con el producto de una actividad exclusivamente erudita. Y lo peor sería

105 *Xenius,* ocasional seudónimo catalán de Eugenio d'Ors, cuya sentencia aquí aludida —"Lo que no es tradición, es plagio"— aparece repetidamente a lo largo de su obra y ha quedado también grabada en grandes caracteres en uno de los muros exteriores de la Real Academia Española.

que se crease en nuestras Universidades cátedras de *Folklore,* a cargo de especialistas expertos en la caza y pesca de elementos *folklóricos,* para servidos aparte, como materia de una nueva asignatura. Porque esto, que pudiera ser útil alguna vez, comenzaría por ser desorientador y descaminante. Un *Refranero del Quijote,* por ejemplo, aun acompañado de un estudio, más o menos clasificado, de toda la paremiografía cervantina, nos diría muy poco de la función de los refranes en la obra inmortal. Recordad lo que tantas veces os he dicho: es el pescador quien menos sabe de los peces, después del pescadero, que sabe menos todavía. No. Lo que los cervantistas nos dirán algún día, con relación a estos elementos *folklóricos* del *Quijote,* es algo parecido a esto:

Hasta qué punto Cervantes los hace suyos; cómo los vive; cómo piensa y siente con ellos; cómo los utiliza y maneja; cómo los crea, a su vez, y cuántas veces son ellos molde del pensar cervantino. Por qué ese complejo de experiencia y juicio, de sentencia y gracia, que es el refrán, domina en Cervantes sobre el concepto escueto o revestido de artificio retórico. Cómo distribuye los refranes en esas conciencias complementarias de Don Quijote y Sancho. Cuándo en ellos habla la tierra, cuándo la raza, cuándo el hombre, cuándo la lengua misma. Cuál es su valor sentencioso y su valor crítico y su valor dialéctico. Esto y muchas cosas más podrían decirnos.

## XXIII

—Cuando una cosa está mal, decía mi maestro —habla Mairena a sus alumnos—, debemos esforzarnos por imaginar en su lugar otra que esté bien; si encontramos, por azar, algo que esté bien, intentemos pensar algo que esté mejor. Y partir siempre de lo imaginado, de lo supuesto, de lo apócrifo; nunca de lo real.

*

—Hay hombres, decía mi maestro, que van de la poética a la filosofía; otros que van de la filosofía a la poética. Lo inevitable es ir de lo uno a lo otro, en esto, como en todo.[106]

*

Vivimos en un mundo esencialmente apócrifo, en un cosmos o poema de nuestro pensar, ordenado o construido todo él sobre supuestos indemostrables, postulados de nuestra razón, que llaman principios de la lógica, los cuales, reducidos al principio de identidad que los resume y reasume a todos, constituyen un solo y magnífico supuesto: el que afirma que todas las cosas, por el mero hecho de ser pensadas, permanecen inmutables, ancladas, por decirlo así, en el río de Heráclito.[107] Lo apócrifo de nuestro mundo se prueba por la existencia de la lógica, por la necesidad de poner el pensamiento de acuerdo consigo mismo, de forzarlo, en cierto modo, a que sólo vea lo *supuesto* o puesto por él, con exclusión de todo lo demás. Y el hecho —digámoslo de pasada— de que nuestro mundo esté todo él cimentado sobre un supuesto que pudiera ser falso, es algo terrible, o consolador. Según se mire. Pero de esto hablaremos otro día.

*

Ya demostramos —o pretendimos demostrar— cuán intacto queda el problema de la percepción del mundo externo, si consideramos la conciencia como un espejo que copia, reproduce o representa imágenes, mientras no se pruebe que los espejos ven las imágenes que en ellos se forman, o que una imagen en la conciencia es la conciencia de una imagen.

Todavía más gedeónico —por no decir más absurdo— me parece el pensar que nuestra conciencia

106 *de lo uno a lo otro*; nos remitimos a cap. II, nota 11.
107 *río de Heráclito*: v. antes, cap. XXII, nota 102.

traduce a su propia lengua un mundo escrito en otra; porque si esta otra lengua le es desconocida, mal puede traducir, y si la conoce, ¿para qué traduce? Mejor diríamos: ¿para quién? Porque, en verdad, nadie traduce para sí mismo, sino para quienes desconocen la lengua en que el original está escrito y a condición de que el traductor conozca la suya y la ajena. El truco o *tour de passe, passe,* que pretende disfrazar la tautología es el verbo *traducir,* como era antes el verbo *representar.*

Más inaceptable es todavía la concepción pragmatista de la conciencia como actividad utilitaria, que elige cuanto a la vida interesa, y el mundo externo como producto de esta selección. Porque el acto de elegir supone una previa conciencia de lo que se toma y de lo que se deja. La conciencia como criba o cernaguero de lo real, es la más zurda y zapatera de todas las concepciones de la conciencia.

Hemos de volver —añadía Mairena— a pensar la conciencia como una luz que avanza en las tinieblas, iluminado lo otro, siempre lo otro... Pero esta concepción tan luminosa de la conciencia, la más poética y la más antigua y acreditada de todas, es también la más obscura, mientras no se pruebe que hay una luz capaz de ver lo que ella misma ilumina. Y era esto, acaso, lo que pensaba mi maestro, sin intentar la prueba, cuando aludía a la conciencia divina o a la divinización de la conciencia humana tras de la muerte, en aquellos sus versos inmortales:

> Antes me llegue, si me llega, el Día...
> la luz que ve, increada.[108]

Por cierto, que en el autógrafo de mi maestro está escrito *vee,* del verbo arcaico *veer.*[109] El cajista debió corregirlo, y mi maestro respetó la corrección, como

108 De la *Muerte de Abel Martín,* v. 25-26, en *De un Cancionero apócrifo* (p. 258 de nuestra edición en "Clásicos Castalia").

109 *vee:* no comprendemos qué diferencia de sentido implica aquí A. M. entre *ve* y el arcaico *vee.* ¿Quizá lo pensaría, por relación con "veedor", como "observa", "inspecciona"?

era su costumbre, renunciando al propósito de llamar la atención sobre el verbo. Pero es evidente que mi maestro comprendía que una luz sin ojos es tan ciega como todo lo demás.

*

Para ser *clown* —decía mi maestro— hay que ser inglés, pertenecer a ese gran pueblo de humoristas que tan profundamente ha comprendido el inmortal proverbio del cómico latino: *Nada humano es ajeno a mí,* [110] y menos que nada, la inagotable tontería del hombre. El *clown* la exhibe en sí mismo, la profesa como tonto de circo, con la seriedad y la alegría de los niños y de los santos. Cuando vemos y escuchamos a un *clown* inglés nos explicamos la existencia de un Shakespeare, tan repleto de humanidad y de bufonería. Leyendo a Corneille, a Racine, al mismo Molière, no comprendemos la existencia de un *clown* francés. Leyendo a Quevedo... Hablen los quevedistas, si los hay. Por mi parte —añadía Mairena— sólo me atreveré a decir que leyendo... a Cervantes me parece comprenderlo todo.

*

La posición del satírico, del hombre que fustiga con actitud vicios o errores ajenos, es, generalmente, poco simpática, por lo que hay en ella de falso, de incomprensivo, de provinciano. Consiste en ignorar profundamente que estos vicios o errores que señalamos en nuestro vecino los hemos descubierto en nosotros mismos, en desconocer el proverbio a que antes aludíamos, y en olvidar, sobre todo, las palabras del Cristo, [111] para conservar el alegre ímpetu que apedrea a su prójimo.

*

110 *Homo sum et humani nihil a me alienum puto* (Terencio, *Heautontimorumenos*, I, esc. I).

111 "Aquel de vosotros que no tenga pecado, sea el primero en tirarle la piedra", *Juan* 8, 7.

Nunca os he hablado de la muerte —decía Mairena a sus alumnos— porque, si bien es cierto que con este tema se ha hecho enorme gasto de retórica, el tema mismo es, a mi juicio, esencialmente antirretórico. La retórica nos enseña a hablar para los demás, y es arte que se relaciona con otros de índole semejante: la lógica, la sofística, la poética, etc. Pero la muerte es un tema de la mónada humana, de la autosuficiente e inalienable intimidad del hombre. Es tema que se vive más que se piensa; mejor diremos que apenas hay modo de pensarlo sin desvivirlo. Es tema de poesía, o más bien de poetas. Nosotros no podemos tratarlo muy en serio, por respeto a la misma seriedad del tema y porque, al fin, no estamos en clase de poesía, sino, cuando más, de poética o arte de rozar la poesía sin peligro de contagio.

*

De la muerte decía Epicuro que es algo que no debemos temer, porque *mientras somos, la muerte no es, y cuando la muerte es, nosotros no somos.* [112] Con este razonamiento, verdaderamente aplastante —decía Mairena— pensamos saltarnos la muerte a la torera, con helénica agilidad de pensamiento. Sin embargo, —el *sin embargo* de Mairena era siempre la nota del bordón de la guitarra de sus reflexiones— eso de saltarse la muerte a la torera no es tan fácil como parece, ni aun con la ayuda de Epicuro, porque en todo salto propiamente dicho la muerte salta con nosotros. Y esto lo saben los toreros mejor que nadie.

*

Aunque nuestro pensamiento pueda saltar de Cádiz al Puerto y del Puerto a Singapoore, es evidente de

112 En la *Carta a Meneceo*: "La muerte no es nada para nosotros... No importa a vivos ni a muertos, porque para aquellos no es, y estos ya no son".

toda evidencia que nadie que viva en Chiclana puede morirse en Chipiona. De esto que os digo estoy completamente seguro. Y no creáis que abundan las verdades de este calibre. La muerte va con nosotros, nos acompaña en vida; ella es, por de pronto, cosa de nuestro cuerpo. Y no está mal que la imaginemos como nuestra propia *notomía* o esqueleto que llevamos dentro,[113] siempre que comprendamos el valor simbólico de esta representación. Y aunque creamos —¿por qué no?— en la dualidad de substancias, no hemos de negar por eso nuestro trato con Ella mientras vivimos —como hace Epicuro, si mi cita no es equivocada— ni el respeto que debe inspirarnos tan fiel compañera. Nuestro don Jorge Manrique la hizo hablar con las palabras más graves de nuestra lengua, en aquellos sus versos inmortales:

... Buen caballero,
dejad el mundo afanoso
y su halago;
muestre su esfuerzo famoso
vuestro corazón de acero
en este trago.[114]

Y antes que hablemos de la inmortalidad —tema ya más retórico— meditad en lo que llevan dentro estas palabras de don Jorge, y en cuán lejos estamos con ellas del manido silogismo de las escuelas, y de las chuflas dialécticas de los epicúreos.

## XXIV

Porque se avecinan tiempos duros, y los hombres se aperciben a luchar —pueblos contra pueblos, clases contra clases, razas contra razas—, mal año para los sofistas, los escépticos, los desocupados y los charlatanes.

113 *notomía*, arcaísmo, "esqueleto".
114 En esta cita de las *Coplas*... (estr. 35), Antonio Machado equivoca el segundo verso, que es "dejad el mundo engañoso".

Se recrudecerá el pensar pragmatista, quiero decir el pensar consagrado a reforzar los resortes de la acción. ¡Hay que vivir! Es el grito de bandera, siempre que los hombres se deciden a matarse. Y la chufla de Voltaire: *Je n'en vois pas la nécessité* [115] no hará reír, ni mucho menos, convencerá a nadie. Y esta cátedra mía —la de Retórica, no la de Gimnasia— será suprimida de real orden, si es que no se me persigue y condena por corruptor de la juventud.

*

O por enemigo de los dioses. De los dioses en que no se cree. Porque no hay que olvidar lo que tantas veces dijo mi maestro: "Nada hay más temible que el celo sacerdotal de los incrédulos." Dicho de otro modo: "Que Dios nos libre de los dioses apócrifos", en el sentido etimológico de la palabra: de los dioses ocultos, secretos, inconfesados. Porque éstos han sido siempre los más crueles, y, sobre todo, los más perversos; ellos dictan los sacrificios que se ofrendan a los otros dioses, a los dioses de culto oficialmente reconocido. [116]

*

Nunca toméis el rábano por las hojas, si es que, como parece deducirse del dicho popular, no está en las hojas el natural asidero del rábano. Quiero decir que no siempre se pueden invertir los términos de las cosas, sin desvirtuarlas profundamente.

*

El Cristo, muriendo en la Cruz para salvar al mundo, no es lo mismo que el mundo crucificando al Cristo

115 Véase nota 27, pág. 68.
116 Cfr. Valéry, *Cache ton dieu*, citado en la *Introducción*, p. 24.

para salvarse. Aunque el resultado fuera el mismo... no es lo mismo.

*

En cuanto al sacrificio de Ifigenia, todas mis simpatías están... con Clitemnestra.[117]

*

Sin el tiempo, esa invención de Satanás, sin ese que llamó mi maestro "engendro de Luzbel en su caída", el mundo perdería la angustia de la espera y el consuelo de la esperanza. Y el diablo ya no tendría nada que hacer. Y los poetas tampoco.

*

Aunque dicen que el no ser
es, señora, el mayor mal...

dice el gran Lope Félix de Vega, por boca del conde Federico, en *El castigo sin venganza.*[118] Reparad en que el poeta no hace suya la afirmación, sino que declina o elude la responsabilidad del aserto. Reparad en la elegancia del empleo de los "impersonales" y en la probidad lógica de algunos poetas.

*

Se es poeta por lo que se afirma o por lo que se niega, nunca, naturalmente, por lo que se duda. Esto viene a decir —no recuerdo dónde— un sabio, o mejor decir, un *savant,* que sabía de poetas tanto como nosotros de capar ranas.

*

Cuando se ponga de moda el hablar claro, ¡veremos!, como dicen en Aragón. Veremos lo que pasa

117 Es decir, con la madre, en contra de los sacrificios por conveniencia política o patriótica.
118 Acto II, Escena XVI.

cuando lo distinguido, lo aristocrático y lo verdaderamente hazañoso sea hacerse comprender de todo el mundo, sin decir demasiadas tonterías. Acaso veamos entonces que son muy pocos en el mundo los que pueden hablar, y menos todavía los que logran hacerse oír.

*

Si tu pensamiento no es naturalmente obscuro, ¿para qué lo enturbias? Y si lo es, no pienses que pueda clarificarse con retórica. Así hablaba Heráclito a sus discípulos.[119]

*

Para hablar a muchos no basta ser orador de mitin. Hay que ser, como el Cristo, hijo de Dios.

*

Como el arte de profetizar el pasado, se ha definido burlonamente la filosofía de la historia. En realidad, cuando meditamos sobre el pasado, para enterarnos de lo que llevaba dentro, es fácil que encontremos en él un cúmulo de esperanzas —no logradas, pero tampoco fallidas—, un futuro, en suma, objeto legítimo de profecía. En todo caso, el arte de profetizar el pasado es la actividad complementaria del arte, no menos paradójico, de preterir lo venidero, que es lo que hacemos siempre que, renunciando a una esperanza, juzgamos "sabiamente", con don Jorge Manrique, que se puede dar lo no venido por pasado.[120] Desde otro punto de vista, el arte de profetizar el pasado es precisamente lo que llamamos ciencia o arte de prever lo previsible, es decir, lo previsto o experimentado, lo pasado pro-

119 Por supuesto, Heráclito no dijo tal cosa: Mairena parte de que Heráclito era llamado "el Oscuro", sin duda por su doctrina.

120 "Si juzgamos sabiamente / daremos lo no venido / por pasado" (estrofa II de las *Coplas*).

Retrato de Antonio Machado por Álvaro Delgado

Ateneo, Madrid

## MISCELANEA APOCRIFA

# Habla Juan de Mairena a sus alumnos

**Por ANTONIO MACHADO**

I

Lo irremediable del pasado—"fugit irreparabile tempus"—, de un pasado que permanece intacto, inactivo e inmodificable, es un concepto demasiado firme para que pueda ser desarraigado de la mente humana. ¿Cómo sin él funcionaría esta máquina de silogismos que llevamos a cuestas? Pero nosotros—habla Mairena a sus alumnos—nos preguntaríamos en la clase de Sofística de nuestra Escuela Popular de Sabiduría Superior si el tal concepto tiene otro valor que el de su utilidad lógica y si podríamos pasar con él a la clase de Metafísica. Porque de la clase de Sofística a la de Metafísica sólo podrían pasar, en forma de creencias últimas o de hipótesis inevitables, los conceptos que resisten a todas las baterías de una lógica implacable, de una lógica que, llegado el caso, no repare en el suicidio, en decretar su propia inania.

II

Y este caso llega, puede llegar, si después de largos y apretados razonamientos sobre alguna cuestión esencial alcanzamos una irremediable conclusión ilógica; por ejemplo: "No hay *más verdad que la muerte.*" Lo que equivale a decir que la verdad no existe y que ésta es la verdad. Comprenderéis sin gran esfuerzo que, llegado este caso, ya no sabemos cuál sea la suerte de la verdad; pero es evidente que aquí la lógica se ha saltado la tapa de los sesos. Tal es el triunfo—lamentable, si queréis, pero al fin triunfo—del escéptico, el cual, ante la "reductio ad absurdum" que de su propia tesis realiza, no se obliga a aceptar por verdadera la tesis contraria, de cuya refutación ya había partido, sino que opta por reputar inservible el instrumento lógico. Esto ya es demasiado claro para que podáis entenderlo sin algún esfuerzo. Meditad sobre ello.

III

Cuando averiguamos que algo no sirve para nada—por ejemplo, una Sociedad de Naciones que pretenda asegurar la paz en el mundo—, ya sabemos que ha servido para mucho. Quien tenga oídos, oiga, y quien orejas, las aguce.

*Juan de Mairena,* en el diario *El Sol*

piamente dicho. Por muchas vueltas que le deis no habéis de escapar a la necesidad de ser algo profetas, aunque renunciéis —y yo os lo aconsejo— a las barbas demasiado crecidas y a la usuraria pretensión de no equivocaros.

*

Mas no por ello deis en profetas, a la manera también usuraria de los prestamistas, que ven el futuro para comprarlo por menos de lo que vale.[121]

*

Nunca aduléis a la divinidad en vuestras oraciones. Un Dios justiciero exige justicia y rechaza la lisonja. Que no vivimos en el mejor de los mundos posibles, lo prueba suficientemente el que apenas si hay nada de lo cual no pensemos que pudiera mejorarse. Es ésta una de las pruebas en verdad concluyentes, incontrovertibles que conozco. Porque, aun suponiendo, como muchos suponen, que esta idea de la mediocridad del mundo fuese hija de la limitación y endeblez de nuestra mollera, como esta mollera forma parte del mundo, siempre resultaría que había en él algo muy importante que convendría mejorar. Un optimismo absoluto no me parece aceptable.

Tampoco os recomiendo un pesimismo extremado. Que nuestro mundo no es el peor de los mundos posibles, lo demuestra también el que apenas si hay cosa que no pensemos como esencialmente empeorable. La prueba de esta prueba ya no me parece tan concluyente. Sin embargo, reparad en que nuestro pesimismo moderado también forma parte del mundo y que, en caso de error, tendríamos que empeorarlo para ponerlo de acuerdo con el peor de los mundos. En todo caso, un pesimismo absoluto no es absolutamente necesario.

121 Cfr. Nietzsche, *Aurora*, libro 4, n.º 342.

## XXV

(*Apuntes tomados por los alumnos de Juan de Mairena.*)

En nuestra lógica —habla Mairena a sus alumnos— no se trata de poner el pensamiento de acuerdo consigo mismo, lo que, para nosotros, carece de sentido; pero sí de ponerlo en contacto o en relación con todo lo demás. No sabemos, en verdad, cuál sea, en nuestra lógica, la significación del principio de identidad, por cuanto no podemos probar que nada permanezca idéntico a sí mismo, ni siquiera nuestro pensamiento, puesto que no hay manera de pensar una cosa como igual a sí misma sin pensarla dos veces, y, por ende, como dos cosas distintas, numéricamente al menos.

En nuestra lógica carece de sentido afirmar que el todo sea mayor que la parte, como ya demostramos o pretendimos demostrar. Porque nuestro pensar pretende ser pensar de lo infinito, y lo infinito, o no tiene partes, o, si las tiene, son también infinitas, y no puede haber un infinito mayor que otro. Eso de ningún modo.

En nuestra lógica tampoco ha de aprovecharnos el principio de contradicción, o de no contradicción, que llaman otros. Porque no hay cosa que sea lo contrario de lo que es. El ser carece de contrarios. Y donde no hay contrarios no hay posible contradicción. Por nuestra lógica vamos siempre de lo uno a lo otro, que no es su contrario, sino, sencillamente, otra cosa. (Un paraguas dista tanto de ser un membrillo como de ser lo contrario de un membrillo.)

En nuestra lógica, los conceptos de cambio y de movimiento son tan distintos que no es posible asimilar el uno al otro. Lo que se mueve —si algo se mueve— no puede cambiar; lo que cambia, si algo cambia— no puede moverse. (Véase la sección XXI.)[122]

[122] Al publicarse en periódico (14 mayo 1935) decía "página 12" en vez de "sección XXI" —es decir, capítulo XXI, p. 126 de esta edición—: no sabemos a qué "página 12" se refería.

En nuestra lógica, las premisas de un silogismo no pueden ser válidas en el momento de enunciar la conclusión. Dicho de otro modo: no hay silogismo posible. Porque nosotros pretendemos pensar en el tiempo, la pura sucesión irreversible, en la cual no es dable la coexistencia de premisas y conclusiones. Y si pensamos —como algunos suponen— en el espacio, entonces sólo es posible pensar un movimiento de lo inmutable, en el cual ni las premisas pueden engendrar conclusiones, ni las conclusiones pueden estar contenidas en las premisas. Dicho de otro modo: tampoco es posible el silogismo en un puro pensar de lo homogéneo, en que nada puede cambiar, ni siquiera de nombre.

En nuestra lógica se abarca tanto como se aprieta, y la comprensión de un concepto es igual a su extensión.

En nuestra lógica nada puede ponerse a sí mismo.

Ni nada puede ponerse más allá de sí mismo.

Ni salir de sí mismo.

Ni, por ende, tornar a sí mismo.

En nuestra lógica no existe ni el pez pescado ni la mosca que se caza a sí misma.

Conocidos los principios de nuestra lógica, sólo falta aplicarlos. Porque sólo después de su más estricta aplicación, lo que exige un aprendizaje largo y difícil, que ni siquiera hemos comenzado, podremos saber si somos o no capaces de un pensamiento verdaderamente original.

Nuestra lógica pretende ser la de un pensar poético, *heterogeneizante, inventor* o descubridor de lo real. Que nuestro propósito sea más o menos irrealizable, en nada amengua la dignidad de nuestro propósito. Mas si éste se lograre algún día, nuestra lógica pasaría a ser la lógica del sentido común. Y entonces se desenterraría la vieja lógica aristotélica, la cual aparecería como un artificio maravilloso que empleó el pensamiento humano, durante siglos, para andar por casa. Ya mi maestro, Abel Martín, se había adelantado a colocarse en este miradero.

*

Pero vosotros habéis de ir mucho más despacio. Antes de soltar los andadores de la vieja lógica tenéis que hacer largo camino con ellos. Para nadar en las nuevas aguas necesitáis aún de esa calabaza, que compense con su vacío la pesada macicez de vuestros encéfalos. Hemos de proceder con método. Comenzaremos por estudiar las deducciones incorrectas, los razonamientos defectuosos, los silogismos populares, las confusiones verbales de los borrachos y deficientes mentales, etc.; formas de expresión que no se adaptan con exactitud a los esquemas de la vieja lógica, pero que todavía no caen dentro de la nueva.

*

Que nosotros hacemos, en esta cátedra de Retórica y de Sofística, una especie de astracán filosófico, es algo que podemos decir en previsión de fáciles burlas, y para socorrer, de paso, la indigencia mental de nuestros enemigos. Pero debemos añadir que este juicio responde a una visión superficial y un tanto burda de nuestra labor, porque, de otro modo, ¿cómo lo cederíamos nosotros al adversario? Nuestra posición es más firme de lo que parece, como probaremos en otra ocasión. Por de pronto, sólo esto quiero adelantaros: Nosotros somos, antes que nada, estudiantes de Retórica. La Retórica es una disciplina importantísima. Por falta de Retórica, los germanos maravillosamente dotados para la metafísica, no han construido, sin embargo, nada tan sólido como la filosofía de los griegos. La Retórica ha de enseñarnos a hablar bien. Pero yo os pregunto: ¿Creéis vosotros que es posible hablar bien pensando mal? Si pensáis conmigo que esto no es posible, ¿os extrañará que la Retórica nos conduzca, necesariamente, a la lógica, al estudio de las normas o hábitos de pensar que hacen posible el conocimiento de algo, o la ilusión de que algo conocemos? Si pensáis lo contrario, a saber: que cabe hablar bien pensando mal, comprenderéis que la Retórica nos conduzca a la sofística en el mal sentido de la palabra; al arte de enmascarar el error o de defender el absurdo. En ambos casos habéis de concederme que la Retórica nos lleva directamente al pensamiento, bueno o malo, si es que no pretendéis que la Retórica sea el arte de bien decir, sin pensar de ningún modo, ni bien ni mal, lo que, a mi juicio, es materialmente imposible. Os digo todo esto para explicaros cómo es sólo aparente nuestra extralimitación de funciones, cuando en una clase de Retórica hablamos de todo menos de aquello que suele entenderse por Retórica.

*

"Pero nosotros queremos ser sofistas, en el mejor sentido de la palabra, o, digámoslo más modestamente, en uno de los buenos sentidos de la palabra: queremos ser librepensadores. No os estrepitéis.[123] Nosotros no hemos de pretender que se nos consienta decir todo lo malo que pensamos del monarca, de los Gobiernos, de los obispos, del Parlamento, etc. La libre emisión del pensamiento es un problema importante, pero secundario, y supeditado al nuestro, que es el de la libertad del pensamiento mismo. Por de pronto, nosotros nos preguntamos si el pensamiento, nuestro pensamiento, el de cada uno de nosotros, puede producirse con entera libertad, independientemente de que, luego, se nos permita o no emitirlo. Digámoslo retóricamente: ¿De qué nos serviría la libre emisión de un pensamiento esclavo? De aquí nuestros ejercicios de clase, que unos parecen de lógica y otros de sofística, en el mal sentido de la palabra, pero que, en el fondo son siempre Retórica, y de la buena, Retórica de sofistas o catecúmenos del libre pensamiento. Nosotros pretendemos fortalecer y agilitar nuestro pensar para aprender de él mismo cuáles son sus posibilidades, cuáles sus limitaciones; hasta qué punto se produce de un modo libre, original,

126 *No os estrepitéis*: antes (p. 122) ha usado A. M. esta palabra indicando que se trata de un uso cubano.

con propia iniciativa, y hasta qué punto nos aparece limitado por normas rígidas, por hábitos mentales inmodificables, por *imposibilidades* de pensar de otro modo. ¡Ojo a esto, que es muy grave!..."

Estas palabras fueron tomadas al oído por el *oyente* de la clase de Mairena, el alumno especializado en la función de oír, y al cual Mairena no preguntaba nunca. Del estilo de estos apuntes parece inferirse que su autor era, más que un estudiante de Retórica, un aprendiz de taquigrafía. Esta sospecha tuvo Mairena durante varios cursos; pero lo que él decía: ¡Un hombre que escucha!... Todos mis respetos.

## XXVI

(*El oyente.*)

El oyente de la clase de Retórica, en quien Mairena sospechaba un futuro taquígrafo del Congreso, era, en verdad, un oyente, todo un oyente, que no siempre tomaba notas, pero que siempre escuchaba con atención, ceñuda unas veces, otras sonriente. Mairena lo miraba con simpatía no exenta de respeto, y nunca se atrevía a preguntarle. Sólo una vez, después de interrogar a varios alumnos, sin obtener respuesta satisfactoria, señaló hacia él con el dedo índice, mientras pretendía en vano recordar un nombre.

—Usted...

—Joaquín García, oyente.

—Ah, usted perdone.

—De nada.

Mairena tuvo que atajar severamente la algazara burlona que este breve diálogo promovió entre los alumnos de la clase.

—No hay motivo de risa, amigos míos; de burla, mucho menos. Es cierto que yo no distingo entre alumnos oficiales y libres, matriculados y no matriculados; cierto es también que en esta clase, sin tarima para el profesor ni cátedra propiamente dicha —Mairena no solía sentarse o lo hacía sobre la mesa—, todos dialogamos a la manera socrática; que muchas veces charlamos como buenos amigos, y hasta alguna vez discutimos acaloradamente. Todo esto está muy bien. Conviene, sin embargo, que alguien escuche. Continúe usted, señor García, cultivando esa especialidad.

*

*(La dialéctica de Martínez.)*

Cuando el hombre —habla Mairena, iniciando un ejercicio de Retórica— vio su cuerpo desnudo en el espejo de las aguas, se dijo: "He aquí algo perfectamente bello que merece guardarse". E inventó el vestido. Porque evidentemente... continúe usted, señor Martínez, desarrollando el tema.

—Evidentemente —habla Martínez—, evidentemente...

—Adelante.

—Evidentemente, no hay vestido que no suponga una previa desnudez. ¿Voy bien?

—Prosiga.

—No hay, pues, vestido sin desnudo, aunque haya un desnudo anterior al vestido. Sirve el vestido, en primer lugar, para guardar y proteger la desnudez de nuestro cuerpo, y, en segundo, para asegurarnos, de la manera más firme, la posibilidad de desnudarnos. ¿Voy bien?

—Sin duda.

—Del mismo modo, o por razones análogas, se inventaron las jaulas para guardar y proteger la libertad de los pájaros. Porque evidentemente...

—Adelante.

—No hay jaula pajarera, propiamente dicha, que no suponga una previa libertad de volar. ¿Que no fueron los pájaros los inventores de las jaulas? Sin duda. No es menos cierto que sin el libre vuelo de los pájaros no existirían las jaulas pajareras.

*Una voz.*—¡Claro!

—Es claro, en efecto, que, así como el vestido se debe a la nativa desnudez del cuerpo humano, se debe la jaula a la libertad de las aves para el vuelo. Claro es también que así como los amigos del vestido no son enemigos del desnudo, sino sus más fieles guardadores, los amigos de las jaulas no somos, ni mucho menos, enemigos de la libertad de los pájaros.

*Una voz.*—¡Claro!

*Otra voz.*—¡No tan claro!

—No tan claro, en efecto, sin un poco de reflexión por vuestra parte. Hay un desnudo *ante indumentum,* el que traemos al mundo antes que nos vistan, o el de nuestros primeros padres, cuando todavía no aspiraban a vestirse, ni, mucho menos, a desnudarse; hay un desnudo coetáneo del vestido, más o menos avergonzado de sí mismo, o temeroso de la intemperie; hay, por último, el desnudo *post indumentum,* el desnudo de los desnudistas, que mal podrían desnudarse sin la previa existencia del vestido. ¿Está esto claro? Pues bien, yo os pregunto: ¿Qué pueden reprochar al vestido los desnudistas? Él aguarda al desnudo, guarda el desnudo, engendra y aun abriga la aspiración a desnudarse, posibilita, al fin el logro de esta aspiración. ¿Voy bien?

—Adelante.

—¿Qué podrán decir contra las jaulas los amigos del vuelo libre, o los amigos de los pájaros, o los pájaros mismos? Hay un vuelo libre anterior a las jaulas, vuelo inocente como el desnudo paradisíaco, que en nada las jaulas perjudican, coartan ni limitan; hay un vuelo coetáneo de las jaulas, un vuelo enjaulado, digámoslo así, pero libre, no obstante, para volar dentro de su jaula, hacia los cuatro puntos cardinales.

Que este vuelo ha perdido su inocencia, nadie puede negarlo. Pero ha ganado, en cambio, la noble aspiración a volar fuera de su jaula. ¿Que para el logro de esta aspiración la jaula es un obstáculo? Sin duda. Pero es también *conditio sine qua non* para el caso de que esta aspiración se cumpla. Porque ¿cómo volará un pájaro fuera de su jaula, si esta jaula no existe?

—Basta, señor Martínez. Nos deja usted convencidos. ¿Y como título de esa disertación?

—"Sobre el desnudo y la libertad bien entendidos."

*

Veo con satisfacción —habla Mairena a sus alumnos— que no perdemos el tiempo en nuestra clase de Sofística. Por el uso —otros dirán abuso— de la vieja lógica, hemos llegado a este concepto de *las cosas bien entendidas,* que será punto de partida de nuestro futuro procurar entenderlas mejor. Porque ésta es la escala gradual de nuestro entendimiento: primero, entender las cosas o creer que las entendemos; segundo, entenderlas bien; tercero, entenderlas mejor; cuarto, entender que no hay manera de entenderlas sin mejorar nuestras entendederas. Cuando esto lleguéis a entender, estaréis en condiciones de entender algo, o sea en los umbrales de la filosofía, donde yo tengo que abandonaros, porque a los retóricos impenitentes nos está prohibido traspasar esos umbrales.

*

Como *ancilla theologiae,* criada de la Teología, fue definida la filosofía de los siglos medios, tan desacreditada en nuestros días. Nosotros, nada seguros de la completa emancipación de nuestro pensamiento, no hemos de perder el respeto a una criada que, puesta a servir, supo elegir un ama digna de tal nombre. Que no se nos pida, en cambio, demasiado respeto para el pensar pragmatista,[124] aunque se llame católico, para

124 Sobre el *pensar pragmatista,* véase antes cap. XIII, nota 57, en referencia a Scheler.

despistar; porque ése es el viudo de aquella criada, un viejo verde más o menos secretamente abarraganado con su cocinera.

## XXVII

En los románticos españoles —habla Mairena a sus alumnos—, yo elegiría a Espronceda. No porque piense yo que sea Espronceda el más puro de nuestros románticos, sino porque, a mi juicio, fue aquel señorito de Almendralejo [125] quien logró acercar más el romanticismo a la entraña española, hasta pulsar con dedos románticos, más o menos exangües, nuestra vena cínica, no la estoica, y hasta conmover el fondo demoníaco de este gran pueblo —el español—, donde, como sabemos los *folkloristas,* tanto y tan bien se blasfema.

Es Espronceda —como nos muestra su obra escrita y las anécdotas de su vida que conocemos— un cínico en toda la extensión de la palabra, un socrático imperfecto, en quien el culto a la virtud y a la verdad del hombre se complica con el deseo irreprimible de ciscarse en lo más barrido, como vulgarmente se dice. El cínico, en clima cristiano, llega siempre a la blasfemia, de la cual se abstiene, por principio y por humor, su compadre el estoico.

Es Espronceda el más fuerte poeta español de inspiración cínica, por quien la poesía española es —todavía— creadora. Leed, yo os lo aconsejo, *El estudiante de Salamanca,* su obra maestra. Yo lo leí siendo niño —a la edad en que debe leerse casi todo—, y no he necesitado releerlo para evocarlo cuando me place, por la sola virtud de algunos de sus versos; por ejemplo:

Yo me he echado el alma atrás, etc.

125 Es cierto que Espronceda nació en Almendralejo (Cáceres), pero accidentalmente, cuando sus padres hacían un viaje.

Grande, muy grande poeta es Espronceda, y su Don Félix de Montemar, la síntesis, o, mejor, la almendra españolísima de todos los Don Juanes. Después del poema de Espronceda hay una bella página donjuanesca en Baudelaire, que Espronceda hubiera podido adoptar sin escrúpulo —tanto coincide en lo esencial con su Don Félix— como epílogo o como *ex libris* decorativo de *El estudiante de Salamanca.*

*Quand Don Juan descendit vers l'onde souterraine...* [126]

*

Las obras poéticas realmente bellas, decía mi maestro —habla Mairena a sus discípulos—, rara vez tienen un solo autor. Dicho de otro modo: son obras que se hacen solas, a través de los siglos y de los poetas, a veces a pesar de los poetas mismos, aunque siempre, naturalmente, en ellos. Guardad en la memoria estas palabras, que mi maestro confesaba haber oído a su abuelo, el cual, a su vez, creía haberlas leído en alguna parte. Vosotros meditad sobre ellas.

*

Aunque Judas no hubiese existido —decía mi maestro—, el Cristo habría sido entregado, primero, y crucificado, después. El mismo amor de sus discípulos, la ingenuidad de Pedro... ¡Quién sabe! De todos modos, la tragedia divina se habría consumado, porque tal era la voluntad más alta. Os digo esto sin la más leve intención de exculpar o defender a Judas Iscariote. Porque hasta ahí no podemos llegar.

*

Con el título *La chochez de Alcibíades* escribió mi maestro una sátira profética, que he buscado en vano entre sus papeles inéditos.

126 Primer verso de *Don Juan aux enfers*, en *Les fleurs du mal.*

*¡Oh, corte, quién te desea!*[127] He aquí el verso cortesano por excelencia. Día llegará —decía mi maestro— en que las personas distinguidas vivan todas, sin excepción, en el campo, dejando las grandes urbes para la humanidad de munición; si es que la humanidad de munición no hace imposible la existencia de las personas distinguidas.

*

Pero no debemos engañarnos. Nuestro amor al campo es una mera afición al paisaje, a la Naturaleza como espectáculo. Nada menos campesino y, si me apuráis, menos natural que un paisajista. Después de Juan Jacobo Rousseau, el ginebrino, espíritu ahito de ciudadanía, la emoción campesina, la esencialmente geórgica, de tierra que se labra, la virgiliana y la de nuestro gran Lope de Vega, todavía, ha desaparecido. El campo para el arte moderno es una invención de la ciudad, una creación del tedio urbano y del terror creciente a las aglomeraciones humanas.

¿Amor a la Naturaleza? Según se mire. El hombre moderno busca en el campo la soledad, cosa muy poco natural. Alguien dirá que se busca a sí mismo. Pero lo natural en el hombre es buscarse en su vecino, en su prójimo, como dice Unamuno, el joven[128] y sabio rector de Salamanca. Más bien creo yo que el hombre moderno huye de sí mismo, hacia las plantas y las piedras, por odio a su propia animalidad, que la ciudad exalta y corrompe. Los médicos dicen, más sencillamente, que busca la salud, lo cual, bien entendido, es indudable.

*

Pero a quien el campo dicta su mejor lección es al poeta. Porque, en la gran sinfonía campesina, el poeta

127 No hemos localizado este verso.

128 *Joven*, porque Mairena tenía que haber escrito esto antes de su muerte en 1909.

intuye ritmos que no se acuerdan con el fluir de su propia sangre, y que son, en general, más lentos. Es la calma, la poca prisa del campo, donde domina el elemento planetario, de gran enseñanza para el poeta. Además, el campo le obliga a sentir las distancias —no a medirlas— y a buscarles una expresión temporal, como, por ejemplo:

El día dormido
de cerro en cerro y sombra en sombra yace,[129]

que dice Góngora, el bueno, nada gongorino, el buen poeta que llevaba dentro el gran pedante cordobés.

*

Tampoco hemos de olvidar la lección del campo para nuestro amor propio. Es en la soledad campesina donde el hombre deja de vivir entre espejos. Cierto que a un solipsismo bien entendido la apariencia de nuestro prójimo no debe inquietar, pues ella va englobada en nuestra mónada. Pero, prácticamente, nos inquieta, es una representación inquietante. ¡Tantos ojos como nos miran, y que no serían ojos si no nos viesen![130] Mas todos ellos han quedado lejos. ¡Y esos magníficos pinares, y esos montes de piedra, que nada saben de nosotros, por mucho que nosotros sepamos de ellos! Esto tiene su encanto, aunque sea también grave motivo de angustia.

129 Versos 169-170 de la *Fábula de Polifemo*... Pero, por citar de memoria, Antonio Machado transforma el original en algo mucho más poético: en el original, el sujeto de "yace" es "el perro" y no "el día": "El perro, el día dormido" [durante el día].

130 Sobre el "solipsismo" —la creencia de que sólo existo yo mismo— y los ojos, recuérdese el primero de los epigramas de *Proverbios y cantares* (*Nuevas canciones*, *PC* CLXI, p. 136 de nuestra edición) "El ojo que ves no es / ojo porque tú lo veas; / es ojo porque te ve". Luego Abel Martín da otra vuelta al tema de los ojos poniendo el germen de toda su metafísica en otra *soleá*: "Mis ojos en el espejo / son ojos ciegos que miran / los ojos con que los veo." (*De un cancionero apócrifo*, *PC* CLXVII, p. 189 de nuestra edición).

## XXVIII

Quisiera yo —habla Mairena a sus alumnos— que entraseis en el mundo literario curados de ese *snobismo* para el cual sólo es nuevo el traje que lleva todavía la etiqueta del sastre, y es sólo un elegante quien así lo usa. Porque si los profesores no servimos para preveniros contra una extravagancia de tan mal gusto, ¿qué provecho sacaréis de nosotros? Mas no por esto he de aconsejaros el amor a la rutina, ni siquiera el respeto a la tradición estricta. Al contrario; no hay originalidad posible sin un poco de rebeldía contra el pasado.

Cierto que lo pasado es, como tal pasado, inmodificable; quiero decir que, si he nacido en viernes, ya es imposible de toda imposibilidad que haya venido al mundo en cualquier otro día de la semana. Pero esto es una verdad estéril de puro lógica, aunque nos sirva para hombrearnos con los dioses, los cuales fracasarían como nosotros si intentasen cambiar la fecha de nuestro natalicio. ¿Algo más? Que siempre es interesante averiguar lo que fue. Conformes. Mas, para nosotros, lo pasado es lo que vive en la memoria de alguien, y en cuanto actúa en una conciencia, por ende incorporado a un presente, y en constante función de porvenir. Visto así —y no es ningún absurdo que así lo veamos—, lo pasado es materia de infinita plasticidad, apta para recibir las más variadas formas. Por eso yo no me limito a disuadiros de *un snobismo* de papanatas que aguarda la novedad caída del cielo, la cual sería de una abrumadora vejez cósmica, sino que os aconsejo una incursión en vuestro pasado vivo, que por sí mismo se modifica, y que vosotros debéis, con plena conciencia, corregir, aumentar, depurar, someter a nueva estructura, hasta convertirlo en una verdadera creación vuestra. A este pasado llamo yo *apócrifo*, para distinguirlo del otro, del pasado irreparable que investiga la historia y que sería el auténtico: el pasado que pasó o pasado propiamente dicho. Mas si vosotros pensáis que un apócrifo que se declara deja de ser tal, puesto que nada oculta, para convertirse en puro juego o mera ficción, llamadle ficticio, fantástico, hipotético, como queráis; no hemos de discutir por palabras.

Lo importante es que entendáis lo que yo quiero deciros. Suponed que el Sócrates verdadero, maestro de Platón, fue, como algunos sostienen, el que describe Jenofonte en sus *Memorables* y en su *Simposion*, un hombre algo vulgar y aun pedante. No sería ningún desatino que llamásemos apócrifo al Sócrates de los *Diálogos* platónicos, sobre todo si Platón lo conocía tal como era y nos lo dio tal como no fue. Pero, llamémosle como queramos, el Sócrates platónico que ha llegado hasta nosotros a través de los siglos y seguramente continuará su camino cuando nosotros hayamos terminado el nuestro, fue creado, si aceptamos vuestra hipótesis, en rebeldía contra un pasado auténtico e irremediable. De un pasado que pasó ha hecho Platón un pasado que no lleva trazas de pasar.

Comprenderéis que esto que os digo no se encamina a resolver la *cuestión socrática,* que interesa a los historiadores, sino a aceptar una hipótesis verosímil que ilustre por vía de ejemplo cuanto dijimos de la plasticidad de lo pasado. Porque yo también acepto la posibilidad de que sea el Sócrates de Jenofonte el más ficticio de los dos. También lo pasado puede *recrearse* negativamente para desdoro o disminución de lo que fue; y aun ello es muy frecuente: tanto es demoledor y enemigo de grandezas el celo de algunos averiguadores.

*

*(Apuntes de Juan de Mairena.)*

1.° *Salud señora para encomendarle a Dios y qué buen ver que tiene todavía esta señora.* Esta retahila de palabras, horra de signos de puntuación, es lo que resta de *La visita de duelo*, comedia en que Juan de

Mairena ensaya una nueva técnica para el diálogo.[131] "Sería conveniente —escribe Mairena— que nuestros actores fuesen algo ventrílocuos o que dispusiesen, por lo menos, de dos voces: una de claro timbre para lo que se dice, y otra, algo cavernosa, para lo que paralelamente se piensa. El público aceptaría cuanto hay de artificial en el empleo de estas dos voces, a cambio de poder más hondamente penetrar en la psicología de los personajes. La comedia integral a cartas vistas, que es el poema dramático del porvenir, requiere convenciones de esta índole".

2.° *Y no lo digo por plataforma.*[132] Oí esta frase, repetida muchas veces, en un discurso político. El orador quería decir que él no aprovechaba los actos públicos para el resalto y encumbramiento de su persona, con ánimo de hacer carrera política, sino que sólo le movía a hablar el deseo de servir sincera y modestamente a su país. Asombra hasta dónde puede llegar el poder sintético de la Retórica.

3.° *Castigaré las faltas de mi hijo, en primer lugar...; y, en segundo, por el mal ejemplo que da a su hermano.* (Ejemplaridad del castigo.)

4.° *Porque es lo que yo digo...* (Para un "Diccionario de autoridades".)

*

Si me preguntáis, decía mi maestro —habla Mairena a su alumnos—, si soy yo capaz de suspender el reloj[133] o de robarle la cartera a mi prójimo, os contestaré: "Es una tentación que, hasta la fecha, no me ha asaltado; pero, en circunstancias muy apretadas, y por una vez, y sin que nadie lo supiera... ¡Quién sabe!"

131 No sabía A. M. que O'Neill había establecido una técnica semejante en *Strange interlude* (1928).

132 *Plataforma*, de hecho, puede considerarse como hispanoamericanismo, procedente a su vez del inglés *platform* en sentido de "programa electoral".

133 *suspender el reloj*: al desaparecer los relojes con cadena, en el bolsillo del chaleco, ha desaparecido también este modismo de jerga en sentido de "robar el reloj".

Así hablaba un hombre sincero, un tanto cínico, como era mi maestro, y de quien nunca se supo que atentase contra la propiedad ajena. Pero —lo que él decía—, ¿no soy hombre, y no es propio del hombre el hábito más o menos frecuente de robar carteras y de suspender relojes?

Yo no sé —añade Mairena— si mi maestro hacía bien o mal en decir estas cosas. Porque entre tanto pillo como hay en el mundo, el hombre que hace tales confesiones pasa, *eo ipso,* a presunto carterista. Y en verdad, nadie, sin fuerza que le obligue, debe cooperar a su propia calumnia. Pero desde otro punto de vista, esta ausencia de jactancia moral, esta modestia ética, en un hombre de buena conducta, tiene su encanto.

*

Habréis reparado —sigue hablando Mairena a sus alumnos— en que casi nunca os hablo de moral, tema retórico por excelencia. Y es que —todo hay que decirlo— la moral no es mi fuerte. Y no porque sea yo un hombre más allá del bien y del mal, como algunos lectores de Nietzsche [134] —en este caso sería la moral, como en Nietzsche mismo, mi más importante tema de reflexión—, sino precisamente por todo lo contrario: por no haber salido nunca, ni aun en sueños, de ese laberinto de lo bueno y de lo malo, de lo que está bien y de lo que está mal, de lo que estando bien pudiera estar mejor, de lo que estando mal pudiera empeorarse. Porque toda visión requiere distancia, no hay manera de ver las cosas sin salirse de ellas. Y esto fue lo que intentó Nietzsche con la moral, y sólo por ello ha pasado a la historia.

*

Mi maestro tenía fama de borracho porque, en ocasiones muy solemnes de su vida —el día de sus

134 Por efecto de *Más allá del bien y del mal,* de Nietzsche.

esponsales, al recibirse de doctor, en algún ejercicio de oposiciones a cátedras, etc.—, reforzaba su moral, como él decía, o amenguaba la conciencia de su responsabilidad con frecuentes libaciones. Las gentes se decían: "Este hombre, que diserta sobre Metafísica oliendo a aguardiente de un modo escandaloso, ¿cómo estará cuando no tenga que disertar sobre nada?" Y la verdad era que mi maestro no tenía trato con el alcohol más que en aquellas solemnes ocasiones. Nada intentó mi maestro, sin embargo, para deshacer esta mala opinión, y ello por muchos motivos que a él le parecían otras tantas razones. Primero: porque el alcohol —decía él— forma parte de mi leyenda, y sin leyenda no se pasa a la historia. Segundo: porque conviene que los eruditos del porvenir tengan algo que averiguar que no sea meramente literario. Tercero: por gratitud al alcohol, merced al cual he salido con bien de algunas situaciones difíciles. Cuarto: por respeto y simpatía a gentes nada abstemias que se enorgullecen de contarme entre los húmedos. Quinto: porque mi sequedad no es tan absoluta que pueda jactarme de ella. Sexto: porque, en último término, añade muy poco a la virtud la carencia de vicios.

Y mi maestro seguía enumerando razones, que tanto es la sinrazón fecunda en ellas. De otras, demasiado sutiles, hablaremos mañana.

*

Cuando un hombre algo reflexivo —decía mi maestro— se mira por dentro, comprende la absoluta imposibilidad de ser juzgado con mediano acierto por quienes lo miran por fuera, que son todos los demás, y la imposibilidad en que él se encuentra de decir cosa de provecho cuando pretende juzgar a su vecino. Y lo terrible es que las palabras se han hecho para juzgarnos unos a otros.

*

Que cada cual hable de sí mismo lo mejor que pueda, con esta advertencia a su prójimo: si por casualidad entiende usted algo de lo que digo, puede usted asegurar que yo lo entiendo de otro modo.

## XXIX

Siempre dejé a un lado el tema del amor por esencialmente poético y, en cierto sentido, ajeno a nuestra asignatura, y porque, en otro cierto sentido, de nada como del amor ha usado y abusado tanto la Retórica. Otrosí: el amor es tema escabrosísimo para tratado en clase, y muy complicado desde que la ciencia lo ha hecho suyo y los psiquiatras nos han descubierto muchas cosas desagradables que de él ignorábamos y han inventado tantos nombres para mentarlas y definirlas. Item más: las mujeres, y aun los hombres, no sólo se confiesan ya con los sacerdotes, sino también con los médicos, y han duplicado así, por un lado, el secreto del amor, y por otro, su malicia; aunque por otro lado —un tercer lado— hayan enriquecido el tesoro documental del erotismo.

*

Una cosa terrible, contra muchas ventajas, tiene el aumento de la cultura por especialización de la ciencia: que nadie sabe ya lo que se sabe, aunque sepamos todos que de todo hay quien sepa. La conciencia de esto nos obliga al silencio o nos convierte en pedantes, en hombres que hablan, sin saber lo que dicen, de lo que otros saben. Así, la suma de saberes, aunque no sea en totalidad poseída por nadie, aumenta en todos y en cada uno, abrumadoramente, el volumen de la conciencia de la propia ignorancia. Y váyase lo uno —como decía el otro— por lo otro. Os confieso, además, que no acierto a imaginar cuál sería la posición de un Sócrates moderno, ni en qué pudiera consistir su ironía, ni cómo podría aprovecharnos su mayéutica.[135]

*

Pero, ¿y el *nosce te ipsum,* la sentencia délfica?[136] ¿A qué puede obligarnos ya ese imperativo? He aquí lo verdaderamente grave del problema. Si la ciencia del conocimiento de sí mismo, que Sócrates reputaba única digna del hombre, pasa a saber de especialistas, estamos perdidos. Dicho en otra forma: ¿cómo podrás saber algo de tí mismo, si de esa materia, como de todas las demás, es siempre otro el que sabe algo?

*

*(Apuntes de Mairena. "De un discurso político".)*

"Cierto es, señores, que la mitad de nuestro corazón se queda en la patria chica; pero la otra mitad no puede contenerse en tan estrechos límites; con ella invadimos amorosamente la totalidad de nuestra gloriosa España. Y si dispusiéramos de una tercera mitad, la consagraríamos íntegramente al amor de la humanidad entera." Analícese este párrafo desde los puntos de vista lógico, psicológico y retórico.

*

Todo parece aconsejarnos —sigue hablando Mairena a sus alumnos—, y muy especialmente a nosotros, los españoles, la vuelta a la sofística. Porque también nosotros hemos sido sofistas, a nuestro modo, como los

135 Recuérdese que "mayéutica" es el arte de partear, de ayudar a dar a luz, que Sócrates decía haber heredado de su madre —que era comadrona— para aplicarlo a la vida intelectual, ayudando a los jóvenes a dar a luz sus propias ideas.

136 "Conócete a ti mismo", estaba escrito sobre el umbral del templo del oráculo, en Delfos.

franceses lo fueron al suyo. Pero a nosotros nos falló la fe protagórica en el hombre como medida universal, y no pusimos, hasta la fecha, nuestro robusto ingenio a su servicio. Era una fe demasiado inteligente, que no se recomendaba por el gesto y el talante. Nos apartamos de ella a *medio desdén,* como dice Lope:

puesta la mano en la espada

o en el crucifijo, que dicen otros.[137] El ademán garboso nos ha perdido. Yo os aconsejo que habléis siempre con las manos en los bolsillos.

*

El gran pecado —decía mi maestro Abel Martín— que los pueblos no suelen perdonar es el que se atribuía a Sócrates, con razón o sin ella: el de introducir nuevos dioses. Claro es que entre los dioses nuevos hay que incluir a los viejos, que se tenía más o menos decorosamente jubilados. Y se comprende bien esta hincha a los nuevos dioses, que lo sean o que lo parezcan, porque no hay novedad de más terribles consecuencias. Los hombres han comprendido siempre que sin un cambio de dioses todo continúa aproximadamente como estaba, y que todo cambia, más o menos catastróficamente, cuando cambian los dioses.

*

Pero los dioses cambian por sí mismos, sin que nosotros podamos evitarlo, y se introducen solos, contra lo que pensaba mi maestro, que se jactaba de haber introducido el suyo. Nosotros hemos de procurar solamente verlos desnudos y sin máscara, tales como son. Porque de los dioses no puede decirse lo que se dice de Dios: que se muere quien ve su cara. Los dioses

137 *El Caballero de Olmedo,* II, I. En lo de "el crucifijo" quizá hubiera una alusión a Unamuno.

nos acompañan en vida, y hay que conocerlos para andar entre ellos. Y nos abandonan silenciosamente en los umbrales de la muerte, de donde ellos, probablemente, no pasan. Trabajemos todos para merecer esa suave melancolía de los dioses, que tan bien expresaron los griegos en sus estelas funerarias.

*

*(De senectute.)*

De la vejez, poco he de deciros, porque no creo haberla alcanzado todavía. Noto, sin embargo, que mi cuerpo se va poniendo en ridículo; y esto es la vejez para la mayoría de los hombres. Os confieso que no me hace maldita la gracia.

*

Hay viejos, sin embargo, de aspecto venerable, que nos recuerdan el verso virgiliano dedicado a Caronte:

*jam senior, sed cruda deo viridisque senectu.* [138]

Si supiera más latín hablaría de ellos, como ellos se merecen, en esa magnífica lengua de senadores. Pero estos viejos abundan poco. La naturaleza no parece tomar muy en serio a la vejez. Lo frecuente es el vejancón, el vejete, o la sedicente persona seria, un personaje cómico que suele empuñar la batuta en casi todas las orquestas.

*

Pero el problema de la vejez se inicia para nosotros, como todos los problemas, cuando nos preguntamos si la vejez existe. Entendámonos: si la vejez existe con

138 *Eneida,* VI, 304; debería decir *senectus* y no *senectu*; ver cap. XIII, nota 59.

independencia del reuma, la arteriosclerosis y otros achaques más o menos aparentes, que contribuyen al progresivo deterioro de nuestro organismo. Porque si la vejez no fuera más que ese proceso de mineralización de nuestras células, no tendría para nosotros interés alguno; y Séneca, y Cicerón,[139] y tantos otros que pretendieron decir algo interesante de ella, habrían perdido su tiempo. Nosotros nos preguntamos si es algo la vejez en nuestro espíritu, o en lo que así llamamos; si es parte esencial de nuestra mónada, algo que en ella se da y cumple, y de lo cual tendríamos alguna noción, aunque careciésemos de espejos, ignorásemos la significación de las canas y arrugas de nuestro prójimo y gozásemos de la más grata y suave cenestesia. La creencia, más o menos ingenua, en la dualidad de substancias, tiende a contestar esta pregunta negativamente: "El espíritu no envejece, y nada sabría de la vejez sin la vil carroña que lo envuelve". Pero esta creencia del sentido común no ha de ir necesariamente unida a la fe en la supervivencia. Porque el espíritu pudiera ser aniquilado sin envejecer. Y la más acentuada apariencia de la muerte es la de algo intacto y juvenil que cesa súbita y milagrosamente dentro de un vejestorio. En realidad, es siempre lo que envejece, lo sometido a proceso de deterioro, lo que nunca hemos visto aniquilado.

*

Otra cosa quiero decir de la vejez —y con esto agoto mi saber de este asunto—, y es que, aun vista desde fuera, ella da origen a los juicios más diversos y encontrados, puesto que algunos la deploran como un daño y otros la encomian y jalean como un bien positivo. Y entre los pocos afectos a la vejez —que no son tantos como sus apologistas y simpatizantes— se da el caso curioso de Leonardo de Vinci, que la ve y juzga contradictoriamente, ya como un decaimiento

139 Séneca: *De brevitate vitae*; Cicerón, *De senectute*.

físico, ya como una exaltación dinámica. Y así nos dice en su *Tratado de la Pintura* cómo conviene figurar a los viejos con tardos y perezosos movimientos, inclinando el cuerpo, dobladas las rodillas, etc., etc. Y en el siguiente párrafo: "Las viejas se representarán atrevidas y prontas, con movimientos impetuosos (casi como los de las Furias infernales), aunque con más viveza en los brazos que en las piernas". [140] Hay aquí una distinción algo desmesurada entre los viejos y las viejas. Mi maestro, sin embargo, la hizo suya en su *Política de Satanás,* [141] donde se leen estas palabras: "Conviene que la mujer permanezca abacia, carente de voz y voto en la vida pública, no sólo porque la política sea, como algunos pensamos, actividad esencialmente varonil, sino porque la influencia política de la mujer convertiría muy en breve el gobierno de los viejos en gobierno de las viejas, y el gobierno de las viejas, en gobierno de las brujas. Y esto es lo que a toda costa conviene evitar".

## XXX

Uno de los medios más eficaces para que las cosas no cambien nunca por dentro es renovarlas —o removerlas— constantemente por fuera. Por eso —decía mi maestro— los originales ahorcarían si pudieran a los novedosos, y los novedosos apedrean cuando pueden sañudamente a los originales.

*

140 Come i vechi debono essere fatti con pigri e lenti movimenti e gambe piegate nelle ginochia quando stanno fermo, e piè pari e distanti l'uno dal'altro, sendo declinanti in basso, la testa innanzi e chinata e le braccia non troppo distese. / Come le donne si deono figurare con atti vergogniosi, gambe insieme strette, braccia raccolte insieme, teste basse e piegate in traverso. / Come le vechie si debon figurar ardite e pronte, e con rabbiosi movimenti a uso di furie infernali, e'movimenti deono apparire piu pronti nelle braccia e teste che nelle gambe (*Libro di Pittura*, apéndices B. N. 2038, 17b).

141 No se había dicho hasta ahora que Abel Martín hubiera podido escribir tal tratado de política. Para *abacia*, véase nota 87. cap. XIX.

Antonio Machado

# MISCELÁNEA APÓCRIFA
# SIGUE MAIRENA...

I

En «Madrid» (tercer cuaderno de la Casa de la Cultura) aparece, con el título de *Charitas*, un trabajo de Joaquín Xirau, que, a mi juicio, contiene muy importantes temas de reflexión. Es Joaquín Xirau, profesor de la Universidad de Barcelona, un discípulo de Ortega y Gasset, en el mejor sentido de la palabra, que ha encontrado en la cátedra de su maestro ayuda y estímulos para pensar. Quiero decir, que Ortega y Gasset no le ha apartado de su natural inclinación, sino que, por el contrario, le ha confirmado y alentado en ella. Es sólo esta relación entre maestro y discípulo lo que

Juan de Mairena en *Hora de España* (XX, Agosto, 1938, pág. 5), donde Antonio Machado, durante los años de la guerra civil, continuó publicando su miscelánea apócrifa

Porque no hay más lengua viva que la lengua en que se vive y piensa, y ésta no puede ser más que una —sea o no la materna— debemos contentarnos con el conocimiento externo, gramatical y literario de las demás. No hay que empeñarse en que nuestros niños hablen más lengua que la castellana, que es la lengua imperial de su patria. El francés, el inglés, el alemán, el italiano deben estudiarse como el latín y el griego, sin ánimo de conversarlos. Un *causeur* español, entre franceses cultos, será siempre perfectamente ridículo; vuelto a España al cabo de algunos años, será un hombre intelectualmente destemplado y disminuido, por la dificultad de pensar bien en dos lenguas distintas. ¡Que Dios nos libre de ese hombre que traduce a su propio idioma las muchas tonterías que, necesariamente, hubo de pensar en el ajeno! Y si llega a ministro...

Así hablaba mi maestro, un hombre un tanto reaccionario, y no siempre de acuerdo consigo mismo, porque, por otro lado, no podía soportar a los *castizos* de su propia tierra, y si eran de Valladolid, mucho menos.[142]

*

Nadie debe asustarse de lo que piensa, aunque su pensar aparezca en pugna con las leyes más elementales de la lógica. Porque todo ha de ser pensado por alguien, y el mayor desatino puede ser un punto de vista de lo real. Que dos y dos sean necesariamente cuatro, es una opinión que muchos compartimos. Pero si alguien sinceramente piensa otra cosa, que lo diga. Aquí no nos asombramos de nada. Ni siquiera hemos de exigirle la prueba de su aserto, porque ello equivaldría a obligarle a aceptar las normas de nuestro pensamiento, en las cuales habrían de fundarse los argumentos que nos convencieran. Pero estas normas y estos argumentos sólo pueden probar nuestra tesis; de ningún

142 Valladolid, como presunto centro de gravedad del castellano más puro.

modo la suya. Cuando se llega a una profunda disparidad de pareceres, el *onus probandi* no incumbe realmente a nadie.

*

Ese pintor[143] —tan impresionante— que ve lo vivo muerto y lo muerto vivo, nos pinta unos hombres terrosos en torno a una mesa de mármol, y, sobre ésta, tazas, copas y botellas fulgurantes, que parecen animadas de una extraña inquietud, como si fueran de un momento a otro a saltar en pedazos para incrustarse en el techo. Es un pintor que ha visto la vida donde nosotros no la vemos, y que ha reparado mejor que nosotros en la muerte que llevamos encima. A mí me parece sencillamente un artista genial, puesto que, viendo las cosas como nosotros no las vemos, nos obliga a verlas como él las ve. Discutir con él para demostrarle que un hombre estará siempre más vivo que un sifón de agua de seltz, o para que nos pruebe lo contrario, sería completamente superfluo para él y para nosotros.

*

Que de la esencia no se puede deducir la existencia es para muchos verdad averiguada, después de Kant;[144] que de la existencia tampoco se deduce necesariamente la esencia —lo que el ser es, suponiendo que el ser sea algo— no pueden menos de creerlo cuantos disputan mera apariencia el mundo espacioso-temporal. Si ahondamos en estas dos creencias complementarias, tan fecundas en argumentos de toda laya, nos topamos con

143 José Gutiérrez Solana, como es obvio, y como se confirma en el apunte, en términos muy parecidos, de los manuscritos póstumos (*OPP* 698).

144 El tema aparece en diversos pasajes de la *Crítica de la razón pura*: sobre todo, hacia el final de la *Tercera analogía*, en los *Postulados del pensamiento empírico* (cap. II de la *Analítica transcendental*), poco antes de la *Refutación del idealismo*, y también dentro de ésta, tras de la *Nota 3*, a su *Prueba*.

la fe inapelable de la razón humana: la fe en el vacío y en las palabras.

Y ¿adónde vamos nosotros, aprendices de poeta, con esta fe nihilista de nuestra razón, en el fondo del baúl de nuestra conciencia? Se nos dirá que nuestra posición de poetas debe ser la del hombre ingenuo, que no se plantea ningún problema metafísico. Lo que estaría muy bien dicho si no fuera nuestra ingenuidad de hombres la que nos plantea constantemente estos problemas.

*

*(Acotación a Mairena.)*

Juan de Mairena era un hombre de otro tiempo, intelectualmente formado en el descrédito de las filosofías románticas, los grandes rascacielos de las metafísicas postkantianas, y no había alcanzado, o no tuvo noticia, de este moderno resurgir de la fe platónico-escolástica en la realidad de los universales, en la posible intuición de las esencias, la *Wesenschau* de los fenomenólogos de Friburgo.[145] Mucho menos pudo alcanzar las últimas consecuencias del temporalismo bergsoniano, la fe en el valor ontológico de la existencia humana. Porque, de otro modo, hubiera tomado más en serio las fantasías poético-metafísicas de su maestro, Abel Martín. Y aquel *existo, luego soy,* con que su maestro pretendía nada menos que enmendar a Descartes,[146] le hubiera parecido algo más que una gedeonada, buena para sus clases de Retórica y de Sofística.

*

Sostenía mi maestro —sigue hablando Mairena a sus alumnos— que el fondo de nuestra conciencia a que antes aludíamos, no podía ser esa fe nihilista de nuestra

145 Aquí parte A. M. del citado libro de Gurvitch, *Tendances...*
146 Véase, en pág. 92.

razón, y que la razón misma no había dicho con ella la última palabra. Su filosofía, que era una meditación sobre el trabajo poético, le había conducido a muy distintas conclusiones, y, reveládole convicciones muy otras que las ya enunciadas. Pensaba mi maestro que la poesía, aun la más amarga y negativa, era siempre un acto vidente, de afirmación de una realidad absoluta, porque el poeta cree siempre en lo que ve, cualesquiera que sean los ojos con que mire. El poeta y el hombre. Su experiencia vital —y ¿qué otra experiencia puede tener el hombre?— le ha enseñado que no hay vivir sin ver, que sólo la visión es evidencia y que nadie duda de lo que ve, sino de lo que piensa. El poeta —añadía— logra escapar de la zona dialéctica de su espíritu, irremediablemente escéptica, con la convicción de que ha estado pensando en la nada, entretenido con ese hueso que le dio a roer la divinidad para que pudiera pasar el rato y engañar su hambre metafísica. Para el poeta sólo hay *ver y cegar, un ver que se ve,* pura evidencia, que es el ser mismo, y un acto creador, necesariamente negativo, que es la misma nada.

De un modo mítico y fantástico lo expresaba así mi maestro:

> Dijo Dios: "Brote la Nada".
> Y alzó su mano derecha
> hasta ocultar su mirada.
> Y quedó la Nada hecha.[147]

Anotad esos versos, aunque sólo sea por su valor retórico, como modelo de expresión enfática del pensamiento. Y dejemos para otro día el ahondar algo más en la poética de mi maestro.

147 En *De un cancionero apócrifo*, esta copla metafísica está atribuida a Mairena, "glosando a Martín" (p. 228 de nuestra edición), pero quizá no es descuido o falta de memoria en Antonio Machado, sino parte de la tendencia de Mairena a endosar a su maestro todas las afirmaciones importantes.

## XXXI

*(Mairena empieza a exponer la poética de su maestro Abel Martín.)*

Es evidente, decía mi maestro —cuando mi maestro decía *es evidente*, o no estaba seguro de lo que decía, o sospechaba que alguien pudiera estarlo de la tesis contraria a la que él proponía— que la razón humana milita toda ella contra la riqueza y variedad del mundo; que busca ansiosamente un principio unitario, un algo que lo explique todo, para quedarse con este algo y aligerarse del peso y confusión de todo lo demás. Y así tenemos, de un lado, la fe racional en lo que nunca es nada de cuanto se aparece, la fe en lo nunca visto, llámese el ser, la esencia, la substancia, la materia originaria, etc.; y de otro, la gran banasta de los papeles pintados, en donde va cayendo el mundo de las apariencias, y en él el mismo corazón del hombre. Y aunque el imán que explica el ímpetu de esta fe racional sea la pura nada, y la razón no acierte, ni por casualidad, con verdad alguna a que pueda aferrarse, es un portento digno de asombro esta fuerza de aniquilación, este poder desrealizante... Maravilla cuán milagrosa es la virtud de nuestro pensamiento para penetrar en la enmarañada selva de lo sensible, como si no hubiese tal selva, y pensar el hueco y lugar que esta selva ocupa. Porque describiendo el intelecto humano de una manera impresionante, como un hacha que se abre paso a través de un bosque, no se dice su virtud milagrosa, pues no hay tal hacha ni semejante tala, sino que la arboleda subsiste intacta, y allí donde ella está se piensa otra cosa. Incumbe al poeta admirarse del hecho ingente que es el pensar, ora lleno, ora vacío, el huevo universal, y todo ello en menos que se cuenta, como si dijéramos en un abrir y cerrar de ojos.

*

Pero el poeta debe apartarse respetuosamente ante el filósofo, hombre de pura reflexión, al cual compete la ponencia y explanación metódica de los grandes problemas del pensamiento. El poeta tiene su metafísica para andar por casa, quiero decir el poema inevitable de sus creencias últimas, todo él de raíces y de asombros. El ser poético —*on poietikós*— no le plantea problema alguno; él se revela o se vela; pero allí donde aparece, es. La nada, en cambio, sí. ¿Qué es? ¿Quién la hizo? ¿Cómo se hizo? ¿Cuándo se hizo? ¿Para qué se hizo? Y todo un diluvio de preguntas que arrecia con los años y que se origina no sólo en su intelecto —el del poeta—, sino también en su corazón. Porque la nada es, como se ha dicho, motivo de angustia. Pero para el poeta, además y antes que otra cosa, causa de admiración y de extrañeza.

*

Que toda cosa sea igual a sí misma no es, ni mucho menos, una verdad averiguada por la vía discursiva, ni tampoco una evidencia o intuición de lo real, sino un supuesto necesario al artificio o mecanismo de nuestro pensamiento, el cual supuesto, de puro imprescindible para razonar, nos parece verdadero. [148] He aquí lo que honradamente puede decirse de él. La imposibilidad, igualmente decretada por la lógica, de que una cosa sea y no sea al mismo tiempo, el llamado principio de contradicción, que algunos llaman con mejor acierto de no contradicción, es otro supuesto también útil y necesario de carácter instrumental, pero de muy dudoso valor absoluto, porque lleva implícita una esencialísima contradicción. Él supone que yo puedo pensar *que una cosa es* y que luego, en otro momento, *esta misma cosa no es*. El salto de ser a no ser, realizado en momentos sucesivos, con intervalos imperceptibles, debiera extrañarnos hasta el asombro, y hasta preguntarnos si este salto lo da efectivamente el pensamiento

148 Recuérdese cap. VI, nota 30.

o si es puramente verbal. Comprendo que a esto se nos podrá argüir que no hay manera de separar el pensamiento del lenguaje, para verlos y estudiarlos por separado. Y esto es muy posible. Sin embargo, la pregunta "¿Qué es lo que usted piensa en lo que dice?" no carece en absoluto de sentido. Y yo pregunto: ¿Qué modo hay de pensar una cosa sin pensar que esta cosa sea algo? No hay contradicción, mas sí redundancia en pensar que *una cosa es.* Puesto el ser, y aun recalcado, en el pensamiento de una cosa, lo único que no puede predicarse de ésta es *el no ser.* Tal nos dice la lógica en su famoso principio. Pero esto mismo es lo que realiza nuestro pensamiento cuando pensamos que *una cosa no es.* Y así vamos de la tautología al absurdo, sin que el tiempo lo enmiende ni sirva en lo más mínimo para disimularlo, trocando milagrosamente *el ser que era* en *un ser que no es.* En todo pensamiento en que interviene el no ser va implícita la contradicción al principio de contradicción.

*

Y éste era uno de los caminos, el puramente lógico, o el de reducción al absurdo de la pura lógica, por donde llegaba mi maestro al gran asombro de la nada, tan esencial en su poética. Porque la nada antes nos asombra —decía mi maestro, jugando un poco el vocablo— que nos ensombrece, puesto que antes nos es dado gozar de la sombra de la mano de Dios y meditar a su fresco oreo, que adormirnos en ella, como desean las malas sectas de los místicos, tan razonablemente condenadas por la Iglesia.

*

Antes me llegue, si me llega, el día,
en que duerma a la sombra de tu mano... [149]

149 En *Muerte de Abel Martín*, en *De un cancionero apócrifo* (p. 258 de nuestra edición en "Clásicos Castalia"), aparecen los versos que aquí se citan unas líneas más abajo; éstos parecen un

Así expresaba mi maestro un temor, de ningún modo un deseo ni una esperanza: el temor de morir y de condenarse, de ser borrado de la luz definitivamente por la mano de Dios. Porque mi pobre maestro tuvo una agonía dura, trabajosa y desconfiada —debió de pasar lo suyo en aquel trago a que aludió Manrique—,[150] dudando de su propia poética.

Antes me llegue, si me llega, el Día...
la luz que ve, increada

y más inclinado, acaso, hacia el nirvana búdico, que esperanzado en el paraíso de los justos. La verdad es que había blasfemado mucho. Con todo, debió de salvarse a última hora, a juzgar por el gesto postrero de su agonía, que fue el de quien se traga literalmente la muerte misma sin demasiadas alharacas.

*

Pero antes que llegue o no llegue el Día, con o sin mayúscula, hay que reparar, no sólo en que todo lo problemático del ser es obra de la nada, sino también en que es preciso trabajar y aun construir con ella, puesto que ella se ha introducido en nuestras almas muy tempranamente, y apenas si hay recuerdo infantil que no la contenga.

*

Sobre la fuente, negro abejorro
pasa volando, zumba al volar,
cuando las niñas cantan en corro,
en los jardines del limonar.

---

borrador anterior, expresión del sentir de temor a que se refiere el comentario. (Convendría suprimir la coma después de "día", a diferencia de lo que ocurre en la cita siguiente, tras de "Día".)

150 "...muestre su esfuerzo famoso / vuestro corazón de acero / en este trago." (*Coplas*, estrofa 34).

Se oyó su bronco gruñir de abuelo
entre las claras voces sonar,
superflua nota de violoncelo,
en los jardines del limonar.

Mi maestro cede al encanto del verbo bobo hasta repetirlo, a la manera popular. ¿Qué jardines son ésos?

Entre las cuatro blancas paredes,
cuando una mano cerró el balcón,
por los salones de sal-si-puedes
suena el rebato de su bordón.
Muda, en el techo, quieta, ¿dormida?,
la gruesa nota de angustia está;
y en la mañana verdiflorida
de un sueño niño volando va...

## XXXII

Limpiemos —decía mi maestro— nuestra alma de malos humores, antes de ejercer funciones críticas. Aunque esto de limpiar el alma de malos humores tiene su peligro; porque hay almas que apenas si poseen otra cosa, y, al limpiarse de ella, corren el riesgo de quedarse en blanco. Pureza, bien; pero no demasiada, porque somos esencialmente impuros. La melancolía o bilis negra *—atra bilis—* ha colaborado más de una vez con el poeta, y en páginas perdurables. No hemos de recusar al crítico por melancólico. Con todo, un poco de jabón, con su poquito de estropajo, nunca viene mal a la grey literaria.

*

Que todo hombre sea superior a su obra es la ilusión que conviene mantener mientras se vive. Es muy posible, sin embargo, que la verdad sea lo contrario. Por eso yo os aconsejo que conservéis la ilusión de lo uno, acompañada de la sospecha de lo otro. Y todo ello a condición de que nunca estéis satisfechos ni de vuestro hombre ni de vuestra obra.

*

De los diarios íntimos decía mi maestro que nada le parecía menos íntimo que esos diarios.

*

El momento creador en arte, que es el de las grandes ficciones, es también el momento de nuestra verdad, el momento de modestia y cinismo en que nos atrevemos a ser sinceros con nosotros mismos. ¿Es el momento de comenzar un diario íntimo? Acaso no, porque quedan ya pocos días que anotar en ese diario, y los que pasaron, ¿cómo podremos anotarlos al paso? Es el momento de arrojar nuestro diario al cesto de la basura, en el caso de que lo hubiéramos escrito.

*

*(Kant y Velázquez.)*

Es evidente, decía mi maestro —Mairena endosaba siempre a su maestro la responsabilidad de toda evidencia— que si Kant hubiera sido pintor, habría pintado algo muy semejante a *Las Meninas,* y que una reflexión juiciosa sobre el famoso cuadro del gran sevillano nos lleva a la *Crítica de la pura razón,* [151] la obra clásica y luminosa del maestro de Königsberg. Cuando los franceses —añadía— tuvieron a Descartes, tuvimos nosotros —y aun se dirá que no entramos con pie firme en la edad moderna— nada menos que un pintor kantiano, sin la menor desmesura romántica.

151 *de la pura razón*, y no *de la razón pura*, como en anteriores referencias, seguramente no por descuido sino por haber reparado en que sería más exacto traducir así, y no en la forma acostumbrada.

Esto es mucho decir. No nos estrepitemos, sin embargo, que otras comparaciones más extravagantes se han hecho —Marx y el Cristo, etc.— que a nadie asombran. Además, y por fortuna para nuestro posible mentir de las estrellas,[152] ni Kant fue pintor ni Velázquez filósofo.

Convengamos en que, efectivamente, nuestro Velázquez, tan poco enamorado de las formas sensibles, a juzgar por su indiferencia ante la belleza de los modelos, apenas si tiene otra estética que la estética trascendental kantiana. Buscadle otra y seguramente no la encontraréis. Su realismo, nada naturalista, quiero decir nada propenso a revolcarse alegremente en el estercolero de lo real, es el de un hombre que se tragó la metafísica y que, con ella en el vientre, nos dice: la pintura existe, como decía Kant: ahí está la ciencia fisicomatemática, un hecho ingente que no admite duda. De hoy más, la pintura es llevar al lienzo esos cuerpos tales como los construye el espíritu, con la materia cromática y lumínica en la jaula encantada del espacio y del tiempo. Y todo esto —claro está— lo dice con el pincel.

He aquí el secreto de la serena grandeza de Velázquez. Él pinta por todos y para todos; sus cuadros no sólo son pinturas, sino la *pintura*. Cuando se habla de él, no siempre con el asombro que merece, se le reprocha más o menos embozadamente su impasible objetividad. Y hasta se alude con esta palabra —¡qué gracioso!— al objetivo de la máquina fotográfica. Se olvida —decía mi maestro— que la objetividad, en cualquier sentido que se tome, es el milagro que obra el espíritu humano, y que, aunque de ella gocemos todos, el tomarla en vilo para dejarla en un lienzo o en una piedra es siempre hazaña de gigantes.

*

152 La clásica alusión a la astrología tuvo su mejor acuñación en la copla de Agustín Salazar y Torres (1642-1675): "Es esto de las estrellas / el más seguro mentir, / pues ninguno puede ir / a preguntárselo a ellas".

*(Sobre la novela.)*

Lo que hace realmente angustiosa la lectura de algunas novelas, como en general la conversación de las mujeres, es la anécdota boba, el detalle insignificante, el documento crudo, horro de toda elaboración imaginativa, reflexiva, estética. Ese afán de contar cosas que ni siquiera son chismes de portería... ¡Demasiado bien lastradas para el naufragio, esas novelas, en el mar del tiempo! Y menos mal si con ellas no se pierden en el olvido algunos aciertos de expresión, observaciones sutiles, reflexiones originales y profundas en que esas mismas novelas abundan. Un poco de retórica, tal como nosotros la entendemos, convendría a sus autores.

*

Es muy posible que la novela moderna no haya encontrado todavía su forma, la línea firme de su contorno. Acaso maneja demasiados documentos, se anega en su propia heurística. Es en general, un género poco definido que se inclina más a la didáctica que a la poética. En ella, además, son muchos los arrimadores de ladrillos, pocos los arquitectos. Corre el riesgo de deshacerse antes de construirse.

*

Acaso la culpa sea de nuestro gran Cervantes y de sus botas de siete leguas. ¿Quién camina a ese paso? La verdad es que, después del *Quijote,* el mundo espera otra gran novela que no acaba de llegar. Nuestro Cervantes... Para rendir un pequeño homenaje a la cursilería de nuestro tiempo —ya que Cervantes no lo necesita— yo os invito a guardar conmigo un minuto de silencio y meditación con tema libre.

La clase ha quedado en silencio, durante sesenta segundos mal contados, después de los cuales añade

Mairena: Reparad en que esto del minuto de silencio es tan estúpido, aunque no tan macabro ni tan perverso, como el culto al soldado desconocido. Pero de algún modo hemos de acusar en nuestras clases los tiempos de barullo y algarabía en que vivimos.

*

*(Intermedio.)*

Es inútil —habla Mairena, encarándose con un tradicionalista amigo suyo, en una tertulia de café provinciano— que busque usted a Felipe II en su panteón de El Escorial, porque es allí donde no queda de él absolutamente nada. Ese culto a los muertos me repugna. El *ayer* hay que buscarlo en el *hoy*; aquellos polvos trajeron —o trujeron, si le agrada a usted más— estos lodos. Felipe II no ha muerto, amigo mío. ¡¡¡Felipe II soy yo!!! ¿No me había usted conocido?

Esta anécdota, que apunta uno de los discípulos de Mairena, explica la fama de loco y de espiritista que acompañó al maestro en los últimos años de su vida.

*

*(Cervantes.)*

Nuestro Cervantes —sigue hablando Mairena a sus alumnos— no mató, porque ya estaban muertos, los libros de caballerías, sino que los resucitó, alojándolos en las celdillas del cerebro de un loco, como espejismos del desierto manchego. Con esos mismos libros de caballerías, épica degenerada, novela propiamente dicha, creó la novela moderna. Del más humilde propósito literario, la parodia, surge —¡qué ironía!— la obra más original de todas las literaturas. Porque esta gloria no podrán arrebatarnos a los españoles: el que lo nuestro, profundamente nuestro, no se parezca a nada.

Extraño y maravilloso mundo ese de la ficción cervantina, con su doble tiempo y su doble espacio, con su doblada serie de figuras —las reales y las alucinatorias—, con sus dos grandes mónadas de ventanas abiertas, sus dos conciencias integrales, y, no obstante, complementarias, que caminan y que dialogan. Contra el *solus ipse* de la incurable sofística de la razón humana, no sólo Platón y el Cristo, milita también en un libro de burlas, el humor cervantino, todo un clima espiritual que es, todavía, el nuestro. Se comprende que tarde tanto en llegar esa otra gran novela que todos esperamos.

## XXXIII

*(Habla Mairena, no siempre* ex cathedra.*)*

Por debajo de lo que se piensa está lo que se cree, como si dijéramos en una capa más honda de nuestro espíritu. Hay hombres tan profundamente divididos consigo mismos, que creen lo contrario de lo que piensan. Y casi —me atreveré a decir— es ello lo más frecuente. Esto debieran tener en cuenta los políticos. Porque lo que ellos llaman opinión es algo mucho más complejo y más incierto de lo que parece. En los momentos de los grandes choques que conmueven fuertemente la conciencia de los pueblos se producen fenómenos extraños de difícil y equívoca interpretación: súbitas conversiones, que se atribuyen al interés personal, cambios inopinados de pareceres, que se reputan insinceros; posiciones inexplicables, etc. Y es que la *opinión* muestra en su superficie muchas prendas que estaban en el fondo del baúl de las conciencias.

La frivolidad política se caracteriza por la absoluta ignorancia de estos fenómenos. Pero los grandes morrones de la Historia no tienen mayor utilidad que la de hacernos ver esos fenómenos más claramente y de mayor bulto que los vemos cuando es sólo la superficie lo que parece agitarse.

*

¿Conservadores? Muy bien —decía Mairena—. Siempre que no lo entendamos a la manera de aquel sarnoso que se emperraba en conservar, no la salud, sino la sarna.

Porque éste es el problema de conservadurismo —¿qué es lo que conviene conservar?—, que sólo se plantean los más inteligentes. ¡Esos buenos conservadores a quienes siempre lapidan sus correligionarios, y sin los cuales todas las revoluciones pasarían sin dejar rastro!

*

*(Mairena en el café.)*

—Pero la dictadura de la alpargata, querido Mairena, sería algo absurdo y terrible, verdaderamente inaceptable.

—La alpargata, querido don Cosme, es un calzado cómodo y barato y más compatible con la higiene, y aun con el aseo, que esas botitas de charol que usted gasta.

—Siempre se sale usted por la tangente. De sobra sabe usted lo que quiero decir.

—En efecto: usted habla como un gran lustreador, que dicen en Chile,[153] betunero mayor del reino ideal de las extremidades inferiores. Y no concibe usted que en ese reino la alpargata pueda aspirar a la dictadura. Tiene usted muy poca imaginación, querido don Cosme.

—Buen guasoncito está usted hecho, amigo Mairena.

*

*(Mairena en clase.)*

Un comunismo ateo —decía mi maestro— será siempre un fenómeno social muy de superficie. El ateísmo es una posición esencialmente individualista: la del

153 Efectivamente, *lustreador* es chilenismo reconocido.

hombre que toma como tipo de evidencia el de su propio existir, con lo cual inaugura el reino de la nada, más allá de las fronteras de su yo. Este hombre, o no cree en Dios, o se cree Dios, que viene a ser lo mismo. Tampoco este hombre cree en su prójimo, en la realidad absoluta de su vecino. Para ambas cosas carece de la visión o evidencia de lo otro, de una fuerte intuición de *otredad,* sin la cual no se pasa del yo al tú. Con profundo sentido, las religiones superiores nos dicen que es el desmedido amor de sí mismo lo que aparta al hombre de Dios. Que le aparta de su prójimo va implícito en la misma afirmación. Pero hay momentos históricos y vitales en que el hombre sólo cree en sí mismo, se atribuye la aseidad, el ser por sí; momentos en los cuales le es tan difícil afirmar la existencia de Dios como la existencia, en el sentido ontológico de la palabra, del sereno de su calle. A este *self-man* propiamente dicho; a este hombre que no se casa con nadie, como decimos nosotros; a este mónada autosuficiente no le hable usted de comunión, ni de comunidad, ni aun de comunismo. ¿En qué y con quién va a comulgar este hombre?

Cuando le llegue, porque le llegará —también mi maestro fue profeta a su modo, que era el de no acertar casi nunca en sus vaticinios—, el inevitable San Martín al *solus ipse,* porque el hombre crea en su prójimo, el yo en el tú, y el ojo que ve en el ojo que le mira, puede haber comunión y aun comunismo. Y para entonces estará Dios en puerta. Dios aparece como objeto de comunión cordial que hace posible la fraterna comunidad humana.

Algunos —añade Mairena— nos atrevimos a objetar al maestro: "Siempre se ha dicho que la divinidad se revela en el corazón del hombre, de cada hombre, y que, desde este punto de mira, la creencia en Dios es posición esencialmente individualista". Mi maestro respondió: "Eso se ha dicho, en efecto, no sin razones. Pero se olvida decir el cómo se revela o se aparece Dios en el corazón del hombre. He aquí la grave y terrible cuestión. Cuando leáis mi libro *Sobre la esencial heterogeneidad del ser* (1800 páginas de apretada prosa os aguardan en él) comenzaréis a ver claro este problema. Básteos saber, por ahora, que toda revelación en el espíritu humano —si se entiende por espíritu la facultad intelectiva— es revelación de lo otro, de lo esencialmente otro, la equis que nadie despeja —llamémosle hache—, no por inagotable, sino por irreductible en calidad y esencia a los datos conocidos, no ya como lo infinito ante lo limitado, sino como lo otro ante lo uno, como la posición inevitable de términos heterogéneos, sin posible denominador común. Desde este punto de vista, Dios puede ser la *alteridad trascendente* a que todos miramos.

"*El velado creador de nuestra nada,* [154] un Dios vuelto de espaldas, como si dijéramos, y en quien todos comulgamos, pero no cordial, sino intelectivamente, el Dios aristotélico de quien decimos que se piensa a sí mismo porque, en verdad, no sabemos nada de lo que piensa. Pero Dios revelado en el corazón del hombre..." Palabras son éstas —observó Mairena— demasiado graves para una clase de Retórica. Dejemos, no obstante, acabar a mi maestro, que no era un retórico y nada aborrecía tanto como la Retórica. "Dios revelado, o desvelado, en el corazón del hombre es una otredad muy otra, una otredad inmanente, algo terrible, como el ver demasiado cerca la cara de Dios. Porque es allí, en el corazón del hombre, donde se toca y se padece otra otredad divina, donde Dios se revela al descubrirse, simplemente al mirarnos, como un *tú de todos,* objeto, de comunión amorosa, que de ningún modo puede ser un *alter ego* —la superfluidad no es pensable como atributo divino—, sino un *Tú* que es *Él.*"

*

154 Este endecasílabo podría pertenecer a algún poema en que Mairena expusiera la idea de Dios en Abel Martín tal como *Siesta* (*De un cancionero apócrifo*, CLXX).

*(Otra vez en el café.)*

—Desde cierto punto de vista —decía mi maestro—, nada hay más burgués que un proletario, puesto que, al fin, el proletariado es una creación de la burguesía. Proletarios del mundo —añadía— uníos para acabar lo antes posible con la burguesía y, consecuentemente, con el proletariado.

—Su maestro de usted, querido Mairena, debía estar más loco que una gavia.

—Es posible. Pero oiga usted, amigo Tortólez, lo que contaba de un confitero andaluz, muy descreído, a quien quiso convertir un filósofo pragmatista [155] a la religión de sus mayores.

—De los mayores ¿de quién, amigo Mairena? Porque ese "sus" es algo anfibológico.

—De los mayores del filósofo pragmatista, probablemente. Pero escuche usted lo que decía el filósofo. "Si usted creyera en Dios, en un Juez Supremo que había de pedirle a usted cuentas de sus actos, haría usted unos confites mucho mejores que esos que usted vende, y los daría usted más baratos, y ganaría usted mucho dinero, porque aumentaría usted considerablemente su clientela. Le conviene a usted creer en Dios". "¿Pero Dios existe, señor doctor?" —preguntó el confitero—. "Eso es cuestión baladí —replicó el filósofo—. Lo importante es que usted crea en Dios." "Pero ¿y si no puedo?" —volvió a preguntar el confitero—. "Tampoco eso tiene demasiada importancia. Basta con que usted quiera creer. Porque de ese modo, una de tres: o usted acaba por creer, ó por creer que cree, lo que viene a ser aproximadamente lo mismo, o, en último caso, trabaja usted en sus confituras como si creyera. Y siempre vendrá a resultar que usted mejora el género que vende, en beneficio de su clientela y en el suyo propio".

155 Sobre el *filósofo pragmatista*, recuérdese cap. XIII, nota 57.

El confitero —contaba mi maestro— no fue del todo insensible a las razones del filósofo. "Vuelva usted por aquí —le dijo— dentro de unos días".

Cuando volvió el filósofo encontró cambiada la muestra del confitero, que rezaba así: "Confitería de Angel Martínez, proveedor de Su Divina Majestad".

—Está bien. Pero conviene saber, amigo Mairena, si la calidad de los confites...

—La calidad de los confites, en efecto, no había mejorado. Pero, lo que decía el confitero a su amigo el filósofo: "Lo importante es que usted crea que ha mejorado, o quiera usted creerlo, o, en último caso, que usted se coma esos confites y me los pague como si lo creyera".

## XXXIV

—Alguna vez se ha dicho: las cabezas son malas; que gobiernen las botas. Esto es muy español, amigo Mairena.

—Eso es algo universal, querido don Cosme. Lo específicamente español es que las botas no lo hagan siempre peor que las cabezas.

*

Si definiéramos a Lope y a Calderón, no por lo que tienen, sino por lo que tienen de sobra, diríamos que Lope es el poeta de las ramas verdes; Calderón, el de las virutas. Yo os aconsejo que leáis a Lope antes que a Calderón. Porque Calderón es un final, un final magnífico, la catedral de estilo jesuita del barroco literario español. Lope es una puerta abierta al campo, a un campo donde todavía hay mucho que espigar, muchas flores que recoger. Cuando hayáis leído unas cien comedias de estos dos portentos de nuestra dramática, comprenderéis cómo una gran literatura tiene derecho a descansar, y os explicaréis el gran barranco poético del siglo XVIII, lo específicamente español de este barranco. Comprenderéis, además, lo mucho que hay en Lope de Calderón anticipado, y cuánto en Calderón de Lope rezagado y aun vivo, sin reparar en los argumentos de las comedias. Y otras cosas más que no suelen saber los eruditos.

*

Respóndate, retórico, el silencio.

Este verso es de Calderón. No os propongo ningún acertijo. Lo encontraréis en *La vida es sueño.*[156] Pero yo os pregunto: ¿por qué este verso es de Calderón, hasta el punto que sería de Calderón aunque Calderón no lo hubiera escrito? Si pensáis que esta pregunta carece de sentido, poco tenéis que hacer en una clase de Literatura. Y no podemos pasar a otras preguntas más difíciles. Por ejemplo: ¿por qué estos versos:

Entre unos álamos verdes
una mujer de buen aire,

que recuerdan a Lope, son, sin embargo, de Calderón?[157] A nosotros sólo nos interesa el hecho literario, que suele escapar a los investigadores de nuestra literatura.

*

A los andaluces —decía mi maestro— nos falta fantasía para artistas; nos sobra, en cambio, sentido metafísico para filósofos occidentales. Con todo, es el camino de la filosofía el que nosotros debemos preferentemente seguir.

*

Del *folklore* andaluz se deduce un escepticismo extremado, de radio metafísico, que no ha de encontrar fácilmente el suelo firme para una filosofía construc-

156 Acto II, Escena VIII.
157 *Casa con dos puertas mala es de guardar*, Acto I, Escena V.

tiva. Sobre la duda de Hume, irrefutada, construye Kant su ingente tautología, que llama crítica, para poner a salvo la fe de la ciencia físicomatemática; y los anglosajones construyen su utilitarismo pragmatista, para cohonestar la conducta de un pueblo de presa. Es evidente que nosotros no hubiéramos construido nada sobre esa arena movediza, y con tan fútiles pretextos, mucho menos. Más ello no es un signo de inferioridad que pueda arredrarnos para emprender el camino de la filosofía.

*

Pero hemos de acudir a nuestro *folklore,* o saber vivo en el alma del pueblo, más que a nuestra *tradición filosófica,* que pudiera despistarnos. El hecho, por ejemplo, de que Séneca naciera en Córdoba y aun de que haya influído en nuestra literatura, impregnándola de vulgaridad, no ha de servirnos de mucho. Séneca era un retórico de mala sombra, a la romana; un retórico sin sofística, un pelmazo que no pasó de mediano moralista y trágico de segunda mano. Toreador de la virtud le llamó Nietzsche,[158] un teutón que no debía saber mucho de toreo. Lo que tuviera Séneca de paisano nuestro es cosa difícil de averiguar, y más interesante para los latinistas que para nosotros. Acaso en Averroes[159] encontremos algo más nuestro que aprovechar y que pudiera servirnos para irritar a los neotomistas, que no acaban —ni es fácil— de enterrar al Cristo en Aristóteles. Un neoaverroísmo a estas alturas, con intención polémica, pudiera ser empresa tentadora para un coleccionista de excomuniones. Yo no os lo aconsejo tampoco. Nuestro punto de arranque,

158 En *Crepúsculo de los ídolos*, es la primera frase de la primera de las *Incursiones de un inoportuno* (o *de un anacrónico*, si se prefiere "*Mis imposibles.— Séneca*: o el toreador de la virtud..."

159 Averroes, el filósofo musulmán cordobés (1126-1198), fue, como es sabido, el "Comentador" por antonomasia de Aristóteles, de quien dio una interpretación materialista, que, con hábil modificación, no dejó de ser útil a Santo Tomás de Aquino en su teología.

si alguna vez nos decidimos a filosofar, está en el *folklore* metafísico de nuestra tierra, especialmente el de la región castellana y andaluza.

*

*(Del difícil fracaso de una Sociedad de las Naciones.)*

Algún día —habla Mairena en el café— se reunirán las grandes naciones para asegurar la paz en el mundo. ¿Lo conseguirán? Eso es otra cuestión. Lo indudable es que el prestigio de esa Sociedad no puede nunca menoscabarse. Si surge un conflicto entre dos pequeñas naciones, las grandes aconsejarán la paz paternalmente. Si las pequeñas se empeñan en pelear, allá ellas. Las grandes se dirán: no es cosa de que vayamos a enredarla, convirtiendo una guerra insignificante entre pigmeos en otra guerra en que intervienen los titanes. Ya que no la paz absoluta, la Sociedad de las Naciones conseguirá un mínimum de guerra. Y su prestigio quedará a salvo. Si surge un conflicto entre grandes potencias, lo más probable es que la Sociedad de las Naciones deje de existir, y mal puede fracasar una Sociedad no existente.

—Y en el caso, amigo Mairena, de que surja el conflicto porque una gran nación quiera comerse a otra pequeña, ¿qué hacen entonces las otras grandes naciones asociadas?

—Salirle al paso para impedirlo, querido don Cosme.

—¿Y si la gran nación insiste en comerse a la pequeña?

—Entonces las otras grandes naciones le ordenarán que se la coma, pero en nombre de todas. Y siempre quedará a salvo el prestigio de la Sociedad de las Naciones.

*

Los honores —decía mi maestro— deben otorgarse a aquellos que, mereciéndolos, los desean y los solicitan. No es piadoso abrumar con honores al que no los quiere ni los pide. Porque nadie hay, en verdad, que sea indiferente a los honores: a unos agradan, a otros disgustan profundamente. Para unos constituyen un elemento vitalizador, para otros un anticipo de la muerte. Es cruel negárselos a quien, mereciéndolos, los necesita. No menos cruel dárselos a quien necesita no tenerlos, a quien aspira a escapar sin ellos. Mucha obra valiosa y bella puede malograrse por una torpe economía de lo honorífico. Hay que respetar la modestia y el orgullo; el orgullo de la modestia y la modestia del orgullo. No sabemos bien lo que hay en el fondo de todo eso. Sabemos sin embargo, que hay caracteres diferentes, que son estilos vitales muy distintos. Y es esto, sobre todo, lo que yo quisiera que aprendieseis a respetar.

*

Era mucha la belleza espiritual del gran español que hoy nos abandona[160] para que podamos encerrar su figura en las corrientes etopeyas de la españolidad. El mejor que poseemos es obra de un valenciano, que reproduce bien las finas calidades del cuerpo. Pero nada más. La expresión es débil y equivocada, como de mano que no acierta a rendir con firmeza el señorío interior sin pizca de señoritismo, que todos veíamos en él. Lo más parecido a su retrato es la figura velazqueña del marqués de Espínola recogiendo las llaves de una ciudad vencida.[161] Porque allí se pinta un general que parece haber triunfado por el espíritu, por la inteligencia; que sabe muy bien cómo la batalla ganada

160 En este párrafo (12 de octubre de 1935) se rinde homenaje a la muerte de Manuel Bartolomé Cossío, a cuyo retrato por Sorolla se alude (v. J. A. Valente, "Tres retratos y un paisaje", en *Ínsula*, 244, marzo 1967).

161 En *La rendición de Breda* (*de Bredá*, sería más correcto), el cuadro popularmente conocido como *de las lanzas*.

pudo perderse, y que hubiera sabido perderla con la misma elegancia. Eso trazó Velázquez, pincel supremo: el triunfo cortés, sin sombra de jactancia; algo muy español y específicamente castellano; algo también muy del hombre cuya ausencia hoy lloramos. Porque nosotros podemos y debemos llorarle, sin que se nos tache de plañideras. Recordad lo que decía Shakespeare, aludiendo al llanto de los romanos por la muerte de César: *you are men, no stones.* [162] Además, con nuestro llanto pondremos en nuestras almas un poco de olvido que depure el recuerdo. Luego hablaremos de él sin prisa, y procurando recordarlo bien, que es la mejor manera de honrar su memoria.

*

Algún día —habla Mairena a sus alumnos— se trocarán los papeles entre los poetas y los filósofos. Los poetas cantarán su asombro por las grandes hazañas metafísicas, por la mayor de todas, muy especialmente, que piensa el ser fuera del tiempo, la esencia separada de la existencia, como si dijéramos, el pez vivo y en seco, y el agua de los ríos como una ilusión de los peces. Y adornarán sus liras con guirnaldas para cantar esos viejos milagros del pensamiento humano.

Los filósofos, en cambio, irán poco a poco enlutando sus violas para pensar, como los poetas, en *el fugit irreparabile tempus.* [163] Y por este declive romántico, llegarán a una metafísica existencialista, fundamentada en el tiempo; algo en verdad, poemático más que filosófico. Porque será el filósofo quien nos hable de angustia, la angustia esencialmente poética del ser junto a la nada, y el poeta quien nos parezca ebrio de luz, borracho de los viejos superlativos eleáticos. Y estarán frente a frente poeta y filósofo —nunca hostiles— y trabajando cada uno en lo que el otro deja.

[162] *You are not stones but men* (*Julius Caesar* III, II), "no sois piedras sino hombres".
[163] Virgilio, *Geórgicas*, l. III, v. 284).

Así hablaba Mairena, adelantándose al pensar vagamente en un poeta a lo Paul Valéry y en un filósofo a lo Martín Heidegger.

## XXXV

*(Habla Mairena sobre el hambre, el trabajo, la Escuela de la Sabiduría, etc.)*

Decía mi maestro —habla Mairena a sus amigos— que él había pasado hasta tres días sin comer —y no por prescripción facultativa—, al cabo de los cuales se dijo: "Esto de morirse de hambre es más fácil de lo que yo creía". Añadiendo: "Y no tiene, ni mucho menos, la importancia que se le atribuye". Yo me atreví a preguntarle: "¿Y qué quiere usted decir con eso?" "Que si para escapar de aquel duro trance —me contestó— hubiera yo tenido que hacer algo no ya contra mi conciencia, sino, sencillamente, contra mi carácter, pienso que habría aceptado antes la muerte sin protestas ni alharacas". Es posible —continuó mi maestro, adelantándose, como siempre, a nuestras objecciones— que aquella mi estoica resignación a un fallecer obscuro e insignificante pueda explicarse por un influjo atávico: el de las viejas razas de Oriente, cuya sangre llevamos acaso los andaluces y en las cuales no sólo es el ayuno lo propio de las personas distinguidas, sino el hambre general y periódica, la manera más natural de morirse. También es posible que, por ser yo un hombre grueso, como el príncipe Hamlet, no llegase a ver las orejas del lobo; porque tres días de ayuno no habrían bastado a agotar mis reservas orgánicas, y que todo quiera explicarse por una confianza, más o menos consciente, en los milagros de la grasa burguesa, acumulada durante muchos años de alimentación superabundante. Mas si he de decir verdad, yo no creo demasiado en nuestro orientalismo, ni mucho menos en que mis reservas sean exclusivamente de grasa. Mi opinión, fruto de mis reflexiones de entonces es ésta: Cosa es verdadera que el hombre se mueve por el hambre y por el prurito, no del todo consciente, de reproducirse, pero a condición de que no tenga cosa mejor por qué moverse, o cosa mejor que le mueva a estarse quieto. De todo ello saco esta conclusión nada idealista: "Dejar al hombre a solas con su hambre y la de sus hijos es proclamar el derecho a una violencia que no excluye la antropofagia. Y desde un punto de vista teórico me parece que la reducción del problema humano a la fórmula un *hombre* = un *hambre* es anunciar con demasiada anticipación *el apaga y vámonos* de la especie humana." [164]

—Según eso —observó alguien—, también es usted de los que piensan que conviene engañar el hambre del pueblo con ideales, promesas, ilusiones...

—De ningún modo —exclama mi maestro—. Porque el hambre no se engaña más que comiendo. Y esto lo sabían los anacoretas de la Tebaida lo mismo que Carlos Marx.

*

Pero, además del hambre, señores —habla Mairena a sus discípulos—, tenemos el apetito, el buen apetito, los buenos apetitos. Yo os deseo que no os falten nunca. Porque se ha dicho muchas veces —y siempre, a mi juicio, con acierto— que sin ellos tampoco se realizan las grandes obras del espíritu.

*

El hombre, para ser hombre,
necesita haber vivido,
haber dormido en la calle
y, a veces, no haber comido.

164 Sobre el tema del materialismo, v. *Introducción*, pág. 31.

Así canta Enrique Paradas, poeta que florece —si esto es florecer— en nuestros días finiseculares.[165] (Habla Mairena hacia el año 95). Yo no sé si esto es poesía, ni me importa saberlo en este caso. La copla —un documento sincero de alma española— me encanta por su ingenuidad. En ella se define la hombría por la experiencia de la vida, la cual, a su vez, se revela por una indigencia que implica el riesgo de perderla. Y éste *a veces,* tan desvergonzadamente prosaico, me parece la perla de la copla. Por él injerta el poeta —¡con cuánta modestia!— su experiencia individual en la canción, lo que algún día llamaremos —horripilantemente— la vivencia del hambre, sin la cual la copla no se hubiera escrito.

*

*(Mairena en el café.)*

Que usted haya nacido en Rute, y que se sienta usted relativamente satisfecho de haber nacido en Rute, y hasta que nos hable usted con una cierta jactancia de hombre de Rute, no me parece mal. De algún modo ha de expresar usted el amor a su pueblo natal, donde tantas raíces sentimentales tiene usted. Pero que pretenda convencernos de que, puesto a elegir, hubiera usted elegido a Rute, o que, adelantándose a su propio índice, hubiera usted señalado a Rute en el mapa del mundo como lugar preciso para nacer en él, eso ya no me parece tan bien, querido don Cosme.

—En eso puede que tenga usted razón, amigo Mairena.

*

165 Enrique Paradas (1884-?) dirigió *La Caricatura*, donde Antonio Machado publicó en 1893 y 1894 unas crónicas bajo el seudónimo de *Cabellera.* Paradas, modesto tipógrafo, empezó a estrenar con éxito desde 1902.

Tampoco me parece demasiado bien que diga usted *l'arcachofa,* en vez de la alcachofa. Pero sobre esto no he de hacer hincapié. Lo que no puedo aceptar es que usted piense que es mucho más gracioso comerse una *arcachofa* que comerse una alcachofa. No sé si comprende usted bien lo que quiero decirle. Procure usted repetir conmigo: la alcachofa.

—¡La alcachofa!

—Y sigue usted siendo tan sandunguero como antes.

—Buen guasoncito, etc.

*

Juan de Mairena había pensado fundar en su tierra una Escuela Popular de Sabiduría.[166] Renunció a este propósito cuando murió su maestro, a quien él destinaba la cátedra de Poética y de Metafísica. Él se reservaba la cátedra de Sofística.

—Es lástima —decía— que sean siempre los mejores propósitos aquellos que se malogren, mientras prosperan las ideícas de los tontos, arbitristas y revolvedores de la peor especie. Tenemos un pueblo maravillosamente dotado para la sabiduría, en el mejor sentido de la palabra: un pueblo a quien no acaba de entontecer una clase media, entontecida a su vez por la indigencia científica de nuestras Universidades y por el pragmatismo eclesiástico, enemigo siempre de las altas actividades del espíritu. Nos empeñamos en que este pueblo aprenda a leer, sin decirle para qué y sin reparar en que él sabe muy bien lo poco que nosotros leemos. Pensamos, además, que ha de agradecernos esas escuelas prácticas donde puede aprender la manera más científica y económica de aserrar un tablón. Y creemos

166 Antonio Machado había fundado en Segovia la "Universidad Popular" (v. *Introducción*, pág. 22, de *Nuevas canciones* y *De un cancionero apócrifo*, ed. citada). Ahora, sin embargo, en sus reflexiones sobre la Escuela Popular de Sabiduría Superior parece no partir tanto de su propia experiencia cuanto de las ideas de Max Scheler sobre la "Escuela Superior Popular" en *Las formas del saber y la sociedad.*

inocentemente que se reiría en nuestras barbas si le hablásemos de Platón. Grave error. De Platón no se ríen más que los señoritos, en el mal sentido —si alguno hay bueno— de la palabra.

*

Mas yo quisiera dejar en vuestras almas sembrado el propósito de una Escuela Popular de Sabiduría Superior. Y reparad bien en que lo superior no sería la escuela, sino la sabiduría que en ella se alcanzase. Conviene distinguir. Porque nosotros no decimos: "Buena es para el pueblo la sabiduría", como dicen: "Buena es para el pueblo la religión" los que no creen ya en ella. Éstos, al fin, dan lo que desprecian, y nosotros daríamos lo que más veneramos; un saber de primera calidad.

*

Esta escuela tendría éxito en España, a condición —claro es— de que hubiese maestros capaces de mantenerla, y muy especialmente en la región andaluza, donde el hombre no se ha degradado todavía por el culto perverso al trabajo, quiero decir por el afán de adquirir, a cambio de la fatiga muscular, dinero para comprar placeres y satisfacciones materiales.

Es natural —permitidme una pequeña digresión— que el hombre de la Europa septentrional, originariamente cargador o extractor de masas pesadas, talador de selvas, etc.; obligado, en suma, a un esfuerzo brutal en un clima duro, busque su emancipación por la máquina, mientras que el hombre de la cultura meridional, originariamente esclavista y negrero, busque el ocio *sine qua non* de una vida noble por la vía ascética, reduciendo a un mínimo sus apetencias más o menos bestiales.

De todos modos —decía mi maestro—, una sana concepción del trabajo será siempre la de una actividad marginal de carácter más o menos cinético, a la vera y al servicio de las actividades específicamente humanas: atención, reflexión, especulación, contemplación admirativa, etcétera, que son actividades esencialmente quietistas o, dicho más modestamente, sedentarias. Pero dejemos a un lado a mi maestro y sus teorías, ya rancias, sobre el *homo sapiens* frente al *homo faber,* y aquella más fantástica suya sobre un *homunculus mobilis,* que se convierte en mero proyectil, perdiendo de paso su calidad de semoviente. Y volvamos a la Escuela de Sabiduría.

*

Para ella necesitamos —sigue hablando Mairena— un hombre extraordinario, algo más que un buen ejemplar de nuestra especie; pero de ningún modo un maestro a la manera de Zaratustra, cuya insolencia éticobiológica nosotros no podríamos soportar más de ocho días.[167] Nuestro hombre estaría en la línea tradicional protagóricosocráticoplatónica, y también, convergentemente, en la cristiana. Porque de nuestra Escuela no habría de salir tampoco una nueva escolástica, la cual supone una Iglesia y un Poder político más o menos acordes en defender y abrigar un dogma, con su tabú correspondiente, sino todo lo contrario. Nuestro hombre no tendría nada de sacerdote, ni de sacrificador, ni de catequista, como sus alumnos nada de sectarios, ni de feligreses, ni siquiera de catecúmenos. Respetaríamos el aforismo délfico que traduciríamos a lengua romance en forma más suasoria que imperativa: *Conviene que procures, etc.* Y añadiríamos: "Nadie entre en esta escuela que crea saber nada de nada",[168] ni siquiera Geometría, que nosotros estudiaríamos, acaso, como ciencia esencialmente inexacta. Porque la finalidad de nuestra escuela, con sus dos cátedras fundamentales,

167 En nuestra *Introducción* hemos aludido a la diferencia de posición de Antonio Machado ante el Nietzsche de *Así habla Zarathustra* y el "buen" Nietzsche de la psicología en aforismos.

168 El precepto sobre el umbral del templo délfico decía: "Conócete a ti mismo". A continuación, Mairena pasa a aludir al precepto que se suponía puesto sobre el umbral de la escuela de Platón: "No entre quien no sepa geometría".

como dos cuchillas de una misma tijera, a saber: la cátedra de Sofística y la de Metafísica, consistiría en revelar al pueblo, quiero decir al hombre de nuestra tierra, todo el radio de su posible actividad pensante, toda la enorme zona de su espíritu que puede ser iluminada y, consiguientemente, obscurecida; en enseñarle a repensar lo pensado, a desaber[169] lo sabido y a dudar de su propia duda, que es el único modo de empezar a creer en algo.

Sobre el plan, la orientación, el método y aun los programas de esta posible Escuela de Sabiduría nos ocuparemos en otra ocasión.

## XXXVI

*(Sobre otros aspectos de la Escuela de Sabiduría.)*

Las religiones históricas —habla Mairena a sus alumnos—, que se dicen reveladas, nada tendrían que temer de nuestra Escuela de Sabiduría; porque nosotros no combatiríamos ninguna creencia, sino que nos limitaríamos a buscar las nuestras. Nosotros sólo combatimos, y no siempre de un modo directo, las creencias falsas, es decir, las incredulidades que se disfrazan de creencias. Usted puede, señor Martínez...

—Presente.

—Creer en el infierno hasta achicharrarse en él anticipadamente; pero de ningún modo recomendar a su prójimo ese creencia, sin una previa y decidida participación de usted en ella. No sé si comprende usted bien lo que le digo. Nosotros militamos contra una sola religión, que juzgamos irreligiosa: la mansa y perversa que tiene encanallado a todo el Occidente. Llamémosle

169 *desaber*: quizá habría sido más exacto escribir así este neologismo: *dessaber*, o *des-saber*.

170 Una vez más, A. M. parte de Scheler en su concepto del pragmatismo (v. cap. XIII, nota 57).

*pragmatismo,*[170] para darle el nombre elegido por los anglosajones del Nuevo Continente, que todavía ponen el mingo en el mundo, para bautizar una ingeniosa filosofía o, si os place, una ingeniosa carencia de filosofía. La palabra pragmatismo viene un poco estrecha a nuestro concepto, porque nosotros aludimos con ella a la religión natural de casi todos los granujas, sin distinción de continentes. Quisiéramos nosotros contribuir, en la medida de nuestras fuerzas, a limpiar el mundo de hipocresía, de *cant* inglés, etc.

*

Es cierto —decía proféticamente mi maestro— que se avecinan guerras terribles, revoluciones cruentísimas, entre cuyas causas más hondas pudiéramos señalar, acaso, la discordancia entre la acción y sus postulados ideales, y una gran pugna entre la elementalidad y la cultura que anegue el mundo en una ingente ola de cinismo. Estamos abocados a una catástrofe moral de proporciones gigantescas, en la cual sólo queden en pie las virtudes cínicas. Los políticos tendrán que aferrarse a ellas y gobernar con ellas. Nuestra misión es adelantarnos por la inteligencia a devolver su dignidad de hombre al animal humano. He aquí el aspecto más profundamente didáctico de nuestra *Escuela Popular de Sabiduría Superior.*

*

Nosotros no hemos de incurrir nunca en el error de tomarnos demasiado en serio. Porque ¿con qué derecho someteríamos nosotros lo humano y lo divino a la más aguda crítica, si al mismo tiempo declarásemos intangible nuestra personalidad de hombrecitos docentes? Que nadie entre en nuestra escuela que no se atreva a despreciar en sí mismo tantas cosas cuantas desprecia en su vecino, o que sea incapaz de proyectar su propia personalidad en la pantalla del ridículo. Toda mezquina abogacía de sí mismo queda prohibida en nuestra escuela. Porque la zona más rica de nuestras almas, desde luego la más extensa, es aquella que suele estar vedada al conocimiento por nuestro amor propio. Os lo diré de una manera impresionante: pacientes hemos de ser en nuestra propia clínica, tanto como quirurgos, y hasta si me apuráis, cadáveres que su misma disección ejecuten en nuestra propia sala de disección. De esta manera lograremos aventajarnos a nuestros adversarios, si algunos tenemos, porque ellos nos combatirán siempre con armas romas y peor templadas que las nuestras.

*

Nosotros no pretenderíamos nunca educar a las masas.[171] A las masas que las parta un rayo. Nos dirigimos al hombre, que es lo único que nos interesa: al hombre en todos los sentidos de la palabra: al hombre *in genere* y al hombre individual, al hombre esencial y al hombre empíricamente dado en circunstancias de lugar y de tiempo, sin excluir al animal humano en sus relaciones con la naturaleza. Pero el hombre masa no existe para nosotros. Aunque el concepto de masa pueda aplicarse adecuadamente a cuanto alcanza volumen y materia, no sirve para ayudarnos a definir al hombre, porque esa noción físicomatemática no contiene un átomo de humanidad. Perdonad que os diga cosas de tan marcada perogrullez. En nuestros días hay que decirlo todo. Porque aquellos mismos que defienden a las aglomeraciones humanas frente a sus más abominables explotadores, han recogido el concepto de masa para convertirlo en categoría social, ética y aun estética. Y esto

171 Compárese, en Max Scheler: "Si la Escuela Superior Popular ha de dirigirse en primer término a los trabajadores y la población campesina, y no a la clase media [...], sin embargo debe ser conscientemente [...] Escuela *Superior* Popular, es decir, dirigirse a una *aristocracia* de deseosos y necesitados de educación, y no a las masas" (*Universidad y Escuela Superior Popular*, traducimos de *Die Wissensformen und die Gesellschaft*, p. 411, Berna, 1960).

es francamente absurdo. Imaginad lo que podría ser una pedagogía para las masas. ¡La educación del niño-masa! Ella sería, en verdad, la pedagogía del mismo Herodes, algo monstruoso.

*

En cuanto al concepto de *élite* o minoría selecta, tendríamos mucho que decir, con relación a nuestra Escuela de Sabiduría, porque él nos plantea problemas muy difíciles, cuando no insolubles. Estos problemas pasarían, acaso intactos, de la clase de Sofística a la de Metafísica. Sólo he de anticiparos que yo no creo en la posibilidad de una suma de valores cualitativos, porque ella implica una previa homogeneización que supone, a su vez, una descualificación de estos mismos valores. Nosotros necesitamos, para nuestra Escuela, un hombre extraordinario, o si queréis, varios hombres extraordinarios, pero capaces, cada uno de ellos, de levantar en vilo por su propio esfuerzo, el fardo de la sabiduría. ¿El fardo de su propia sabiduría? Claro. No hay más sabiduría que la propia. Y como para nosotros no existiría la división del trabajo, porque nosotros empezaríamos por no trabajar o, en último caso, por no aceptar trabajo que fuere divisible, el grupo de sabios especializados en las más difíciles disciplinas científicas, ni vendría a nuestra escuela ni, mucho menos, saldría de ella. Nosotros no habríamos de negar nuestro respeto ni nuestra veneración a este grupo de sabios, pero de ningún modo les concederíamos mayor importancia que al hombre ingenuo, capaz de plantearse espontáneamente los problemas más esenciales.

*

Nosotros procuraríamos —hablo siempre de nuestra escuela— no ser pedantes, sin que esto quiera decir que nos obligásemos a conseguirlo. La pedantería va escoltando al saber tan frecuentemente como la hipocresía a la virtud, y es, en algunos casos, un ingenuo tributo que rinde la ignorancia a la cultura. Es mal difícil de evitar. Nosotros ni siquiera nos atrevemos a condenarlo en bloque, sin distingos. Porque hemos observado cuán sañosamente se apedrea la forma más disculpable de la pedantería, que es aquella jactancia de saber que muchas veces acompaña a un saber verdadero. Y, en este caso, quien lapida al pedante descalabra al sabio. Y aun puede que sea esto último lo que se propone. ¡Cuidado! Porque nosotros no hemos de incurrir en tamaña injusticia.

*

¿Pretensiosos? [172] Sin duda, lo somos —respondemos—; pero no presumidos ni presuntuosos. Porque nosotros de nada presumimos ni, mucho menos, presuntuamos. Pretendemos, en cambio, muchas cosas, sin jactarnos de haber conseguido ninguna de ellas. Modestos, con la modestia de los grandes hombres, y el modesto orgullo a que aludía mi maestro. Tales somos, tales quisiéramos ser para nuestra Escuela de Sabiduría.

*

¿Intelectuales? ¿Por qué no? Pero nunca virtuosos de la inteligencia. La inteligencia ha de servir siempre para algo, aplicarse a algo, aprovechar a alguien. Si averiguásemos que la inteligencia no servía para nada, mucho menos entonces la exhibiríamos en ejercicios superfluos, deportivos, puramente gimnásticos. Que exista una gimnástica intelectual que fortalezca y agilite intelectualmente a quien la ejecuta, es muy posible. Pero sería para nosotros una actividad privada, de puro utilitaria y egoísta, como el comer o purgarse,

172 *Pretensiosos*: quizá la fonética andaluza contribuye a imponer esta forma, en rigor más correcta que "pretenciosos" (piénsese en "pretensión").

lavarse o vestirse, nunca para exhibida en público. La gimnástica, como espectáculo, tiene entontecido a medio mundo, y acabará por entontecer al otro medio.

*

Vosotros sabéis —sigue hablando Mairena a sus alumnos— mi poca afición a las corridas de toros. Yo os confieso que nunca me han divertido. En realidad, no pueden divertirme, y yo sospecho que no divierten a nadie, porque constituyen un espectáculo demasiado serio para diversión. No son un juego, un simulacro, más o menos alegre, más o menos estúpido, que responda a una actividad de lujo, como los juegos de los niños o los deportes de los adultos; tampoco un ejercicio utilitario, como el de abatir reses mayores en el matadero; menos un arte, puesto que nada hay en ellas de ficticio o de imaginario. Son esencialmente un sacrificio. Con el toro no se juega, puesto que se le mata, sin utilidad aparente, como si dijéramos de un modo religioso, en holocausto a un dios desconocido. Por esto las corridas de toros, que, a mi juicio, no divierten a nadie, interesan y apasionan a muchos. La afición taurina es, en el fondo, pasión taurina; mejor diré fervor taurino, porque la pasión propiamente dicha es la del toro.

*

En nuestra Escuela Popular de Sabiduría Superior hemos de tratar alguna vez el tema de la tauromaquia, cosa tan nuestra —tan vuestra, sobre todo— y, al mismo tiempo, ¡tan extraña! He de insistir, sin ánimo de molestar a nadie, sobre el hecho de que sea precisamente lo nuestro aquello que se nos aparece como más misterioso e incomprensible. Nos hemos libertado en parte —y no seré yo quien lo deplore— del ánimo *chauvin* que ensalza lo español por el mero hecho de serlo. No era ésta una posición crítica, sino más bien polémica, que no alcanzó entre nosotros —conviene decirlo— proporciones alarmantes, como en otros países. Bien está, sin embargo, que nunca más la adoptemos. Pero una pérdida total de simpatía hacia lo nuestro va construyendo poco a poco en nuestras almas un aparato crítico que necesariamente ha de funcionar en falso y que algún día tendremos que arrumbar en el desván de los trastos inútiles. En nuestra Escuela Popular de Sabiduría Superior procuraríamos estar un poco en guardia contra el hábito demasiado frecuente de escupir sobre todo lo nuestro, antes de acercarnos a ello para conocerlo. Porque es muy posible —tal es, al menos, una vehemente sospecha mía— que muchas cosas en España estén mejor por dentro que por fuera —fenómeno inverso al que frecuentemente observamos en otros países— y que la crítica del previo escupitajo sobre lo nuestro, no sólo nos aparte de su conocimiento, sino que acabe por asquearnos de nosotros mismos. Pero dejemos esto para tratado más despacio.

*

Decíamos que alguna vez hemos de meditar sobre las corridas de toros, y muy especialmente sobre la afición taurina. Y hemos de hacerlo dejando a un lado toda suerte de investigaciones sobre el origen y desarrollo histórico de la fiesta —¿es una fiesta?— que llamamos nacional, por llamarle de alguna manera que no sea del todo inadecuada. Porque nuestra Escuela Popular de Sabiduría Superior no sería nunca un Centro de investigaciones históricas, sin que esto quiera decir que nosotros no respetemos y veneremos esta clase de Centros. Nosotros nos preguntamos, porque somos filósofos, hombres de reflexión que buscan razones en los hechos, ¿qué son las corridas de toros?, ¿qué es esa afición taurina, esa afición al espectáculo sangriento de un hombre sacrificando a un toro, con riesgo de su propia vida? Y un matador, señores —la palabra es grave—, que no es un matarife —esto menos que nada—, ni un verdugo, ni un simulador de ejercicios cruentos, ¿qué es un matador, un espada, tan hazañoso como fugitivo, un ágil y esforzado sacrificador de reses bravas, mejor diré de reses enfierecidas para el acto de su sacrificio? Si no es un loco —todo antes que un loco nos parece este hombre docto y sesudo que no logra la maestría de su oficio antes de las primeras canas—, ¿será, acaso, un sacerdote? No parece que pueda ser otra cosa. ¿Y al culto de qué dioses se consagra? He aquí el estilo de nuestras preguntas en nuestra Escuela Popular de Sabiduría Superior.

## XXXVII [173]

*(Habla Juan de Mairena a sus alumnos.)*

Lo irremediable del pasado —*fugit irreparabile tempus*—, [174] de un pasado que permanece intacto, inactivo e inmodificable, es un concepto demasiado firme para que pueda ser desarraigado de la mente humana. ¿Cómo sin él funcionaría esta máquina de silogismo que llevamos a cuestas? Pero nosotros —habla Mairena a sus alumnos— nos preguntaríamos en la clase de Sofística de nuestra Escuela Popular de Sabiduría Superior si el tal concepto tiene otro valor que el de su utilidad lógica y si podríamos pasar con él a la clase de Metafísica. Porque de la clase de Sofística a la de Metafísica sólo podrían pasar, en forma de creencias últimas o de hipótesis inevitables, los conceptos que resisten a todas las baterías de una lógica implacable, de una lógica que, llegado el caso, no repare en el suicidio, en decretar su propia inania.

Y este caso llega, puede llegar, si después de largos y apretados razonamientos sobre alguna cuestión

173 Desde este capítulo, *Juan de Mairena* empieza (17-XI-1935) a publicarse en *El Sol*.
174 *Geórgicas*, III, 284.

esencial, alcanzamos una irremediable conclusión ilógica, por ejemplo: "No hay *más verdad que la muerte*". Lo que equivale a decir que la verdad no existe y que ésta es la verdad. Comprenderéis sin gran esfuerzo que, llegado este caso, ya no sabemos cuál sea la suerte de la verdad; pero es evidente que aquí la lógica se ha saltado la tapa de los sesos. Tal es el triunfo —lamentable, si queréis, pero al fin triunfo —del escéptico, el cual, ante la *reductio ad absurdum* que de su propia tesis realiza, no se obliga a aceptar por verdadera la tesis contraria, de cuya refutación ya había partido, sino que opta por reputar inservible el instrumento lógico. Esto ya es demasiado claro para que podáis entenderlo sin algún esfuerzo. Meditad sobre ello.

Cuando averiguamos que algo no sirve para nada —por ejemplo, una Sociedad de Naciones que pretenda asegurar la paz en el mundo—, [175] ya sabemos que ha servido para mucho. Quien tenga oídos, oiga, y quien orejas, las aguce.

*

*(Examen en la Escuela de Sabiduría.)*

—¿Saco tres bolas?

—Con una basta.

—Lección 24. "Sobre el juicio".

—Venga.

—Tres clases de juicios conocemos, mediante los cuales expresa el hombre su incurable aspiración a la objetividad. Tres ejemplos nos bastarán para reconocerlos.

Primer ejemplo: "Dios es justo". Esto es lo que nosotros creemos, para el caso de que Dios exista.

Segundo: "El hombre es mortal". Esto es lo que nos parece observar hasta la fecha.

175 Era la época de la invasión italiana de Etiopía, con la inútil declaración de sanciones por parte de la Sociedad de Naciones.

Tercero: "Dos y dos son cuatro". Esto es lo que probablemente pensamos todos.

Al primero llamamos "juicio de creencia"; al segundo, "juicio de experiencia"; al tercero, "juicio de razón".

¿Y con cuál de esas tres clases de juicios piensa usted que logra el hombre acercarse a una verdad objetiva, entendámonos, a una verdad que sería a última hora independiente de esos mismos juicios?

—Acaso con las tres; acaso con alguna de las tres; posiblemente con ninguna de las tres.

—Retírese.

—(¿?)

—Que queda usted suspenso en esta asignatura, y que puede usted pasar a la siguiente.

*

*(Mairena y el 98. —Un premio Nobel.)* [176]

Cuando aparecieron en la Prensa los primeros ensayos de don Miguel de Unamuno, alguien dijo: "He aquí a Brand, el ibseniano Brand, [177] que deja los fiordos de Noruega por las estepas de España". Mairena dijo: "He aquí el gran español que muchos esperábamos. ¿Un sabio? Sin duda, y hasta un *savant,* que dicen en Francia; pero, sobre todo, el poeta relojero que viene a dar cuerda a muchos relojes —quiero decir a muchas almas— parados en horas muy distintas, y a ponerlos en hora por el meridiano de su pueblo y de su raza. Que estos relojes, luego, atrasen unos y adelanten otros..." No agotemos el símil. Es muy grande este

[176] *Un premio Nóbel*: Ese año (1935) no se concedió el Premio Nobel de Literatura; A. M. debe aludir aquí a una fracasada propuesta a favor de Unamuno.

[177] *Brand*, es el personaje del poema dramático (1866) del mismo título, de Ibsen. Hay, en efecto, algo de pre-unamuniano en la figura de ese sacerdote de una religión personal, que, bajo el lema "Todo o nada", quiere llevar la fe a los hombres casi a la fuerza. Al morir, arrollado por un alud de nieve, grita al cielo: "¿No le basta al hombre luchar con todas sus fuerzas para salvarse?" Y una voz del cielo le responde: "Dios es amor".

don Miguel. Y algún día tomará café con nosotros. Mas no por ello hemos de perderle el respeto.

*

*(Aciertos de la expresión inexacta.)*

Cuando nuestros políticos dicen que la política no tiene entrañas aciertan alguna vez en lo que dicen y en lo que quieren decir. Una política sin entrañas es, en efecto, la política hueca que suelen hacer los hombres de malas tripas.

*

*(La concisión barroca.)*

Me dio cuatro naturales
y en Chihuahua clarecí. [178]

Aquí ya la expresión inexacta es, por su excesiva concisión, verdaderamente enigmática. Porque el poeta, cuyos son estos versos, quería decir, por boca de un personaje de su comedia: "El cacique de la comarca puso a mi servicio cuatro hombres nacidos en tierra americana, cuatro indígenas que me dieron escolta, y acompañado de ellos pude llegar felizmente a Chihuahua, a la hora en que empezaba a clarear".

*

*(Amplificación superflua.)*

—Daréte el dulce fruto sazonado del peral en la rama ponderosa.

—¿Quieres decir que me darás una pera?

—¡Claro!

*

178 No hemos localizado este pasaje, de sabor calderoniano.

*(Lógica de Badila.)*

—*¡Conque el toro le ha roto a usted la clavícula, compadre!...*

Lo que me ha roto a mí es todo el verano.

No se sabe que Badila, el célebre picador de reses bravas,[179] a quien se atribuye la famosa respuesta, fuese sordo, ni mucho menos tan ignorante que desconociese la existencia de sus propias clavículas, cosa, por lo demás, inconcebible en un garrochista. Que conocía el significado del vocablo "canícula" se infiere de sus mismas palabras. Acaso fue Badila un precursor de esta nueva lógica a que nosotros quisiéramos acercarnos, de ese razonamiento heraclídeo en el cual las conclusiones no parecen congruentes con sus premisas porque no son ya sus hijas, sino, por decirlo así, sus nietas. Dicho de otro modo: que en el momento de la conclusión ha caducado en parte el valor de la premisa, porque el tiempo no ha transcurrido en vano. Advirtamos además que en el fluir del pensamiento natural —el de Badila, y en cierto modo, el poético— no es el intelecto puro quien discurre, sino el bloque psíquico en su totalidad, y las formas lógicas no son nunca pontones anclados en el río de Heráclito, sino ondas de su misma corriente.

Así, Badila, obscuro precursor, modestamente, y con más ambición algunos ingenios de nuestro tiempo, han contribuído a crear esa lógica, mágica en apariencia, de la cual no sabemos lo que andando el tiempo puede salir.

*

*(Lógica de Don Juan.)*

—Vengo a mataros, Don Juan.
—Según eso, sois Don Luis.

179 "Badila", José Bayard y Cortés (1858-1908), famoso picador, inventor de la llamada "mona" o funda de hierro para las piernas; debía su apodo a que alguien, viéndole un día muy serio, le dijo: "Parece que te has tragado el rabo de la badila".

¿Recordáis el *Don Juan Tenorio,* de Zorrilla, y la escena del cuarto acto en que estos versos se dicen? Habla Don Luis Mejía, primero, tras el embozo de su capa, seguro de que no necesita descubrirse para ser conocido. Si tenemos en cuenta la faena de Don Juan con Doña Ana de Pantoja, hemos de reconocer que Don Luis no puede decir sino lo que dice, y que no puede decirlo mejor. Y difícilmente encontraréis una respuesta ni más cínica, ni más serena, ni más representativa de aquel magnífico rey de los granujas que fue Don Juan Tenorio. *Según eso...* Y aquí es también la lógica lo que tiene más gracia. Como éste, muchos aciertos clásicos de expresión advertiréis en algunas obras de teatro que logran el favor popular, antes que la estimación de los doctos.

## XXXVIII

El problema del amor al prójimo —habla Mairena a sus alumnos— que algún día hemos de estudiar a fondo en nuestra clase de Metafísica, nos plantea agudamente otro, que ha de ocuparnos en nuestra clase de Sofística: el de la existencia real de nuestro prójimo, de nuestro vecino, que dicen los ingleses —*our neighbour*—,[180] de acuerdo con nuestro Gonzalo de Berceo.[181] Porque si nuestro prójimo no existe, mal podremos amarle. Ingenuamente os digo que la cuestión es grave. Meditad sobre ella.

*

—Alguien ha dicho —observó un alumno— que nadie puede dudar sinceramente de la existencia de su prójimo, y que el más desenfrenado idealismo, el del

180 En inglés, en efecto, *neighbour* es, a la vez, "vecino" y "prójimo" en el sentido evangélico.

181 "...en román paladino, / en el cual suele el pueblo fablar a su vezino" (*Vida de Santo Domingo de Silos,* estr. 2).

propio Berkeley,[182] vacila en sostener su famoso principio *esse = percipi* más allá de lo inerte, y no ya en presencia de un hombre, sino de una planta. Del solipsismo se ha dicho que es una concepción absurda e inaceptable, una verdadera monstruosidad.

—Todo eso se ha dicho, en efecto —respondió Mairena—. Pero a mí nunca me han convencido de ello los que tal dicen. Espero que a vosotros tampoco os convencerán. Porque el solipsismo podrá responder o no a una realidad absoluta, ser o no verdadero; pero de absurdo no tiene pelo. Es la conclusión inevitable y perfectamente lógica de todo subjetivismo extremado. Por eso lo tratamos en nuestra clase de Sofística. Es evidente que cualquier posición filosófica —sensualista o racionalista— que ponga en duda la existencia real del mundo externo convierte *eo ipso* en problemática la de nuestro prójimo. Sólo un pensamiento pragmático, profundamente ilógico, puede afirmar la existencia de nuestro prójimo con el mismo grado de certeza que la existencia propia, y reconocer a la par que este prójimo nos aparece englobado en el mundo externo —mera creación de nuestro espíritu—, sin rasgo alguno que nos revele su heterogeneidad. Dicho en otra forma: si nada es en sí más que yo mismo, ¿qué modo hay de no decretar la irrealidad absoluta de nuestro prójimo? Mi pensamiento os borra y expulsa de la existencia —de una existencia en sí— en compañía de esos mismos bancos en que asentáis vuestras posaderas. La cuestión es grave, vuelvo a deciros. Meditad sobre ella.

—Siempre se ha dicho —observó el alumno de Mairena—, que nosotros afirmamos la existencia de nuestro prójimo, del cual sólo, en efecto, percibimos el cuerpo como parte homogénea del mundo físico, merced a un razonamiento por analogía, que nos lleva a suponer

182 En realidad, el obispo Berkeley (1685-1753) no sostuvo ese "desenfrenado idealismo" que le atribuyen los manuales, según el cual no creería más que en su propia existencia personal. *Esse = percipi*, "ser = ser percibido", vale sólo para él como limitación práctica y cognoscitiva, sin negar realidad a las cosas y mucho menos a las personas.

en ese cuerpo semejante al nuestro una conciencia no menos semejante a la nuestra. Y en cuanto al grado de certeza que asignamos a la existencia del yo ajeno y a la del propio, pensamos que es el mismo para las dos, siempre que no demos en plantearnos el problema metafísico. De modo que prácticamente no hay problema.

—Eso se dice, en efecto. Pero nosotros estamos aquí para desconfiar de todo lo que se dice. Tal es el verdadero sentido de nuestra sofística. Para nosotros, el problema existe, y existe prácticamente, puesto que nosotros nos lo planteamos. La existencia práctica de un problema metafísico consiste en que alguien se lo plantee. Y éste es el hecho. Nosotros partimos, en efecto, de una concepción metafísica de la cual pensamos que no puede eludir el solipsismo. Y nos preguntamos ahora qué es lo que dentro de ella puede significar el amor al prójimo, a ese otro yo al cual hemos concedido la no existencia como el más importante de sus atributos, o, por mejor decir, como su misma esencia, puesto que, evidentemente, la no existencia es lo único esencial que podemos pensar de lo que no existe.

*

Y vamos ahora adonde usted quería llevarnos, señor Martínez. Una metafísica, es decir, una hipótesis más o menos atrevida de la razón sobre la realidad absoluta, está siempre apoyada por un acto de fe individual. Un acto de fe —decía mi maestro— no consiste en creer sin ver o en creer en lo que no se ve, sino en creer que se ve, cualesquiera que sean los ojos con que se mire, e independientemente de que se vea o de que no se vea. Existe una fe metafísica, que no ha de estar necesariamente tan difundida como una fe religiosa; pero tampoco necesariamente menos. ¡Oh! ¿Por qué? La íntima adhesión a una gran hipótesis racional no admite, de derecho, restricción alguna a su difusión dentro de la especie humana. Tal es uno de los fundamentos de nuestra Escuela de Sabiduría. El hecho es que esta fe metafísica suele estar mucho más difundida de lo que se piensa.

*

Y yendo a lo que iba, os diré: podemos encontrarnos en un estado social minado por una fe religiosa y otra fe metafísica francamente contradictorias. Por ejemplo, frente a nuestra fe cristiana —una "videncia" como otra cualquiera— en un Dios paternal que nos ordena el amor de su prole, de la cual somos parte, sin privilegio alguno, milita la fe metafísica en el *solus ipse* que pudiéramos formular; "nada es en sí sino yo mismo, y todo lo demás, una representación mía, o una construcción de mi espíritu que se opera por medios subjetivos o una simple constitución intencional del puro yo, etc., etc." En suma, tras la frontera de mi yo empieza el reino de la nada. La heterogeneidad de estas dos creencias ni excluye su contradicción ni tiene reducción posible a denominador común. Y es en el terreno de los hechos, a que usted quería llevarnos, donde no admiten conciliación alguna. Porque el *ethos* de la creencia metafísica es necesariamente autoerótico, egolátrico. El yo puede amarse a sí mismo con amor absoluto, de radio infinito. Y el amor al prójimo, al otro yo que nada es en sí, al yo representado en el yo absoluto, sólo ha de profesarse de dientes para fuera. A esta conclusión *d'enfants terribles* —¿y qué otra cosa somos?— de la lógica hemos llegado. Y reparad ahora en que el "ama a tu prójimo como a ti mismo y aún más, si fuera preciso", que tal es el verdadero precepto cristiano, lleva implícita una fe altruista, una creencia en la realidad absoluta, en la existencia en sí del otro yo. Si todos somos hijos de Dios —hijosdalgo, por ende, y ésta es la razón del orgullo modesto a que he aludido más de una vez—, ¿cómo he de atreverme, dentro de esta fe cristiana, a degradar a mi prójimo tan profunda y substancialmente que le arrebate el ser en sí para convertirlo en mera representación, en un puro fantasma mío?

*

—Y en un fantasma de mala sombra —se atrevió a observar el alumno más silencioso de la clase.

—¿Quién habla? —preguntó Mairena.

—Joaquín García, oyente.

—¡Ah! ¿Decía usted?...

—En un fantasma de mala sombra, capaz de pagarme en la misma moneda. Quiero decir que he de pensarlo como un fantasma mío que puede a su vez convertirme en un fantasma suyo.

—Muy bien, señor García —exclamó Mairena—; ha dado usted una definición un tanto gedeónica, pero exacta, del otro yo, dentro del *solus ipse*: un fantasma de mala sombra, realmente inquietante.

*

Estas dos creencias a que aludíamos —sigue hablando Mairena— son tan radicalmente antagónicas que no admiten, a mi juicio, conciliación ni compromiso pragmático; de su choque saldrán siempre negaciones y blasfemias, como chispas entre pedernal y eslabón. La concepción del alma humana como entelequia o como mónada cerrada y autosuficiente, ese fruto maduro y tardío de la sofística griega, y la fe solipsista que la acompaña, se encontrarán un día en pugna con la terrible revelación del Cristo: "El alma del hombre no es una entelequia, porque su fin, su *telos,* no está en sí misma.[183] Su origen, tampoco. Como mónada filial y fraterna se nos muestra en intuición compleja el yo cristiano, incapaz de bastarse a sí mismo, de encerrarse

183 Recuérdese la nota 21, cap. V, sobre *entelequia*: ahora la palabra aparece utilizada en su sentido técnico en la filosofía, como aquello que ha llegado a actualizar todas sus potencialidades, o más exactamente en este contexto, como la meta a que tiende un ser.

en sí mismo, rico de alteridad absoluta; como revelación muy honda de la incurable "otredad de lo uno", o, según expresión de mi maestro, "de la esencial heterogeneidad del ser". Pero dejemos esto para tratado más largamente en otra ocasión.

## XXXIX

Nunca se nos podrá acusar de haber tratado en nuestras clases cuestiones frívolas y vulgares, entre las cuales incluimos nosotros muchas que se reputan importantísimas y primordiales, como casi todas aquellas que se refieren a lo económico. Alguna vez, sin embargo, las hemos de tomar en consideración; pero elevándolas siempre a nuestro punto de mira. Algún día nos hemos de preguntar si la totalidad de la especie humana, de la cual somos parte insignificantísima, su necesidad de nutrirse, su afán de propagarse, etc., constituyen un hecho crudo y neto, que no requiere la menor justificación ideal, o si, por el contrario, hemos de pedir razones a este mismo hecho, si hemos de investigar la necesidad metafísica de estas mismas necesidades. ¿Se vive de hecho o de derecho? He aquí nuestra cuestión. Comprenderéis que es éste el problema ético por excelencia, viejo como el mundo, pero que nosotros nos hemos de plantear agudamente. Porque sólo después de resolverlo podremos pensar en una moral, es decir, en un conjunto de normas para la conducta humana que obliguen o persuadan a nuestro prójimo. Entretanto, buena es la filantropía, por un lado, y por otro, la Guardia civil.

*

Superfluo es decir que nosotros no podemos interesarnos demasiado ni por la filantropía, con sus instituciones de beneficencia, higiene y vigilancia, ni tampoco por los elementos de coacción legal (guardia rural, urbana y fronteriza), mientras no averigüemos si la especie humana, en su totalidad, debe o no debe ser conservada, cuestión esencialísima, o bien —cuestión no menos esencial— si necesariamente ha de ser conservada, o si pudiera no conservarse. Y si os place que nos interesemos anticipadamente por esas instituciones, que serían a última hora medios cuyos últimos fines aún desconocemos, hemos de hacerlo sin invocar principios en los cuales no podemos todavía creer.

*

Si estudiaseis el folklore religioso de nuestra tierra, os encontraríais con que la observación del orden impasible de la Naturaleza hace creyentes a muchos de nuestros paisanos, y descreídos a otros muchos. Y es que en esto, como en todo, hay derechas e izquierdas. "*Siento que no haiga Dios* —oí decir una vez—, porque eso de que todo en este mundo se tenga de *caé* siempre *d'arriba abajo*..." Y otra vez: "¡Bendito sea Dios, que hace que el sol *sarga* siempre por el Levante!"

*

*Las tan desacreditadas cosas en sí... La cosa en sí, ¡tan desacreditada!...* [184] Me parece haber leído esto en alguna parte, y no ya una, sino muchas veces. Asusta pensar —decía Mairena— hasta dónde puede llegar el descrédito.

*

El Cristo —decía mi maestro— predicó la humildad a los poderosos. Cuando vuelva, predicará el orgullo a los humildes. De sabios es mudar de consejo. No os estrepitéis. Si el Cristo vuelve, sus palabras serán aproximadamente las mismas que ya conocéis: "Acordaos

184 La "cosa en sí", en la *Crítica de la razón pura*, de Kant.

de que sois hijos de Dios; que por parte de padre sois alguien, niños". Mas si dudáis de una divinidad que cambia de propósito y de conducta, os diré que estáis envenenados por la lógica y que carecéis de sentido teológico. Porque nada hay más propio de la divinidad que el arrepentimiento. Cuando estudiemos la Historia Sagrada, hemos de definirla como historia de los grandes arrepentimientos, para distinguirla no ya de la Historia profana, sino de la misma Naturaleza, que no tiene historia, porque no acostumbra a arrepentirse de nada.

*

Imaginemos —decía mi maestro Martín— una teología sin Aristóteles, que concibe a Dios como una gran conciencia de la cual fuera parte la nuestra, o en la cual —digámoslo *grosso modo* y al alcance de vuestras cortas luces— todos tuviéramos enchufada la nuestra. En esta teología nada encontraríamos más esencial que el tiempo; no el tiempo matemático, sino el tiempo psíquico, que coincide con nuestra impaciencia, esa impaciencia mal definida, que otros llaman angustia [185] y en la cual comenzaríamos a ver un signo revelador de la gran nostalgia, del *no ser* que el *Ser Supremo siente,* o bien —como decía mi maestro— la gran nostalgia de lo Otro que padece lo Uno. De esta suerte asignaríamos a la divinidad una tarea inacabable —la de dejar de ser o de trocarse en lo Otro—, [186] que explicaría su eternidad y que, por otro lado, nos parecería menos trivial que la de mover el mundo... ¿Qué dice el oyente?

185 *otros llaman angustia*: hay aquí una embozada alusión a Heidegger, que luego se desarrollará en uno de los ensayos mairenianos publicados en *Hora de España*, *OPP* 561 y sig.

186 Aquí se hace especialmente evidente hasta qué punto la filosofía de Abel Martín, sin darse cuenta, viene a ser un nuevo desarrollo de la raíz de la filosofía de Hegel (v. nuestra *Introducción* a *Nuevas canciones* y *De un cancionero apócrifo*, en "Clásicos Castalia", p. 67).

—Esa teología —observó el oyente— me parece inaceptable. Es cierto que ese Dios, que nos da el tiempo y se queda fuera de él, o, dicho de otro modo, que permanece quieto y se entretiene en mover el mundo, es algo no menos inaceptable. Porque, en efecto, si el mundo no se mueve a sí mismo, lo natural y conveniente es dejarlo quieto, de acuerdo con su propia naturaleza. En caso contrario, es evidente que el mundo no necesita motor. Hasta aquí estamos de acuerdo. Pero, por otro lado, señor doctor, un dios totalmente zambullido en el tiempo, obligado como nosotros a vivirlo minuto a minuto, con la conciencia a la par de una tarea inacabable, sería un dios mucho más desdichado que sus criaturas. Sería un dios —pongámoslo al alcance de nuestras cortas luces— que tendría un humor de todos los demonios, como condenado a galeras para toda su vida. Yo no sé, señor doctor, hasta qué punto hay derecho a pensarlo así.

—La verdad es —replicó Mairena, algo contrariado— que en toda concepción panteísta —la metafísica de mi maestro lo era en sumo grado— hay algo monstruoso y repelente; con razón la Iglesia la ha condenado siempre. Ya se lo decía yo a mi maestro: por mucho menos hubo quien ardió en las fogatas del Santo Oficio. Afortunadamente, la Iglesia no toma hoy demasiado en serio las blasfemias contra Aristóteles. Yo, sin embargo, os aconsejo que meditéis sobre este tema para que no os coja desprevenidos una metafísica que pudiera venir de fuera y que anda rondando la teología, una teología esencialmente temporalista, y para que tengáis, llegado el caso, algo que oponerle o algo que aprobar en ella, y no seáis los eternos monos de la linterna mágica en cuestiones de alguna trascendencia.

*

Vosotros sabéis que yo no pretendo enseñaros nada, y que sólo me aplico a sacudir la inercia de vuestras almas, a arar el barbecho empedernido de vuestro pensamiento, a sembrar inquietudes, como se ha dicho muy razonablemente, y yo diría, mejor, a sembrar preocupaciones y prejuicios; quiero decir juicios y ocupaciones previos y antepuestos a toda ocupación zapatera y a todo juicio de pan llevar.

*

Ya hemos dicho que pretendemos no ser pedantes. Hicimos, sin embargo, algunos distingos. Quisiéramos hacer todavía algunos más. ¿Qué modo hay de que un hombre consagrado a la enseñanza no sea un poco pedante? Consideremos que sólo se enseña al niño, porque siempre es niño el capaz de aprender, aunque tenga más años que un palmar. Esto asentado, yo os pregunto: ¿Cómo puede un maestro, o, si queréis, un pedagogo, enseñar, educar, conducir al niño sin hacerse algo niño a su vez y sin acabar profesando un saber algo infantilizado? Porque es el niño quien, en parte, hace al maestro. Y es el saber infantilizado y la conducta infantil del sabio lo que constituye el aspecto más elemental de la pedantería, como parece indicarlo la misma etimología griega de la palabra. Y recordemos que se llamó *pedantes* a los maestros que iban a las casas de nuestros abuelos para enseñar Gramática a los niños. No dudo yo de que estos hombres fueran algo ridículos, como lo muestra el mismo hecho de pretender enseñar a los niños cosa tan impropia de la infancia como es la Gramática. Pero al fin eran maestros y merecen nuestro respeto. Y en cuanto al hecho mismo de que el maestro se infantilice y en cierto sentido se *apedante* en su relación con el niño (*país, paidós*), [187] conviene también distinguir. Porque hemos de comprender como niños lo que pretendemos que los niños comprendan. Y en esto no hay infantilismo, en el sentido de retraso mental. En las disciplinas más fundamentales (Poesía, Lógica, Moral, etc.) el niño no puede disminuir al hombre. Al contrario: el niño nos

187 παῖς, παιδός, "niño", en griego.

revela que casi todo lo que él no puede comprender apenas si merece ser enseñado, y, sobre todo, que cuando no acertamos a enseñarlo es porque nosotros no lo sabemos bien todavía.

*

Nosotros no hemos de insistir demasiado —*nous appessantir,* que dicen los franceses—[188] sobre el tema del amor; en primer término, porque toda insistencia nos parece de mal gusto; en segundo, por no plantearnos problemas filosóficos demasiado difíciles. Tampoco hemos de rebajar tan esencial sujeto hasta ponerlo al alcance de las señoras y de los médicos, que gustan de tomarlo siempre —indefectiblemente— por donde quema. Sólo queremos avanzar, como tema de futuras meditaciones: primero, que lo sexual en amor tiene muy hondas raíces *ónticas,* y que una filosofía que pretenda alcanzar el ser en la existencia del hombre se encontrará con esto: el individuo humano no es necesariamente varón o hembra por razones biológicas —la generación no necesita del sexo—, sino por razones metafísicas. Segundo: no hay hermafrodismo que no sea monstruoso, porque la esencia *hermes* y la esencia *aphrodites* no pueden pensar intuirse juntas.[189] Tercero: tampoco se las puede pensar como complementarias, porque ninguna es *complemento,* ni de tal necesita, toda vez que cada una de ellas no ya se basta, sino que se sobra a sí misma. Cuarto: no hemos de pensarlas como mitades de un todo, puesto que al unirse no dan un conjunto homogéneo, una totalidad de la cual sean o hayan sido parte. Quinto: de ningún modo podemos

188 *nous appesantir*: cfr.: "Je me méfie de tous les mots, car la moindre méditation rend absurde que l'on s'y fie. J'en suis vénu, hélas, à comparer ces paroles par lesquelles on traverse si lestement l'espace d'une pensée, à des planches légéres jetées sur un abîme, qui souffrent le passage et point la station [...] Qui se hâte a compris; il ne faut point s'appesantir". *M. Teste, Lettre d'un ami* (1924), *Œuvres,* 1931.

189 *hermes,* como síntesis mitológica de la masculinidad; *aphrodytes,* lo mismo de la feminidad.

imaginarlas como elementos para una síntesis, armonía o coincidencia de contrarios. Ya demostramos, o pretendimos demostrar, que, en general, no hay contrarios. Y aunque los hubiera —contra lo que nosotros pensamos—, nadie demostrará que una mujer sea lo contrario de un hombre. Sexto: tampoco hemos de afirmar que al copularse estas dos esencias, a saber, la mercurial y la venusiana —por no llamarla venérea—, den un producto de fusión, ni de síntesis, ni de armonía de ambas, puesto que el fruto de todo amor sexual sólo perpetúa una de las dos esencias, de ningún modo ambas en un mismo individuo. Lo que se genera y se continúa por herencia hasta el fin de los siglos es la esencia *hermes,* con la creencia consciente de la *aphrodites,* o viceversa, es la alternante serie de dos esencias, en cada una de las cuales lo esencial es siempre la nostalgia de la otra. (Véase "Abel Martín": *De la esencial heterogeneidad del ser.*)

## XL

*A manos de su antojo el tonto muere.* [190]

Me parece que es el maestro fray Luis quien dice esto en su magnífica traducción del libro de Job. ¿Qué opina el oyente de esta sentencia?

—Eso —respondió el oyente— no está mal.

—¿...?

—Quiero decir que no estaría mal.

*

*(Sobre la paternidad calderoniana del "Don Juan", de "Tirso".)* [191]

Recordad que "Tirso" da a su Comendador, el de su famosa comedia *El burlador de Sevilla,* una muerte

190 *Exposición del libro de Job* (cap. V, v. 5).

191 La cuestión de si Calderón pudo ser el autor de *El Burlador de Sevilla* parece no considerarse ya.

perfectamente calderoniana. Cuando Don Juan, tras su breve faena con doña Ana de Ulloa, pregunta:

¿Quién está ahí?

responde Don Gonzalo, definiéndose como víctima del deshonor de su hija:

La barbacana caída
de la torre de mi honor,
que echaste en tierra, traidor,
donde era alcaide la vida.[192]

Herido por la espada de Don Juan, todavía dialoga con éste. Ya solo y en tierra, cuando Don Juan y Catalinón han huido, muere razonando:

La sangre fría
con el furor aumentaste.
Muerto soy; no hay bien que aguarde.
Seguiráte mi furor;
que eres traidor, y el traidor
es traidor porque es cobarde.[193]

La verdad es —añadió Mairena— que todos estos versos, de insuperable barroquismo retórico, son tan calderonianos que nosotros, sin más averiguaciones, no vacilamos en atribuírselos al propio Calderón de la Barca. Y si alguien nos prueba que fue "Tirso" quien los escribió, nosotros sostendremos impertérritos, recordando a los médicos del Zadig volteriano, que fue Calderón quien debió escribirlos.[194]

*

192 Acto II, Escena XV.

193 Américo Castro, en la edición de "Clásicos Castellanos", propone otra lectura: "Aguarda, que es sangría / con que el furor aumentaste. / Muerto soy, no hay quien aguarde", etc.

194 Voltaire, *Zadig ou la destinée, histoire orientale*; cap. I, *Le borgne*: ... Zadig fût guéri parfaitement. Hermès écrivit un livre, où il lui prouva qu'il n'avait pas dû guérir.

Vamos a otra cosa. Recordad estos versos con que termina Clotaldo, en *La vida es sueño,* una extensa admonición a Rosaura y a Clarín, sorprendidos en la torre de Segismundo:

> Rendid las armas y vidas,
> o aquesta pistola, áspid
> de metal, escupirá
> el veneno penetrante
> de dos balas, cuyo fuego
> será escándalo del aire.[195]

Un refundidor de nuestros días hubiera dicho: "¡Arriba las manos!" o "¡Al que se mueva, lo abraso!", creyendo haber enmendado la plana a Calderón y que su pistola de teatro era más temible y más eficaz que la del viejo cancerbero calderoniano. Sobre esto habría mucho que hablar. Porque el Clotaldo de Calderón parece estar tan seguro de su retórica como de su pistola. Y aquello de que va a ser el aire lo que se escandalice... ¡Ojo a Clotaldo! Porque el perfecto pistolero es el que, como Clotaldo, no necesita disparar.

*

De todas las máquinas que ha construido el hombre, la más interesante es, a mi juicio, el reloj, artefacto específicamente humano, que la mera animalidad no hubiera inventado nunca. El llamado *homo faber* no sería realmente *homo,* si no hubiera fabricado relojes. Y en verdad, tampoco importa mucho que los fabrique; basta con que los use; menos todavía: basta con que los necesite. Porque el hombre es el animal que mide su tiempo.

*

Sí; el hombre es el animal que usa relojes. Mi maestro paró el suyo —uno de plata que llevaba siempre consigo—, poco antes de morir, convencido de que en

195 Acto I, Escena II.

la vida eterna a que aspiraba no había de servirle de mucho, y en la Nada, donde acaso iba a sumergirse, de mucho menos todavía. Convencido también —y esto era lo que más le entristecía— de que el hombre no hubiera inventado el reloj si no creyera en la muerte.

*

El reloj es, en efecto, una prueba indirecta de la creencia del hombre en su mortalidad. Porque sólo un tiempo finito puede medirse. Esto parece evidente. Nosotros, sin embargo, hemos de preguntarnos todavía para qué mide el hombre el breve tiempo de que dispone. Porque sabemos que lo puede medir; pero ¿para qué lo mide? No digamos que lo mide para aprovecharlo, disponiendo en orden la actividad que lo llena. Porque esto sería una explicación utilitarista que a nosotros, filósofos, nada nos explica. Si lo mide, en efecto, para aprovecharlo, ¿para qué lo aprovecha? Pregunta que sigue llevando implícito el "¿Para qué lo mide?" incontestado. A mi juicio, le guía una ilusión vieja como el mundo: la creencia de Zenón de Elea en la infinitud de lo finito por su infinita divisibilidad. Ni Aquiles, el de los pies ligeros, alcanzará nunca a la tortuga,[196] ni una hora bien contada se acabaría nunca de contar. Desde nuestro punto de mira, siempre metafísico, el reloj es un instrumento de sofística como otro cualquiera. Procurad desarrollar este tema con toda la minuciosidad y toda la pesadez de que seáis capaces.

*

Como remate, no ya decorativo, sino lógico, del edificio cósmico definía mi maestro al dios aristotélico. "Es un dios lógico por excelencia. ¡Y qué cosa tan absurda —añadía— es la lógica!" Visto desde abajo,

196 El problema, indicado en el Fragmento 4 (ed. Diels) de Zenón de Elea, aparece mejor en la paradoja de Aquiles y la tortuga, y en la flecha, expuestas por Aristóteles en su *Física* (respectivamente 239b 15-18 y 239b 5-7). Véase luego cap. XLII, p. 234-236.

ese dios aristotélico es la quietud que todo lo mueve, o, si os place, la gran quietud a que aspira todo lo que se mueve. Y si preguntáis por qué ese dios que engendra el movimiento por su contacto con el mundo, con la esfera superior de las estrellas fijas, no se mueve a su vez, contestamos: Todo acaba, en cierto modo, allí donde empieza; de suerte que más allá del comienzo del movimiento está la quietud, y a la quietud no hay quien la mueva, porque cesaría *ipso facto* de ser quietud. En suma, que el dios aristotélico no se mueve porque no hay quien lo atraiga o le empuje, y no es cosa de que él se empuje o se atraiga a sí mismo. ¡En qué consiste entonces su quieta actividad? En pensamiento puro, en pura inteligencia: inteligencia de la inteligencia —*nóesis noéseos*—.[197] Dicho de otro modo: Nosotros lo pensamos todo hasta llegar a Dios; en él acaba, porque en él empieza nuestra actividad pensante. Y arriba está Dios pensándose a sí mismo. En verdad, no parece que le quede otro recurso. Todo esto es perfectamente lógico. La lógica es —añadía mi maestro— la gran rueda de molino con que comulga la Humanidad entera a través de los siglos.

*

Las voces interjectivas —palabrotas, tacos y reniegos que truenan superabundantes en el discurso de algunos de nuestros compatriotas— no son, en modo alguno, como las voces expletivas de que aparece empedrada la prosa de los griegos: ni mojones o hitos que acotan y limitan el pensar, ni elementos eufónicos del lenguaje, ni gonces lógicos sobre los cuales pueda girar el discurso, ni agujas para cambiarle de vía. Son más bien válvulas de escape de un motor de explosión. Ejemplo: "Porque yo, *¡canastos!*, con la impresión, *¡pucheta!*,

197 Tal sería la esencia de Dios según Aristóteles: conocimiento del conocimiento.

dije: *¡Concho!* ¿Qué silletero asco de materia fecal es esto? ¡¡¡Redieeez!!!"

*

Cuando estudiemos más despacio estos fenómenos de la lengua viva, nos habremos apartado bastante de la literatura; pero no mucho como acaso penséis, de la poética.

## XLI

Uno de los signos que más acusan cambio de clima espiritual es la constante degradación de lo cómico y su concomitante embrutecimiento de la risa. La verdad es que nunca ha habido en el mundo, como hay en nuestros días, tantas gentes que parezcan rebuznar cuando ríen.

*

Mas todo será para bien, como dicen los progresistas. La risa asnal es clara revelación de una comicidad absurda, en vísperas de desaparecer. Porque, bien mirado, o, mejor, bien oído, nada hay más triste, y hasta, en cierto sentido, más apocalíptico que el rebuzno.

*

Lo clásico en el tablado flamenco es el jaleador, que recuerdo al coro de la tragedia antigua, al llenar los silencios de la copla y de la guitarra con su "¡Pobrecito!" o su "¡Hay que quererla!" Pero es mucho más sobrio, y contrasta por lo piadoso y afectivo —este coro flamenco y reducido—, con aquel terrible y a veces superfluo jaleador del infortunio clásico: "¿Adónde irás, Edipo?"... "Ahora sí que te han jorobado, Agamenón", etc. Y es difícil, digámoslo también, que podamos gustar de la tragedia griega sin olvidar un poco el fondo sádico que nosotros, hombres modernos, hemos descubierto —o imaginado— en la compasión.

*

Leyendo a Nietzsche, decía mi maestro Abel Martín —sigue hablando Mairena a sus alumnos—, se diría que es el Cristo quien nos ha envenenado. Y bien pudiera ser lo contrario —añadía—: que hayamos nosotros envenenado al Cristo en nuestras almas.

*

Los alemanes, grandes pensadores, portentosos metafísicos y medianos psicólogos —aunque sepan más Psicología que nadie—, nos deben una reivindicación de la esencia cristiana. Y seguramente nos la darán. Pero al Cristo no lo entenderán nunca, como nuestro gran D. Miguel de Unamuno.[198]

*

El cinematógrafo, decía mi maestro, aplicando el ascua a la sardina de su metafísica, es un invento de Satanás para aburrir al género humano. Él nos muestra la gran ñoñez estética de un mundo esencialmente cinético, dentro del cual el hombre, cumbre de la animalidad, revela, bajo su apariencia de semoviente, su calidad de mero proyectil. Porque ese hombre que corre desaforado por una calle, trepa a un palo del telégrafo o aparece en el alero del tejado, para zambullirse después en un pozo, acaba por aburrirnos tanto como una bola de billar rebotando en las bandas de una mesa. Mientras ese hombre no se pare —pensamos—, no sabremos de él nada interesante.

198 Probablemente habría que suprimir la coma después de "nunca". ¿O es que pensaba A. M. que Unamuno, a pesar de todo, no había entendido nunca a Cristo?

Sin embargo, al cinematógrafo, que tiene tanto de arte bello como la escritura, o la imprenta, o el telégrafo, es decir, no mucho, y muchísimo, en cambio, de vehículo de cultura y de medio para su difusión, hay que exigirle, como a la fotografía, que nos deje enfrente de los objetos reales, sin añadirles más que el movimiento, cuando lo tienen, reproducido con la mayor exactitud posible. Porque sólo el objeto real, inagotable para quien sepa mirarlo, puede interesarnos en fotografía. Y ya es bastante que podamos ver en Chipiona las cataratas del Niágara, los barcos del canal de Suez, la pesca del atún en las almadrabas de Huelva. Fotografiar fantasmas compuestos en un taller de cineastas es algo perfectamente estúpido. El único modo de que no podamos imaginar lo imaginario es que nos lo den en fotografía, a la par de los objetos reales que percibimos. El niño sueña con las figuras de un cuento de hadas, a condición de que sea él quien las imagine, que tenga, al menos, algo que imaginar en ellas. Y el hombre, también. Un fantasma fotografiado no es más interesante que una cafetera. En general, la cinematografía orientada hacia la novela, el cuento o el teatro es profundamente antipedagógica. Ella contribuirá a entontecer el mundo, preparando nuevas generaciones que no sepan ver ni soñar. Cuando haya en Europa dictadores con sentido común se llenarán los presidios de cineastas. (Esto era un decir, claro está, de Juan de Mairena para impresionar a sus alumnos.)

*

*(De política.)*

Recordemos otra vez el consejo maquiavélico, que olvidó Maquiavelo: "Procura que tu enemigo no tenga nunca razón. Que no la tenga contra ti. Porque el hombre es el animal que pelea con la razón; quiero decir que embiste con ella. Te libre Dios de tarascada de bruto cargado de razón".[199]

*

¿Qué hubiera pensado Juan de Mairena de esta segunda República —hoy agonizante—, que no aparece en ninguna de sus profecías? Él hubiera dicho, cuando se inauguraba: ¡Ojo al sedicente republicanismo histórico, ese fantasma de la primera República![200] Porque los enemigos de esta segunda habrán de utilizarlo, como los griegos utilizaron aquel caballo de madera, en cuyo hueco vientre penetraron en Troya los que habían de abrir sus puertas y adueñarse de su ciudadela. Y perdonadme el empleo de un símil tan poco exacto, porque este caballo de nuestros días a que aludo no es tan de madera que no haya necesidad de echarle de comer antes y después de tomada la fortaleza.

*

*(Juan de Mairena y el 98.—
Valle-Inclán.)*

Juan de Mairena conoció a Valle-Inclán hacia el año 95; escuchó de sus labios el relato de sus andanzas en Méjico, y fue uno de los tres compradores de su primer libro, *Femeninas.*[202] "La verdad es —decía Mairena a sus amigos— que este hombre parece muy capaz de haber realizado todas las proezas y valentías que se atribuye. Que tiene el don de mando no puede du-

199 Recuérdese, del propio Antonio Machado: "...y el bruto más espeso se carga de razón" (en *Campos de Castilla, Proverbios y cantares* VIII, *OPP* 199). Anotemos la fecha de publicación de este capítulo, 19 de enero de 1936.

200 El "republicanismo histórico" a que alude A. M. tenía, políticamente, el nombre de Lerroux, y, literariamente, en aquel momento, el de Azorín periodista (v. nuestra obra *Azorín*, Ed. Planeta, Barcelona, 1971.

201 Unos días antes, el 5 de enero, había muerto Valle-Inclán.

202 Editado en Pontevedra en 1894.

darse. Si no fue nombrado —como él nos cuenta— Mayor honorario del Ejército de Tierra Caliente, culpa habrá sido de los mejicanos; porque no hubo nunca mejor madera de capitanes que la suya. Sin embargo, lo propio de este hombre, más que el heroísmo guerrero, es la santidad, el afán de ennoblecer su vida, su ardiente anhelo de salvación. Él ha querido acaso salvarse por la espada; se salvará por la pluma. Valle-Inclán será el santo de nuestras letras".

Un santo de las letras, en efecto, fue Valle-Inclán, el hombre que sacrifica su humanidad y la convierte en buena literatura, la más excelente que pudo imaginar. Hemos de leer y estudiar sus libros y admirar muchas de sus páginas incomparables. En cuanto al autor de estos libros, que, más que Valle-Inclán mismo, fue una invención del propio Valle-Inclán, lo encontraremos también en las páginas de estos libros. Y del buen D. Ramón del Valle, el amigo querido, siempre maestro, digamos que fue también el que quiso ser: un caballero sin mendiguez ni envidia. Olvidemos un poco la copiosa anecdótica de su vida, para anotar un rasgo muy elegante y, a mi entender, profundamente religioso de su muerte: la orden fulminante que dio a los suyos para que lo enterraran civilmente. ¡Qué pocos lo esperaban! Allá, en la admirable Compostela, con su catedral y su cabildo, y su arzobispo, y el botafumeiro... [203] ¡Qué escenario tan magnífico para el entierro de Bradomín! [204] Pero Valle-Inclán, el santo inventor de Bradomín, se debía a la verdad antes que a

203 *El botafumeiro*, el "echa-humos", es el enorme incensario colgado en el crucero de la catedral de Santiago, y que en otros tiempos tenía, además de su función litúrgica, una función de desodorante, por la muchedumbre de peregrinos que pernoctaban en el templo.

204 Todos sus coetáneos tenían la costumbre de designar a Valle-Inclán, ocasionalmente, con el nombre de su personaje de las *Sonatas*, el Marqués de Bradomín (así, Rubén Darío, en su *Soneto autumnal*...). Podría dudarse, en efecto, quién era más "apócrifo", el autor o el personaje. Pero, al morir, Valle-Inclán renuncia a la literatura y rechaza el entierro que le hubiera ido bien a su *alter ego* de fantasía (v. A. M., prólogo a *La Corte de los milagros*, *OPP* 682, y *Carta a R. del V. I*, *OPP* 930).

los inventos de su fantasía. Y aquellas sus últimas palabras a la muerte, con aquella impaciencia de poeta y de capitán: "¡Cuánto tarda esto!" ¡Oh, qué bien estuvo D. Ramón en el trago supremo a que aludía Manrique! [205]

## XLII

La verdad es —decía Juan de Mairena a sus alumnos— que la visión de lo pasado, que llamamos recuerdo, es tan inexplicable como la visión de lo por venir, que llamamos profecía, adivinación o vaticinio. Porque no está probado, ni mucho menos, que nuestro cerebro conserve huellas de las impresiones recibidas dotadas de la virtud milagrosa de reproducir o actualizar las imágenes pretéritas. Y aunque concediéramos la existencia de las tales huellas, dotadas de la antedicha virtud, siempre nos encontraríamos con que el recuerdo nos plantea el mismo problema que la percepción; un problema no resuelto por nadie hasta la fecha, como ya explicamos en otra ocasión. De modo que si el recordar no nos asombra, tampoco debe asombrarnos demasiado esa visión del futuro que algunos dicen poseer. En ambos casos se trata de lo inexplicado, acaso inexplicable. Claro es que yo os aconsejo que os asombréis de las tres cosas, a saber: recuerdo, percepción y vaticinio, sin preferencia por ninguna de las tres. De este modo ganaréis en docta ignorancia, mejor diré, en ignorancia admirativa, cuanto perdáis en saber ficticio o inseguro.

*

Aunque el mundo se ponga cada día más interesante —y conste que yo no lo afirmo—, nosotros envejecemos y vamos echando la llave a nuestra capacidad de simpatía, cerrando el grifo de nuestros entu-

205 Una vez más, estrofa 35, de las *Coplas*.

siasmos. Podemos ser injustos con nuestro tiempo, por lo menos en la segunda mitad de nuestra vida, que casi siempre vivimos recordando la primera. Esto se dice, y es una verdad, aunque no absoluta. Porque no siempre el tiempo que plenamente vivimos coincide con nuestra juventud. Lo corriente es que vayamos de jóvenes a viejos; como si dijéramos, de galán a barba; [206] pero lo contrario no es demasiado insólito. Porque en mucho viejo que se tiñe las canas abunda el joven a quien se puso la peluca antes de tiempo. Y es que la juventud y vejez son a veces papeles que reparte la vida y que no siempre coinciden con nuestra vocación.

*

Preguntadlo todo, como hacen los niños. ¿Por qué esto? ¿Por qué lo otro? ¿Por qué lo de más allá? En España no se dialoga porque nadie pregunta, como no sea para responderse a sí mismo. Todos queremos estar de vuelta, sin haber ido a ninguna parte. Somos esencialmente paletos. Vosotros preguntad siempre, sin que os detenga ni siquiera el aparente absurdo de vuestras interrogaciones. Veréis que el absurdo es casi siempre una especialidad de las respuestas.

...Porque yo no olvido nunca, señores, que soy un profesor de Retórica, cuya misión no es formar oradores, sino, por el contrario, hombres que hablen bien siempre que tengan algo bueno que decir, de ningún modo he de enseñaros a decorar la vaciedad de vuestro pensamiento.

*

...Procurad, sobre todo, que no se os muera la lengua viva, que es el gran peligro de las aulas. De escribir no se hable por ahora. Eso vendrá más tarde. Porque no todo merece fijarse en el papel. Ni es

206 *barba*, en el lenguaje de los actores, es el que hace de viejo, en contraposición a *galán*.

conveniente que pueda decirse de vosotros: Muchas ñoñeces dicen; pero ¡qué bien las redactan!

*

Meditad preferentemente sobre las frases más vulgares, que suelen ser las más ricas de contenido. Reparad en ésta, tan cordial y benévola: "Me alegro de verte bueno". Y en ésta, de carácter metafísico: "¿Adónde vamos a parar?" Y en estotra, tan ingenuamente blasfematoria: "Por allí nos espere muchos años". Habéis de ahondar en las frases hechas antes de pretender hacer otras mejores.

*

Es seguro que Aquiles, el de los pies ligeros, no alcanzaría fácilmente a la tortuga, si sólo se propusiera alcanzarla, sin permitirse el lujo de saltársela a la torera. Enunciado en esta forma, el sofisma eleático es una verdad incontrovertible.[207] El paso con que Aquiles pretende alcanzar, al fin, a la tortuga no tiene en nuestra hipótesis mayor longitud que la del espacio intermedio entre Aquiles y la tortuga. Y como, por rápido que sea este paso, no puede ser instantáneo, sino que Aquiles invertirá en darlo un tiempo determinado, durante el cual la tortuga, por muy lenta que sea su marcha, habrá siempre avanzado algo, es evidente que *el de los pies ligeros* no alcanzará al perezoso reptil marino y que continuará persiguiéndolo con pasos cada vez más diminutos, y, si queréis, más rápidos, pero nunca suficientes. De modo que el sofisma eleático puede enunciarse en la forma más lógica y extravagante: "Aquiles puede adelantar a la tortuga sin el menor esfuerzo; alcanzarla, nunca". Veamos ahora, señor Martínez, en qué consiste lo sofístico de este razonamiento.

207 Recuérdese cap. XL, nota 196.

—En suponer —observó Martínez— que Aquiles, al encontrarse en *A* y la tortuga en *B*, daría el paso *AB* y no el paso *AC*, un poquito mayor, con el cual alcanzaría a la tortuga, sin adelantarla, si calculaba exactamente el tiempo que invierte la tortuga en ir de *B* a *C*.

—¿Qué piensa el oyente?

—Que la objeción parece irrefutable. Sin embargo, el cálculo de Aquiles es de una realización también problemática. Porque el paso de la tortuga es un asunto privativo de la tortuga, y no hay razón alguna para que sea de una longitud conocida por Aquiles, antes de realizarse. Si, por cansancio o por capricho, la tortuga amengua el paso, Aquiles la adelanta; si lo acelera, no la alcanza. De modo que Aquiles podrá alcanzar a la tortuga por un azar, nada probable; por cálculo, nunca.

—No está mal. Las objeciones a ese razonamiento nos llevarían muy lejos —observó Mairena, no sabemos si porque tenía algo que objetar demasiado sutil o por conservar su prestigio de profesor—. Vamos ahora a nuestro sofisma del reloj. *Una hora bien contada no se acabaría de contar.* Si el tiempo es algo relativo a la conciencia o, como dijo Aristóteles, no habría tiempo sin una conciencia capaz de contar movimientos —supongamos aquí los vaivenes de un péndulo—, y éstos pueden ser de una frecuencia, teóricamente al menos, infinita, es evidente que no acabaríamos nunca de contarlos, y la hora, o el minuto, o la millonésima de segundo que los contiene sería algo muy parecido a la eternidad.

—Pero la hora —observó Martínez— será siempre una hora: el tiempo que tarda el minutero en recorrer la totalidad de la esfera de nuestros relojes, que es el mismo que invierte el segundero en recorrer la suya sesenta veces, y el mismo que invertiría...

—Conforme, señor Martínez. Pero vamos a lo que íbamos. Nuestro sofisma puede serlo en el peor sentido de la palabra. Pero lo que yo pretendo poner de resalto es el carácter interesado, tendencioso, de este sofisma en cuanto va implícito, a mi juicio, en la invención y en el uso de nuestros relojes. Convencido el hombre de la brevedad de sus días, piensa que podría alargarlos por la vía infinitesimal, y que la infinita divisibilidad del espacio, aplicada al tiempo, abriría una brecha por donde vislumbrar la eternidad.

*

Pero dejemos a los relojes, instrumentos de sofística que pretenden complicar el tiempo con la matemática. En cuanto poetas, deleitantes de la poesía, aprendices de ruiseñor, ¿qué sabemos nosotros de la matemática? Muy poco. Y lo poco que sabemos nos sobra. Ni siquiera han de ser nuestros versos sílabas contadas, como en Berceo,[208] ni hemos de medirlos, para no irritar a los plectros juveniles. Y en cuanto metafísicos —he aquí lo que nosotros quisiéramos ser—, en nada hemos de aprovechar la matemática, porque nada *de lo que es* puede contarse ni medirse. Nuestros relojes nada tienen que ver con nuestro tiempo, realidad última de carácter psíquico, que tampoco se cuenta ni se mide. Cierto que nuestros relojes pueden *ñoñificárnosla* —perdonadme el vocablo— hasta hacérnosla pensar como una trivial impaciencia porque suene el *tac,* cuando ha sonado el *tic.* Pero esto es más bien una ilusión que nosotros pensamos que se hacen los relojes, y que carece en absoluto de fundamento.

## XLIII

A última hora, decía mi maestro —sigue hablando Mairena a sus alumnos—, arte, ciencia, religión, todo ha de aparecer ante el Tribunal de la lógica. Por eso nosotros queremos reforzar la nuestra —tal es uno de los sentidos de nuestra sofística—, sometiéndola a toda

208 "por sílabas contadas, ca es grand maestría" (*Libro de Alexandre,* estr. 2); no es, pues, de Berceo.

suerte de pruebas ante el Tribunal de sí misma. Esta posición no la hemos descubierto nosotros, sino los antiguos griegos, porque, como alguien ha dicho con supremo acierto, Dios hizo a los antiguos griegos para que podamos comer los profesores del porvenir.

*

En la gran ruleta de los hechos es difícil acertar, y quien juega suele salir desplumado. En la rueda más pequeñita de las razones, con unas cuantas preguntas se hace saltar la banca de las respuestas. Por eso —añadía mi maestro— damos nosotros tanta importancia a las preguntas. En verdad, ésa es la moneda que vuelve siempre a nuestra mano. Nuestro problema es averiguar si esa moneda puede a última hora servirnos para algo.

*

El éter, señores, es una palabra, o si queréis un concepto, que han adoptado los físicos para explicarse algunas cosas inexplicables en nuestro gran universo. Si algún día descubrimos que el éter no existe, no por ello será el éter completamente jubilado. Porque el éter será siempre algo, aunque sólo *sea* en nuestro pensamiento, pues todo cuanto puede pensarse, y ha sido pensado alguna vez, *es* de alguna manera y necesita una palabra que lo miente. Volveremos a hablar del vacío, como el viejo Demócrito, y los oradores, aludiendo al vacío que más de cerca les toca, hablarán *del éter más o menos imponderable, más o menos vibrante, más o menos luminoso, del propio pensamiento.*

*

Se dice —y yo lo creo— que Kant dio una gran lanzada a la metafísica de escuela, a la metafísica dogmática, con su *Crítica de la razón pura,* demostrando, o pretendiendo demostrar, que no hay conocimiento sin intuición, ni intuición que sea puramente intelectiva. Sin embargo, después de Kant surgen las metafísicas más desaforadas e hiperbólicas (Fichte, Schelling, Hegel), y todas ellas parten de interpretaciones del kantismo unilaterales e incompletas, cada una de las cuales pretende ser la buena. Y es que acaso los grandes filósofos (Platón, Cartesio, Kant, etc.) no han sido íntegramente comprendidos por nadie, ni siquiera por ellos mismos. Después, otro filósofo, Schopenhauer —el que llamó a su compadre Hegel *repugnante filosofastro*—,[209] crea una ingente metafísica, que arranca también, y acaso más que ninguna otra, de una interpretación del kantismo. En nuestros días —Mairena alude a los suyos— hay una escuela de neokantianos o tornakantianos cuya especialidad es comprender a Kant mejor que Kant se comprendía a sí mismo. Lo que no es —digámoslo de paso— ningún propósito absurdo.

*

Esto que os digo no puede ir en descrédito, sino en loor del pensamiento filosófico, capaz de fecundar a través del tiempo la heroica y tenaz incomprensión de los hombres. Que después de veintitrés siglos haya quien dicte lecciones de platonismo al mismo Platón, no dice nada en contra, y sí mucho en favor, de Platón y de la filosofía. Mas yo quisiera —y esto es otra cosa— apartaros del respeto supersticioso, de la servidumbre a la letra en filosofía, sobre todo cuando pueda cohibir vuestra espontaneidad metafísica, sin la cual claro es que no iréis a ninguna parte.

*

Toda incomprensión es fecunda, como os he dicho muchas veces, siempre que vaya acompañada de un deseo de comprender. Porque en el camino de lo incom-

209 En *El mundo como voluntad y representación* (libro I, cap. 7) y en *Paralipomena* (*Sobre la teoría de los colores*, § 106).

prendido comprendemos siempre algo importante, aunque sólo sea que *incomprendíamos* profundamente otra cosa que creíamos comprender. Meditando sobre la cuarta dimensión del espacio, llegué yo a dudar de las otras tres, a descubrir que el espacio en que yo pensaba, un gran vacío de toda materia, la nada primigenia anterior a todo cuerpo y a toda forma geométrica imaginable, no podía tener ninguna dimensión. El día que comprenda —pensaba yo— que ese espacio pueda tener tres dimensiones, ¿por qué no comprender que tenga cuatro?

*

Ya en el terreno de las confesiones filosóficas, he de deciros que la llamada tan pomposa como inexactamente *revolución copernicana,* atribuida al pensamiento kantiano, a saber, que nuestros conocimientos no se rigen por las cosas y acomodan a ellas, sino que, por el contrario, son las cosas las que se acomodan a nuestra facultad de conocer, me pareció siempre una ocurrencia maravillosa para saltarse a la torera y dejar intacto el problema del conocimiento. Me recuerda —la tal ocurrencia, digo— esas anécdotas de la Historia perfectamente gedeónicas, como lo del *nudo gordiano,* el *huevo de Colón*... Lo más parecido, aunque también de sentido inverso, es el *milagro de Mahoma con la montaña.* Reparad en que lo uno puede ser a la filosofía lo que lo otro es a la taumaturgia: una ocurrencia —digámoslo con toda salvedad de distancias— de monsieur de la Palisse, o del celebérrimo barón germánico, que se tiraba de las orejas para salirse del tremedal. [210]

*

*(Sobre Bécquer.)*

La poesía de Bécquer —sigue hablando Mairena a sus alumnos—, tan clara y transparente, donde todo

210 Ya se recordó que Monsieur de la Palisse es el Perogrullo francés; el barón germánico es Münchhausen.

parece escrito para ser entendido, tiene su encanto, sin embargo, al margen de la lógica. Es palabra en el tiempo, el tiempo psíquico irreversible, en el cual nada se infiere ni se deduce. En su discurso rige un principio de contradicción propiamente dicho: *sí, pero no; volverán, pero no volverán.* ¡Qué lejos estamos, en el alma de Bécquer, de esa terrible máquina de silogismos que funciona bajo la espesa y enmarañada imaginería de aquellos ilustres barrocos de su tierra! ¿Un sevillano Bécquer? Sí; pero a la manera de Velázquez, enjaulador, encantador del tiempo. Ya hablaremos de eso otro día. Recordemos hoy a Gustavo Adolfo, el de las rimas pobres, la asonancia indefinida y los cuatro verbos por cada adjetivo definidor. Alguien ha dicho, con indudable acierto: "Bécquer, un acordeón tocado por un ángel". [211] Conforme: el ángel de la verdadera poesía.

*

*(Sobre el tiempo local.)*

Leyendo lo que hoy se escribe sobre la moderna teoría de la relatividad, hubiera dicho Mairena: "¡Qué manera tan elegante de *suspenderle el reloj* a la propia divinidad!" [212] La verdad es que un dios que no fuese, como el de mi maestro, la ubicuidad misma, ¡qué pifias tan irremediables no cometería al juzgar el orden de los acontecimientos!

## XLIV

En todo cambio hay algo que permanece, es decir, que no cambia. Esto es lo que solemos llamar substancia. Pero si no hay más cambio que los cambios de

211 Lo dijo Eugenio d'Ors en un *hai-kai*: "Gustavo Adolfo Bécquer: acordeón / tocado por un ángel" (*Poussin y el Greco*, 1921; en *Nuevo Glosario*, I, p. 451).
212 V. nota 133, cap. XXVIII.

lugar o movimientos, tendríamos que decir: en todo movimiento hay algo que no se mueve: substancia es lo inmóvil en el movimiento. Esta proposición es en sí misma contradictoria, y tanto más contradictoria nos aparecerá cuanto más lógicamente la expresemos: substancia es todo lo que al cambiar de lugar no cambia de lugar; todo lo que al moverse no se mueve. Claro es que los hombres de ciencia se reirán de estas lucubraciones nuestras; porque ellos han licenciado la substancia y se han quedado con el movimiento. Para ellos no hay inconveniente en pensar el movimiento sin pensar en algo que se mueva. Porque lo que ellos dicen: si hay una entidad subsistente o *subestante* y no la conocemos, es como si no existiera, y no hemos de predicar de ella ni el movimiento ni el reposo; mucho menos en el caso de que la tal entidad no exista. Queda, pues, jubilada la substancia y, consecuentemente, el movimiento de la substancia. Pero nos quedamos con el movimiento, un movimiento puro, puro de toda substancia; un movimiento en que nada se mueve, ni la nada misma. ¡Oh, la nada, naturalmente, menos que nada!

*

Dejemos para otro día el examen de la definición que hacía mi maestro de la substancia: "Substancia es aquello que si se moviera no podía cambiar, y porque cambia constantemente, lo encontramos siempre en el mismo sitio".

*

Descansemos un poco de nuestra actividad racionante, que es, en último término, un análisis corrosivo de las palabras. Hemos de vivir en un mundo sustentado sobre unas cuantas palabras, y si las destruimos, tendremos que substituirlas por otras. Ellas son los verdaderos atlas del mundo; [213] si una de ellas nos falla antes de tiempo, nuestro universo se arruina.

*

La inseguridad, la incertidumbre, la desconfianza, son acaso nuestras únicas verdades. Hay que aferrarse a ellas. No sabemos si el sol ha de salir mañana como ha salido hoy, ni en caso de que salga, si saldrá por el mismo sitio, porque en verdad tampoco podemos precisar ese sitio con exactitud astronómica, suponiendo que exista un sitio por donde el sol haya salido alguna vez. En último caso, aunque penséis que estas dudas son, de puro racionales, pura pedantería, siempre admitiréis que podamos dudar de que el sol salga mañana para nosotros. La inseguridad es nuestra madre; nuestra musa es la desconfianza. Si damos en poetas es porque, convencidos de esto, pensamos que hay algo que va con nosotros digno de cantarse. O si os place, mejor, porque sabemos qué males queremos espantar con nuestros cantos.

*

Sin embargo, nosotros hemos de preguntarnos todavía, en previsión de preguntas que pudieran hacérsenos, si al declararnos afectados por inquietudes metafísicas adoptamos una posición realmente sincera. Y nos hacemos esta pregunta para contestarla con un sencillo encogimiento de hombros. Si esta pregunta tuviera algún sentido, tendríamos que hacer de ella un uso, por su extensión, inmoderado. ¿Será cierto que usted, ajedrecista, pierde el sueño por averiguar cuántos saltos puede dar un caballo en un tablero sin tropezar con una torre? ¿Será cierto que a usted, cantor de los lirios del prado, nada le dice el olor de la salchicha frita? ¿Hasta dón-

213 Debería escribirse con mayúsculas, "Atlas", por el legendario titán que sostenía la esfera terráquea; no "atlas" en sentido de "mapamundi". Véase la cita de Valéry en cap. XXXIX, nota 188.

de llegaríamos por el camino de estas preguntas? Por debajo de ellas, en verdad, ya cuando se nos hacen, ya cuando nosotros mismos nos la formulamos, hay un fondo cazurro y perverso: la sospecha, y, casi me atreveré a decir, el deseo de que la verdad humana —lo sincero— sea siempre lo más vil, lo más ramplón y zapatero.

*

Pero nosotros nos inclinamos más bien a creer en la dignidad del hombre, y a pensar que es lo más noble en él el más íntimo resorte de su conducta. Porque esta misma desconfianza de su propio destino y esta incertidumbre de su pensamiento, de que carecen acaso otros animales, van en el hombre unidas a una voluntad de vivir que no es un deseo de perseverar en su propio ser, sino más bien de mejorarlo. El hombre es el único animal que quiere salvarse, sin confiar para ello en el curso de la Naturaleza. Todas las potencias de su espíritu tienden a ello, se enderezan a este fin. El hombre quiere ser otro. He aquí lo específicamente humano. Aunque su propia lógica y natural sofística lo encierren en la más estrecha concepción solipsística, su mónada solitaria no es nunca pensada como autosuficiente, sino como nostálgica de lo otro, paciente de una incurable alteridad. Si lográsemos reconstruir la metafísica de un chimpancé o de algún otro más elevado antropoide, ayudándole cariñosamente a formularla, nos encontraríamos con que era esto lo que le faltaba para igualar al hombre: una esencial disconformidad consigo mismo que lo impulse a desear ser otro del que es, aunque, de acuerdo con el hombre, aspire a mejorar la condición de su propia vida: alimento, habitación más o menos arbórea, etc. Reparad en que, como decía mi maestro, sólo el pensamiento del hombre, a juzgar por su misma conducta, ha alcanzado esa categoría supralógica del deber ser o *tener que ser lo que no se es*, o esa idea del bien que el divino Platón encarama sobre la del ser mismo [214] y de la cual afirma con profunda verdad que no hay copia en este bajo mundo. En todo lo demás no parece que haya en el hombre nada esencial que lo diferencie de los otros primates (véase Abel Martín: "De la esencial heterogeneidad del ser").

*

Otra vez quiero recordaros lo que tantas veces os he dicho: no toméis demasiado en serio nada de cuanto oís de mis labios, porque yo no me creo en posesión de ninguna verdad que pueda revelaros. Tampoco penséis que pretendo enseñaros a desconfiar de vuestro propio pensamiento, sino que me limito a mostraros la desconfianza que tengo del mío. No reparéis en el tono de convicción con que a veces os hablo, que es una exigencia del lenguaje meramente retórica o gramatical, ni en la manera algo *cavalière* o poco respetuosa que advertiréis alguna vez en mis palabras cuando aludo, siempre de pasada, a los más egregios pensadores. Resabios son éstos de viejo ateneísta, en el más provinciano sentido de la palabra. En ello habéis de seguirme menos que en nada.

*

Y dicho esto, paso a deciros otra cosa. El árbol de la cultura, más o menos frondoso, en cuyas ramas más altas acaso un día os encaraméis, no tiene más savia que nuestra propia sangre, y sus raíces no habéis de hallarlas sino por azar en las aulas de nuestras escuelas, Academias, Universidades, etc. Y no os digo esto para curaros anticipadamente de la solemne tristeza de las aulas que algún día pudiera aquejaros, aconsejándoos que no entréis en ellas. Porque no pienso yo que la cultura, y mucho menos la sabiduría, haya de

214 No es del todo exacto ésto: la Idea del Bien, en Platón, se identifica con Dios, pero no se pone por encima de la Idea del Ser —Idea no considerada por Platón, como es sabido.

ser necesariamente alegre y cosa de juego. Es muy posible que los niños, en quienes el juego parece ser la actividad más espontánea, no aprendan nada jugando; ni siquiera a jugar.

*

Nunca os jactéis de autodidactos, os repito, porque es poco lo que se puede aprender sin auxilio ajeno. No olvidéis, sin embargo, que este poco es importante y que además nadie os lo puede enseñar.

*

Zapatero, a tu zapato, os dirán. Vosotros preguntad: "¿Y cuál es mi zapato?" Y para evitar confusiones lamentables, ¿querría usted decirme cuál es el suyo?

*

Sobre la claridad he de deciros que debe ser vuestra más vehemente aspiración. El solo intento de sacar al sol vuestra propia tiniebla es ya plausible. Luego, como dicen en Aragón: ¡Veremos!

## XLV

*(El gabán de Mairena.)*

Juan de Mairena usaba en los días más crudos del invierno un gabán bastante ramplón, que él solía llamar *la venganza catalana,* porque era de esa tela, fabricada en Cataluña, que pesa mucho y abriga poco.[215] "La especialidad de este abrigo —decía Mairena a sus alumnos— consiste en que, cuando alguna vez se le cepilla

215 No todo el mundo recuerda que la expresión proverbial "venganza catalana" procede del episodio de los almogávares en Bizancio, cuya más conocida versión literaria moderna ha sido el drama de Antonio García Gutiérrez (1813-1884), *La venganza catalana.*

para quitarle el polvo, le sale más polvo del que se le quita, ya porque sea su paño naturalmente ávido de materias terrosas y las haya absorbido en demasía, ya porque éstas se encuentren originariamente complicadas con el tejido.[216] Acaso también porque no sea yo ningún maestro en el manejo del cepillo. Lo cierto es que yo he meditado mucho sobre el problema de la conservación y aseo de este gabán y de otros semejantes, hasta imaginar una máquina extractora de polvo, mixta de cepillo y cantárida, que aplicar a los paños. Mi aparato fracasó lamentablemente por lo que suelen fracasar los inventos para remediar las cosas decididamente mal hechas: porque la adquisición de otras de mejor calidad es siempre de menor coste que los tales inventos. Además —todo hay que decirlo— mi aparato extractor extraía, en efecto, el polvo de la tela; pero la destruía al mismo tiempo, la hacía —literalmente— polvo.

Pero voy a lo que iba, señores. Con este gabán que uso y padezco alegorizo yo algo de lo que llamamos cultura, que a muchos pesa más que abriga y que, no obstante, celosamente quisiéramos defender de quienes, porque andan a cuerpo de ella, pensamos que pretenden arrebatárnosla. ¡Bah! Por mi parte, en cuanto poseedor de semejante indumento, no temo al atraco que me despoje de él, ni pienso que nadie me dispute el privilegio de usarlo hasta el fin de mis días."

*

"Como estas ciencias —la Matemática y la Física— están dadas realmente, puede preguntarse sobre ellas: ¿Cómo son posibles? Pues que tienen que ser posibles

216 O. Macrí sugiere que hay aquí una resonancia de un pasaje de *El adolescente*, de Dostoyevski: "...descubrí un secreto: los trajes, para que no se ajen y parezcan nuevos, deben cepillarse lo más posible, cinco o seis veces al día. El cepillado no daña al paño... Lo que lo daña es el polvo y la suciedad. El polvo es como piedras si se mira al microscopio, y un cepillo, por duro que sea, es casi como de piel" (parte 1.ª, cap. 5, sección 2). En la *Carta a David Vigodsky* (primavera o verano de 1937, *OPP* 669-672) dice A. M.: "Leyendo hace unos meses *El adolescente*, de Dostoyevski —vuestro gran Dostoyevsky..."

queda demostrado por su misma realidad". (Kant: "Crítica de la razón pura").[217] Claro que si alguien dudase —añadía Mairena— de la realidad de estas ciencias, de que estas ciencias estén realmente dadas, dadas como tales ciencias o conocimientos verdaderos de algo, es su realidad lo que habría que demostrarle, antes de pasar a explicarle cómo son las tales ciencias posibles, si es que esta última cuestión no se consideraba ya superflua. De otro modo, ¿cómo es posible que nadie haya dudado nunca de nada? La verdad es que si hay tautología, como yo creo, en el pensamiento kantiano, ésta puede cohonestarse por la fe, como todas las grandes tautologías que han hecho época. Lo cierto es que Kant creía en la ciencia físicomatemática como, casi seguramente, San Anselmo creía en Dios. No es menos cierto que cabe dudar de lo uno y de lo otro. (De los *Apuntes inéditos* de Juan de Mairena.)

*

Sobre la Pedagogía decía Juan de Mairena en sus momentos de mal humor: "Un pedagogo hubo; se llamaba Herodes".

*

Es el político, señores, el hombre capaz de resbalar más veces en la misma baldosa, el hombre que no escarmienta nunca en cabeza propia. ¡Demonio!

*

Contra los progresistas y su ingenua fe en un mañana mejor descubrió Carnot la segunda ley de la termodinámica.[218] O acaso fueron los progresistas quienes para consolarnos de ella decidieron hacernos creer que

217 *Introducción. VI. El problema general de la razón pura* (*B* 20).
218 Sobre Carnot y la entropía, recuérdese cap. XVI (nota 75).

todo será para bien, como si el universo entero caminase hacia una inevitable edad de oro. De todos modos, he aquí la gran contradicción, alma de nuestro siglo —Mairena alude al suyo—, tan elegíaco como lleno de buenas esperanzas.

*

Que el camino vale más que la posada; que puestos a elegir entre la verdad y el placer de buscarla elegiríamos lo segundo... Todo eso está muy bien —decía Mairena—; pero ¿por qué no estamos ya un poco de vuelta de todo eso? ¿Porqué no pensamos alguna vez cosa tan lógica como es lo contrario de todo eso?

*

*El autor de mis días...* He aquí una metáfora de segundo grado, realmente ingeniosa y de un barroquismo encantador. Meditad sobre ella.

*

El *automóvil* es un coche semoviente; el *ómnibus,* un coche para todos, sin distinción de clases. Se sobreentiende la palabra coche, sin gran esfuerzo por nuestra parte. Un *autobús* pretende ser un coche semoviente para uso de todos. Reparad en la economía del lenguaje y del sentido común en relación con los avances de la democracia. ¿Qué opina el oyente?

—Que la palabra *autobús* no parece etimológicamente bien formada. Pero las palabras significan siempre lo que se quiere significar con ellas. Por lo demás, nosotros podemos emplearlas en su acepción erudita, de acuerdo con las etimologías más sabias. Por ejemplo: Autobús (de *auto* y *obús*; del gr. *autós*: uno mismo, y del al. *haubitze,* de *aube*: *casco*). El obús que se dispara a sí mismo, sin necesidad de artillero.

*

Pero volvamos a nuestras frases hechas, sin cuya consideración y estudio no hay buena Retórica. Reparad en ésta: *abrigo la esperanza,* y en la mucha miga que tiene eso de que sea la *esperanza* lo que *se abrigue.* La verdad es que todos abrigamos alguna, temerosos de que se nos hiele.

*

Aunque yo sea un hombre modesto —sigue hablando Mairena—, no he creído nunca en la modestia del hombre. Entendámonos. Nunca me he obligado a creer que sea el hombre una cosa modesta, mediana, mucho menos, insignificante. Bien mirado, lo insignificante no es el hombre, sino el mundo. Reparad en cuán fácilmente podemos: primero, pensarlo; segundo, imaginarlo; tercero, medirlo; cuarto, dudar de su existencia; quinto, borrarlo; sexto, pensar en otra cosa...

*

El romanticismo —decía mi maestro— se complica siempre con la creencia en una edad de oro que los elegíacos colocan en el pasado, y los progresistas, en un futuro más o menos remoto. Son dos formas (la aristocrática y la popular) del romanticismo, que unas veces se mezclan y confunden y otras alternan, según el humor de los tiempos. Por debajo de ellas está la manera clásica de ser romántico, que es la nuestra, siempre interrogativa: ¿Adónde vamos a parar?

*

*(Sobre Shakespeare.)*

Si nos viéramos forzados a elegir un poeta, elegiríamos a Shakespeare, ese gigantesco creador de conciencias. Tal vez sea Shakespeare el caso único en que lo moderno parece superar a lo antiguo. Traducir a Shakespeare ha de ser empresa muy ardua, por la enorme abundancia de su léxico, la libertad de su sintaxis, llena de expresiones oblicuas, cuando no elípticas, en que se sobrentiende más que se dice. Ha de ser muy difícil verter a otra lengua que aquella en que se produjo una obra tan viva y tan... incorrecta como la shakespeariana. Los franceses la empobrecen al traducirla, la planifican, la *planchan,* literalmente. Se diría que pretenden explicarla al traducirla. "Lo que el pobre Shakespeare ha querido decir". Y es que lo shakespeariano no tiene equivalencia en el genio poético francés. Acaso nosotros pudiéramos comprenderlo mejor. De todos modos, no es fácil rendir poéticamente en nuestra lengua ese fondo escéptico, agnóstico, nihilista del poeta, unido a tan enorme simpatía por lo humano. Para traducir a este inglés de primera magnitud —¿es Shakespeare inglés o es Inglaterra shakespeariana?— tendríamos además que saber más inglés que suelen saber los ingleses y más español que sabemos los españoles del día. Os digo todo esto sin ánimo de menospreciar traducciones recientes, que pueden figurar entre las mejores. Más bien pretendo poneros de resalto lo difícil que sería mejorarlas. [219]

*

"*La vida es un cuento dicho por un idiota (told by an idiot) —un cuento lleno de estruendo y furia, que nada significa (signifying nothing)—.* [220] Esto dice Shakespeare por boca de Mácbeth. Y en Julio César, a la muerte del héroe, dice, si no recuerdo mal (cito de memoria): "*Naturaleza erguida podrá exclamar: Este fue un hombre. ¿Cuándo saldrá otro?*" [221] Decididamente, Inglaterra tuvo un poeta a quien llamamos Shakespeare, aunque no sabemos si él hubiera respondido por este nombre.

219 Probablemente alude a la de Luis Astrana Marín, en Aguilar.

220 Acto V, Escena VI.

221 A. M. mezcla dos pasajes: *Nature might stand up —And say to all the world "This was a man!"* (V, V) y *Here was a Caesar! When comes such another?* (III, II).

## XLVI

Contra lo que hablamos de la suprema importancia del hombre —decía mi maestro—, sólo hay un argumento de peso: lo efímero de la vida humana. Buscad otro, y no lo encontraréis. A última hora, este argumento tampoco prueba demasiado a quienes, con el viejo Heráclito, pensamos que al mundo lo gobierna el relámpago.[222]

*

Pero hablemos del Caos, señores, que es el tema de la lección de hoy. Mi maestro —habla siempre Mairena a sus alumnos— escribió un poema filosófico a la manera de los viejos *Peri Phiseos* helénicos,[223] que él llamó Cosmos, y cuyo primer canto, titulado *El Caos,* era la parte más inteligible de toda la obra. Allí venía a decir, en substancia, que Dios no podía ser el creador del mundo, puesto que el mundo es un aspecto de la misma divinidad; que la verdadera creación divina fue la Nada, como ya había enseñado en otra ocasión. Pero que, no obstante, para aquellos que necesitan una exposición mitológica de las cosas divinas, él había imaginado el Génesis a su manera: "Dios no se tomó el trabajo de hacer nada, porque nada tenía que hacer antes de su creación definitiva. Lo que pasó, sencillamente, fue que Dios vio el Caos, lo encontró bien y dijo: "Te llamaremos Mundo". Esto fue todo.

*

La verdad es que el Caos —decía mi maestro— no existe más que en nuestra cabeza. Allí lo hemos hecho nosotros —bien trabajosamente— por nuestro afán

222 Fragmento 64, ed. Diels.
223 Los poemas de los primeros presocráticos se sitúan bajo el título genérico de "Sobre la Naturaleza", *Perí Phýseos.*

inmoderado, propio de viejos dómines —¿qué otra cosa somos?—, de ordenar antes de traducir.

*

El libro de la Naturaleza —habla Galileo— está escrito en lengua matemática.[224] Como si dijéramos: el latín de Virgilio está escrito en esperanto. Que no os escandalicen mis palabras. El pisano sabía muy bien lo que decía. Él hablaba a los astrónomos, a los geómetras, a los inventores de máquinas. Nosotros, que hablamos al hombre, también sabemos lo que decimos.

*

*(Para la biografía de Mairena.)*

El acontecimiento más importante de mi historia es el que voy a contaros. Era yo muy niño y caminaba con mi madre, llevando una caña dulce en la mano. Fue en Sevilla y en ya remotos días de Navidad. No lejos de mí caminaba otra madre con otro niño, portador a su vez de otra caña dulce. Yo estaba muy seguro de que la mía era la mayor. ¡Oh, tan seguro! No obstante, pregunté a mi madre —porque los niños buscan confirmación aun de sus propias evidencias—: "La mía es mayor, ¿verdad?" "No, hijo —me contestó mi madre—. ¿Dónde tienes los ojos?" He aquí lo que yo he seguido preguntándome toda mi vida.[225]

*

224 "La filosofía está escrita en ese gran libro —quiero decir, el universo— que siempre está abierto a nuestra mirada, pero no puede entenderse si no se aprende primero a entender el lenguaje y a interpretar los caracteres en que está escrito. Está escrito en el lenguaje de las matemáticas, y sus caracteres son triángulos, círculos y otras figuras, sin las cuales es humanamente imposible entender una sola palabra de él" (*Il Saggiatore*, cap. VI, 1623).

225 Cfr.: "...el hombre actual no renuncia a ver. Busca sus ojos, convencido de que han de estar en alguna parte. Lo importante es que ha perdido la fe en su propia ceguera. // Supongamos por un momento que el hombre actual ha encontrado sus ojos, los ojos para

Otro acontecimiento, también importante, de mi vida es anterior a mi nacimiento. Y fue que unos delfines, equivocando su camino y a favor de marea, se habían adentrado por el Guadalquivir, llegando hasta Sevilla. De toda la ciudad acudió mucha gente, atraída por el insólito espectáculo, a la orilla del río, damitas y galanes, entre ellos los que fueron mis padres, que allí se vieron por vez primera. Fue una tarde de sol, que yo he creído o he soñado recordar alguna vez.

*

Es muy probable que el amor de nosotros mismos nos aparte de amar a Dios. Es casi seguro que nos impide conocernos a fondo. En la frontera del odio a nosotros mismos, sin traspasarla, porque pasión quita conocimiento, se nos revelan muchas verdades. Algunas verdaderamente interesantes.

*

Los psiquiatras, sin embargo, pensarán algún día que ellos podrán saber de nuestras almas más que las viejas religiosas aniquiladoras del amor propio, invitándonos a recordar unas cuantas anécdotas, más o menos traumáticas, de nuestra vida. ¡Bah!

*

El culto a la mujer desnuda es propio del poeta. Con el desnudo femenino simboliza el poeta, a veces, la misma perfección de su arte. Todo eso está muy bien. No olvidéis, sin embargo, que el hombre realmente erótico, cuando piensa en la mujer, nunca olvida el vestido. "*Vestirlas y desnudarlas: tal es el verdadero trajín del*

---

ver lo real, a lo que nos referimos. Los tenía en la cara, allí donde ni siquiera pensó en buscarlos. Esto quiere decir que empieza a creer en la realidad de cuanto ve y toca..." A. M., *Reflexiones sobre la lírica* [1925], *OPP* 826.

*amor*". ¿Reconoceréis por el estilo al autor de esta frase? [226]

*

Recordemos a Goya, el gran baturro erótico. ¿Para qué —pensáis vosotros— nos pinta Goya a su maja, o a su damisela, desnuda? Para que podáis —os lo diré con palabras de Lope—

> (imaginarla) *vestida*
> *con tan linda proporción*
> *de cintura, en el balcón*
> *de unos chapines subida.* [227]

Y viceversa: ¿Para qué nos la pinta vestida? Para que podáis, a través de los paños, imaginar la almendra femenina, *in puris naturalibus,* que decimos los latinistas. ¡Ah!

*

Aunque el gongorismo sea una estupidez, Góngora era un poeta; porque hay en su obra, en toda su obra, ráfagas de verdadera poesía. Con estas ráfagas por metro habéis de medirle.

*

De las revoluciones decía mi maestro: "No hay tales revoluciones, porque todo es evolución". Digámoslo de una vez: todo forma parte del devenir universal (la erosión de la piedra, al cabo de los siglos, por el rocío de la mañana, los terremotos de la Martinica, etc., etc.). No hay por qué asustarse de las revoluciones.

*

226 No lo hemos reconocido.
227 No hemos localizado este pasaje.

El marxismo, señores, es una interpretación judaica de la Historia. El marxismo, sin embargo, ahorcará a los banqueros y perseguirá a los judíos. ¿Para despistar?

*

En el fondo, también es judaica la persecución a los judíos. Y no solamente porque ella supone la previa existencia del pueblo deicida, sino porque además, y sobre todo, ¿hay nada más judaico que la ilusión de pertenecer a un rebaño *privilegiado* para perdurar en el tiempo? "¡Aquí no hay más pueblo elegido que el nuestro!" Así habla el espíritu mosaico a través de los siglos.

*

*(Mairena profetiza la guerra europea.)*

Después de las blasfemias de Nietzsche —sigue hablando Mairena—, nada bueno puede augurarse a esta vieja Europa, de la cual somos nosotros parte, aunque, por fortuna, un tanto marginal, como si dijéramos, su rabo todavía por desollar. El Cristo se nos va, entristecido y avergonzado. Porque el bíblico semental humano brama, ebrio de orgullo genesíaco, de fatuidad zoológica. ¿No le oís berrear? Terribles guerras se avecinan.

*

*(Nietzsche y Schopenhauer.)*

Nietzsche no tuvo el talento ni la inventiva metafísica de Schopenhauer; ni la gracia, ni siquiera el buen humor, del gran pesimista. Su lectura es mucho menos divertida que la de Schopenhauer, aunque éste es todavía un filósofo sistemático, y Nietzsche, casi un poeta. Sin embargo, aquella su invención de la *Vuelta eterna,* en pleno siglo de Carnot;[228] su tono, tan patético y tan seguro ante cosas tan improbables, tienen su grandeza. Este jabato de Zarathustra es realmente impresionante. Tuvo Nietzsche además talento y malicia de verdadero psicólogo —cosa poco frecuente en sus paisanos—, de hombre que ve muy hondo en sí mismo y apedrea con sus propias entrañas a su prójimo. Él señaló para siempre ese *resentimiento* que tanto envejece y degrada al hombre. Yo os aconsejo su lectura, porque fue también un maestro del aforismo y del epigrama.

Ejemplo:

*Guárdate de la mano grácil:*
*cuanto en ella cae*
*se deshace.*[229]

*

Mi maestro amaba las viejas ciudades españolas, cuyas calles desiertas gustaba de recorrer a las altas horas de la noche, turbando el sosiego de los gatos, que huían espantados al verlo pasar. Sin embargo, era un hombre tan naturalmente sociable, que rara vez se encerraba en su casa sin haber conversado un rato con el viejo sereno de su barrio.

—Por aquí no pasa nadie, ¿verdad?

—Los gatos y usted.

—Y ese capote que usted usa, ¿le abriga bien?

—Bastante, señor.

—Pero en las noches de mucho frío...

—Me entro en ese portal, y allí me acurruco, bien arropadito, con el farol entre las piernas.

—Pero ¿el farol calienta?

—¡Vaya!

228 Sobre Carnot-Clausius, una vez más, v. cap. XVI nota 75.

229 Traducción de F. de A. Icaza (1863-1925), *Versos de Nietzsche*; *Bromas, ardides y venganzas* (*La Pluma,* 4 sept. 1920). A. M. le dedicó *Soledades a un maestro,* en *Nuevas canciones* CLXII.

—Es usted un verdadero filósofo.

—La vida enseña mucho.

—Hasta mañana.

—Hasta mañana.

## XLVII

Siempre que tengo noticia de la muerte de un poeta, me ocurre pensar: ¡Cuántas veces, por razón de su oficio, habrá este hombre mentado a la muerte, sin creer en ella! ¿Y qué habrá pensado ahora, al verla salir como figura final de su propia caja de sorpresas?

*

No está bien que tratemos retóricamente de algo tan serio como es la muerte. Sin embargo, siempre se ha dicho que la grandeza de Sócrates resalta más que nunca cuando, aguardando la hora de tomar la cicuta, entabla el diálogo inmortal quitándole toda solemnidad al tema de la muerte: "Un diálogo más, aunque sea el último... Y a esa mujer, que se la lleven a su casa". [230]

*

Con todo —decía mi maestro—, Sócrates fue acaso algo cruel y un poco injusto con Jantipa, quien por una vez, y a su manera, quiso ponerse a la altura de las circunstancias. ¡Quién sabe lo que hubiera pensado Platón de aquella fulminante expulsión de Jantipa!... Porque, a lo que parece, Platón no estaba presente. Habla de oídas.

*

230 V. en Platón, *Fedón* 60 A; pero A. M. quizá piensa también en lo escrito por Nietzsche en *Humano, demasiado humano* (*Mujer y niño*, n.º 437).

¿Tan seguros estamos de la muerte, que hemos acabado por no pensar en ella? Pensamos en la muerte. La muerte es en nosotros lo pensado por excelencia y el tema más frecuente de nuestro pensar. La llevamos en el pensamiento, en esa zona innocua de nuestras almas en la cual nada se teme ni nada se espera. La verdad es que hemos logrado pensarla y hemos acabado por no caer en ella.

*

Cuando leemos en los periódicos noticias de esas grandes batallas en que mueren miles y miles de hombres, ¿cómo podemos dormir aquella noche? Dormimos, sin embargo, y nos despertamos pensando en otra cosa. ¡Y es que tenemos tan poca imaginación! Porque si vemos un perro —no ya un hombre— que muere a nuestro lado, somos capaces de llorarle; nuestra simpatía y nuestra piedad le acompañan. Pero también para nosotros, como para Galileo, la naturaleza está escrita en lengua matemática,[231] que es la lengua de nuestro pensamiento; y la tragedia pensada, puramente aritmética, no puede conmovernos. ¿Necesitamos plañideras contra las guerras que se avecinan, madres desmelenadas con sus niños en brazos, gritando: "No más guerras"? Acaso tampoco servirían de mucho. Porque no faltaría una voz imperativa, que no sería la de Sócrates, para mandar callar a esas mujeres. "Silencio, porque van a hablar los cañones".

*

*Confiamos*
*en que no será verdad*
*nada de lo que pensamos.*[232]

231 V. antes cap. XLVI, nota 224.

232 V. en *De un Cancionero apócrifo*, p. 209 de nuestra edición en "Clásicos Castalia"; también p. 17 de la *Introducción* a este volumen.

Mejor diríamos: *Esperamos, nos atrevemos a esperar,* etc.

*

Que *el ser y el pensar no coinciden ni por casualidad* es una afirmación demasiado rotunda, que nosotros no haremos nunca. Sospechamos que no coinciden, que pueden no coincidir, que no hay muchas probabilidades de que coincidan. Y esto, en cierto modo, nos consuela. Porque —todo hay que decirlo— nuestro pensamiento es triste. Y lo sería mucho más si fuera acompañado de nuestra fe, si tuviera nuestra más íntima adhesión. Eso, ¡nunca!

*

Sed hombres de mal gusto. Yo os aconsejo el mal gusto, para combatir los excesos de la moda. Porque siempre es de mal gusto lo que no se lleva en una época determinada. Y en ello encontraréis a veces lo que debiera llevarse.

*

Genio y figura, hasta la sepultura. Yo diría mejor: *Hasta los infiernos.*

*

En una sociedad —decía mi maestro— organizada sobre el trabajo humano y atenta a la cualidad de éste, ¿qué haríamos de ese hombre cuya especialidad consiste en tener más importancia que la mayoría de sus prójimos? ¿Qué hacer de ese hombre que vemos al frente de casi todas las agrupaciones humanas (presidente, director, empresario, gerente, socio de honor), en quien se reconoce, sin que sepamos bien por qué, una cierta idoneidad para el lucro usuario, la exhibición decorativa, la preeminencia y el anfitrionismo? Cuando el señor importante pierda su importancia, una gran orfandad, una como tristeza de domingo hospiciano, afligirá nuestros corazones.

*

Las cabezas que embisten, cabezas de choque, en la batalla política, pueden ser útiles, a condición de que no actúen por iniciativa propia; porque en este caso peligran las cabezas que piensan, que son las más necesarias. En política como en todo lo demás.

*

De la enseñanza religiosa decía mi maestro: "La verdad es que no la veo por ninguna parte". Y ya hay quien habla de substituirla por otra. ¡Es lo que me quedaba por oír!

*

—Conviene estar de vuelta de todo.
—¿Sin haber ido a ninguna parte?
—Esa es la gracia, amigo mío.

*

Juan de Mairena habló un día a sus amigos de un joven alpujarreño, llegado a Madrid a la conquista de la gloria, que se llamaba Francisco Villaespesa. "Cuánta vida, cuánta alegría, cuánta generosidad hay en él! Por una vez, la juventud, una juventud, parece estar de acuerdo con su definición: el ímpetu generoso que todo lo da y que todo lo espera".

Y esto ha sido Francisco Villaespesa: un joven hasta su muerte, acaecida hace ya algunos años; [233] un verdadero poeta. De su obra hablaremos más largamente: de sus poemas y de sus poetas.

233 Villaespesa (n. 1879) acababa de morir al publicarse este párrafo. Antonio Machado, ya no en boca de Mairena, dice sorprendentemente que su muerte había acaecido hacía "algunos años": se refiere, sin duda, a su muerte poética como vate de la época modernista.

## XLVIII

Al fin sofistas, somos fieles en cierto modo al principio de Protágoras: *el hombre es la medida de todas las cosas.*[234] Acaso diríamos mejor: el hombre es la medida que se mide a sí misma o que pretende medir las cosas al medirse a sí misma, un medidor entre inconmensurabilidades. Porque lo específicamente humano, más que la medida, es el afán de medir. El hombre es el que todo lo mide, pobre hijo ciego del que todo lo ve, noble sombra del que todo lo sabe.

*

Porque no he dudado nunca de la dignidad del hombre, no es fácil que yo os enseñe a denigrar a vuestro prójimo. Tal es el principio inconmovible de nuestra moral. *Nadie es más que nadie,* como se dice por tierras de Castilla. Esto quiere decir, en primer término, que a nadie le es dado aventajarse a todos sino en circunstancias muy limitadas de lugar y de tiempo, porque a todo hay quien gane, o puede haber quien gane, y en segundo lugar, que por mucho que valga un hombre, nunca tendrá valor más alto que el de ser hombre. Fieles a este principio, hemos andado los españoles por el mundo sin hacer mal papel. Digan lo que digan.

*

Cualquiera que sea el verdadero sentido de las ideas platónicas —por mi parte, me inclino a la interpretación tradicional que más honda huella ha dejado en la Historia—, es evidente que Platón creía en la importancia de las ideas. Tal es la fe platónica de estirpe eleática en que tantos hombres, a través de tantos siglos, han comulgado. Y comulgarán todavía. Cuando se afirma

234 Recuérdese cap. XIII, nota 58.

que se vuelve a Platón, se dice y no se dice verdad, porque en cierto modo en él estábamos. Es difícil que el hombre renuncie a anclar en el río de Heráclito,[235] a creer en el ser verdadero de lo pensado, lo definido, lo inmutable, en medio de todo cuanto parece variar. Contra las ideas platónicas sólo hay un argumento, que suelen soslayar muchas filosofías; un argumento constantemente renovado y nunca suficiente; un equivalente negativo del argumento ontológico, a saber: *la idea de la muerte,* de la muerte que todo lo apaga: las ideas como todo lo demás.

*

Es casi seguro —decía mi maestro— que el hombre no ha llegado a la idea de la muerte por la vía de la observación y de la experiencia. Porque los gestos del moribundo que nos es dado observar no son la muerte misma; antes al contrario, son todavía gestos vitales. De la experiencia de la muerte no hay que hablar. ¿Quién puede jactarse de haberla experimentado? Es una idea esencialmente apriorística; la encontramos en nuestro pensamiento, como la idea de Dios, sin que sepamos de dónde ni por dónde nos ha venido. Y es objeto —la tal idea digo— de creencia, no de conocimiento. Hay quien cree en la muerte, como hay quien cree en Dios. Y hasta quien cree alternativamente en lo uno y en lo otro.

*

La vida en cambio, no es —fuera de los laboratorios— una idea, sino un objeto de conciencia inmediata, una turbia evidencia. Lo que explica el optimismo del irlandés del cuento, quien, lanzado al espacio desde la altura de un quinto piso, se iba diciendo, en su fácil

235 Recuérdese cap. XXII, nota 102.

y acelerado descenso hacia los losas de la calle, por el camino más breve: *Hasta ahora voy bien.*

*

Yo nunca os aconsejaré que escribáis nada, porque lo importante es hablar y decir a nuestro vecino lo que sentimos y pensamos. Escribir, en cambio, es ya la infracción de una norma natural y un pecado contra la naturaleza de nuestro espíritu. Pero si dais en escritores, sed meros taquígrafos de un pensamiento hablado. Y nunca guardéis lo escrito. Porque lo inédito es como un pecado que no se confiesa y se nos pudre en el alma, y toda ella la contamina y corrompe. Os libre Dios del maleficio de lo inédito.

*

Ese hombre que ha muerto —decía mi maestro—, en circunstancias un tanto misteriosas, llevaba una tragedia en el alma. Se titulaba "La peña de Martos". [236]

*

El encanto inefable de la poesía, que es, como alguien certeramente ha señalado, un resultado de las palabras, se da por añadidura en premio a una expresión justa y directa de lo que se dice. ¿Naturalidad? No quisiera yo con este vocablo, hoy en descrédito, concitar contra vosotros la malquerencia de los virtuosos. Naturaleza es sólo un alfabeto de la lengua poética. Pero ¿hay otro mejor? Lo natural suele ser en poesía lo bien dicho, y en general, la solución más elegante del problema de la expresión. *Quod elixum est ne assato,* [237]

236 Para un dramón décimonónico —desde Zorrilla a Echegaray— el tema de la peña de Martos hubiera sido, efectivamente, muy adecuado: se trata de los hermanos Carvajales, que, condenados por Sancho IV a morir arrojados por dicha peña, emplazaron al Rey a comparecer ante el juicio divino en treinta días, lo que se cumplió con la muerte del monarca al que la posteridad ha designado como "El Emplazado".

237 Recuérdese: "Sólo quede un símbolo: / *Quod elixum est ne assato.* / No aséis lo que está cocido". (*Nuevas canciones*, CLXVI (XXII), v. nota en p. 139 de nuestra edición).

dice un proverbio pitagórico; y alguien, con más ambiciosa exactitud, dirá algún día:

No le toques ya más,
que así es la rosa.[238]

Sabed que en poesía —sobre todo en poesía— no hay giro o rodeo que no sea una afanosa búsqueda del atajo, de una expresión directa; que los tropos, cuando superfluos, ni aclaran ni decoran, sino complican y enturbian; y que las más certeras alusiones a lo humano se hicieron siempre en el lenguaje de todos.

*

No toméis demasiado en serio —¡cuántas veces os lo he de repetir!— nada de lo que os diga. Desconfiad sobre todo del tono dogmático de mis palabras. Porque el tono dogmático suele ocultar la debilidad de nuestras convicciones. Desconfiad de un profesor de Literatura que se declara —más o menos embozadamente— enemigo de la palabra escrita. ¿Y qué especie de maestro Ciruela es éste —decid para vuestro capote— que nunca está seguro de lo que dice? Es muy posible —añadid— que este hombre no sepa nada de nada. Y si supiera algo, ¿nos lo enseñaría?

## XLIX

Entre el hacer las cosas bien y el hacerlas mal está el no hacerlas, como término medio, no exento de virtud. Por eso —decía Juan de Mairena— los malhechores deben ir a presidio.

*

238 Es la primera composición de *Piedra y cielo* (1917-1918), de Juan Ramón Jiménez.

"El señor De Mairena lleva siempre su reloj con veinticuatro horas justas de retraso. De este modo ha resuelto el difícil problema de vivir en el pasado y poder acudir con puntualidad, cuando le conviene, a toda cita. Sin embargo, como es un hombre un tanto desmemoriado, cuando oye sonar las doce en el silencio de la noche, consulta su reloj y exclama: ¡Qué casualidad! También las doce. Pero después añade sonriente: Claro es que las mías son las de ayer." (De un artículo titulado *Chirindrinas,* firmado Quasimodo, inserto en *El Mercantil Gaditano* del 2 de mayo de 1895).

*

"*La modestia de un grande hombre.*—Al fin no será erigido el monumento que se proyectaba para perpetuar la memoria de Juan de Mairena. El dinero recaudado por suscripción escolar con el fin indicado será repartido, a ruegos del sabio profesor, entre los serenos del alcantarillado". (De la revista satírica *La Vara Verde,* 1908.)

*

*Mi corazón al hondo mar semeja;*
*agítanle marea y huracán,*
*y bellas perlas en su arena oscura*
*escondidas están.* [239]

Así expresa Heine la fe romántica en la virtud creadora que se atribuye al fondo obscuro de nuestras almas. Esta fe tiene algún fundamento. Convendría, sin embargo, entreverarla con la sospecha de que no todo son perlas en el fondo del mar. Aunque esta sospecha tiene también su peligro: el de engendrar una creencia demasiado ingenua en una fauna submarina demasiado

239 "Mein Herz gleicht ganz dem Meere, —hat Sturm und Ebb und Flut—, und manche schöne Perle — in seiner Tiefe ruht" (*Buch der Lieder, Die Heimkehr*, 3.ª estrofa de VIII). (Traducción de Teodoro Llorente en *Poesías de Heine*, Madrid, 1885.)

viscosa. Pero lo más temible, en uno y otro caso para la actividad lírica, es una actividad industrial que pretenda inundar el mercado de perlas y de gusarapos. (Juan de Mairena: Apuntes inéditos).

*

De los suprarrealistas hubiera dicho Juan de Mairena: Todavía no han comprendido esas mulas de noria que no hay noria sin agua.

*

"Tomad una chocolatera, machacadla, reducidla a polvo, observad este polvo al microscopio, perseguir su análisis por los procedimientos más sutiles. No encontraréis jamás un átomo de chocolatera. La chocolatera está formada de átomos; pero no precisamente de átomos de chocolatera. Esta observación parece demasiado ingenua. Tiene, sin embargo, su malicia. Meditad sobre ella hasta que se os caiga el pelo". (De un artículo titulado *Así hablaba Juan de Mairena,* firmado Zurriago, inserto en *El Faro de Chipiona,* 1907).

*

¿Qué hubiera dicho Mairena de Oswald Spengler y de su escepticismo fisiognómico, si hubiera leído *La decadencia de Occidente*? [240] He aquí un hombre fáustico —hubiera dicho— de vuelta de su propia fisiognómica, el Apaga-y-vámonos de la germánica voluntad de poder. En verdad, no sabemos qué cara hubiera puesto este hombre fáustico si la guerra mundial... Lo cierto es que este hombre fáustico ha pretendido occidentarnos el Occidente más de la cuenta.

*

240 Hacía por entonces furor la traducción española de dicha obra (Ed. Espasa-Calpe).

¿Y qué hubiera dicho del saladísimo conde Keyserling? [241] Que ése lleva el Oriente en su maleta de viaje, dispuesto a que salga el sol por donde menos lo pensemos.

*

A la muerte de Max Scheler, [242] hubiera dicho Juan de Mairena: Ni siquiera un minuto de silencio consagrado a su memoria. ¡Como si nada hubiera pasado en el mundo! Sin embargo ¿para cuándo son los terremotos?

*

El que no habla a un hombre, no habla al hombre; el que no habla al hombre, no habla a nadie.

*

A última hora, siempre habrá un alguien enfrente de un algo, de un algo que no parece necesitar de nadie.

*

Entre Nietzsche y sus epigonos está la guerra europea, una guerra que no sabemos quién la ha ganado, si es que no la han perdido todos.

*

241 Del Conde de Keyserling (1880-1946) se habían publicado entonces varias traducciones, *Meditaciones sudamericanas*, etc.

242 Scheler había muerto en 1928. No sabemos si este apunte data de tal fecha: lo más probable es que no. En el varias veces mencionado libro de Gurvitch, *Tendances*..., se alude a la entonces reciente muerte de Scheler, y éste es quizá uno de los aspectos que hallan eco en el interés de Antonio Machado por el pensador alemán. También leería A. M. el artículo necrológico de Ortega: "Max Scheler. Un embriagado de esencias (1874-1928)", en *Revista de Occidente*, junio 1928 (*OC* VI, pp. 507-512).

De esa guerra —por cierto— auguraba Juan de Mairena que sería el gran fracaso de las masas. Hay demasiados hombres —decía él— en los cuarteles, en esos grandes cenobios de nuestros días, y en las fábricas de obuses y máquinas de guerra; demasiados hombres cuya misión es descargar a Europa de un exceso de población. Tras de la gran contienda, nadie se atreverá a hablar de masas por miedo a las ametralladoras. No comprendía Mairena que las masas son, entre otras cosas lamentables, una revelación de las ametralladoras.

## L

Reparad en esta copla popular:

Quisiera verte y no verte,
quisiera hablarte y no hablarte;
quisiera encontrarte a solas
y no quisiera encontrarte.

Vosotros preguntad: ¿En qué quedamos? Y responded: Pues en eso.

*

Si vais para poetas cuidad vuestro folklore. Porque la verdadera poesía la hace el pueblo. Entendámonos: la hace alguien que no sabemos quién es o que, en último término, podemos ignorar quién sea, sin el menor detrimento de la poesía. No sé si comprenderéis bien lo que os digo. Probablemente, no.

*

La pena y la que no es pena,
todo es pena para mí:
ayer penaba por verte;
hoy peno porque te vi.

Adrede os cito coplas populares andaluzas —o que a mí me parecen tales— habladas en la lengua imperial de España, sin deformaciones dialectales, y coplas amorosas, a nuestra manera, en que la pasión no quita conocimiento y el pensar ahonda el sentir. O viceversa.

Tengo una pena, una pena
que casi puedo decir
que yo no tengo la pena:
la pena me tiene a mí.

Reparad —aunque no es esto a lo que vamos— en que esta copla, como la anterior, pudieran hacerla suya muchos enamorados, los cuales no acertarían a expresar su sentir mejor que aquí se expresa. A esto llamo yo poesía popular, para distinguirla de la erudita o poesía de tropos superfluos y eufemismos de negro catedrático.

*

El primer poeta de Francia —decía mi maestro— es Lafontaine. El segundo es Víctor Hugo, que tiene mucho de Lafontaine —aunque pocos lo advierten— y algo de la rana de Lafontaine.

—Nenni.
—Me voici donc.
—Point du tout.
—M'y voilà.[243]

*

Y a propósito del énfasis poético, reparad en esta copla:

243 Fábula III del Libro primero: *La grenouille qui se veut faire aussi grosse que le bœuf*. El contexto del verso aludido es:

—Est-ce assez? dites-moi: n'y suis-je point encore?
—Nenni. —M'y voici donc? —Point du tout. —M'y voilà?
—Vous n'en approchez point. La chétive pécore
s'enfla si bien qu'elle creva...

Si usted me quisiera a mí
como yo la quiero a usted,
nos llamaran a los dos
la fundación del querer.

Y es que no todos los pueblos enfatizan del mismo modo. Porque aquí la enormidad de la hipérbole no empece a la más sencilla y modesta verdad humana.

*

Si dudamos de la apariencia del mundo y pensamos que es ella el velo de Maya que nos oculta la realidad absoluta, de poco podría servirnos que el tal velo se rasgase para mostrarnos aquella absoluta realidad. Porque ¿quién nos aseguraría que la realidad descubierta no era otro velo, destinado a rasgarse a su vez y a descubrirnos otro y otro?... Dicho en otra forma: la ilusión de lo ilusorio del mundo podría siempre acompañarnos dentro del más real de todos los mundos. Nadie puede, sin embargo, impedirnos creer lo contrario; a saber: que el velo de la apariencia, aun multiplicado hasta lo infinito, nada vela, que tras de lo aparente nada aparece y que, por ende, es ella, la apariencia, una firme y única realidad. Dicho de otro modo: la creencia en la realidad del mundo puede acompañarnos en el más ilusorio de todos los mundos. El mundo como ilusión y el mundo como realidad son igualmente indemostrables. No es, pues, aquí lo malo la conciencia de una antinomia en que tesis y antítesis pueden ser probadas y cuya inania decreta, a fin de cuentas, el principio de contradicción. En este pleito no actúa el tribunal de la lógica, sino el de la sospecha. Lo inquietante no es poder pensar lo uno y lo otro, merced a un empleo inmoderado de la razón, sino agitarse entre creencias contradictorias.

*

Quienes sostenemos la imposibilidad de una creación *ex nihilo,* por razones teológicas y metafísicas, no por eso renunciamos a un Dios creador, capaz de obrar el portento. Porque tan grande hazaña como sería la de haber sacado el mundo de la nada es la que mi maestro atribuía a la divinidad: la de sacar la nada del mundo.[244] Meditad sobre este tema, porque estamos a fin de curso y es tiempo ya de que tratemos cuestiones de cierta envergadura, que implica anchura de velas, si hemos de navegar en los altos mares del pensamiento.

*

Pero volvamos adonde íbamos. Si alguien intentase algún día, para continuar consecuentemente a Kant, una cuarta *Crítica,* que sería la de la *Pura creencia,* llegaría en su *Dialéctica trascendental* a descubrirnos acaso el carácter antinómico, no ya de la razón, sino de la fe, a revelarnos el gran problema del Sí y el No, como objetos, no de conocimiento, sino de creencia. Pero ésta es faena para ser realizada por cerebros germánicos, pensadores capaces de manejar el enorme cucharón de la historia de los pueblos y de las religiones, con un desenfado de que nosotros nunca seremos capaces.

244 Recuérdese cap. XLVI, párrafo segundo.

# ÍNDICE DE PUBLICACIÓN EN LA PRENSA

En *Diario de Madrid*:

1. 4-XI-34. "Apuntes y recuerdos de Juan de Mairena". Cap. I.
2. 13-XI-34. Id., id., cap. II.
3. 18-XI-34. Id., id., cap. III.
4. 28-XI-34. Id., id., cap. IV.
5. 6-XII-34. Id., id., cap. V.
6. 13-XII-34. Id., id., cap. VI.
7. 21-XII-34. Id., id., cap. VII.
8. 3-I-35. Id., id., cap. VIII.
9. 7-I-35. Id., id., cap. IX, más primer fragmento del X.
10. 11-I-35. "Apuntes y recuerdos de Juan de Mairena (fragmentos de lecciones)". Cap. X, menos el primer fragmento, y cap. XI.
11. 20-I-35. "Apuntes y recuerdos de Juan de Mairena (fragmentos de lecciones)". Los tres primeros fragmentos del cap. XII.
12. 3-II-35."Miscelánea apócrifa (Apuntes y recuerdos de Juan de Mairena)". El resto del cap. XII.
13. 10-II-35. "El pragmatismo, el españolismo, los deportes y otros excesos (Apuntes y recuerdos de Juan de Mairena)". Cap. XIII.
14. 17-II-35. "De la Poética a la Retórica". Cap. XIV.
15. 27-II-35. "De lo uno a lo otro (Sentencias, donaires y discursos de Juan de Mairena)". Cap. XV.
16. 5-III-35. "Ni en serio ni en broma (Apuntes y recuerdos de Juan de Mairena)". Cap. XVI.
17. 14-III-35. "Sobre esto y aquello y lo de más allá (Apuntes y recuerdos de Juan de Mairena)". Cap. XVII y los dos primeros fragmentos del cap. XVIII.
18. 23-III-35. "Miscelánea apócrifa. (Anécdotas, aforismos, ocurrencias y pronósticos de Juan de Mairena)". Los demás fragmentos del cap. XVIII y todo el capítulo XIX.
19. 29-III-35. "El Gran Climatérico (Juan de Mairena diserta sobre una futura renovación del teatro)". Capítulo XX.

20. 12-IV-35. "Miscelánea apócrifa (Fragmentos de varias lecciones de Mairena)". Cap. XXI.
21. 19-VI-35. "Miscelánea apócrifa. Apuntes y recuerdos de Juan de Mairena". Cap. XXII.
22. 26-IV-35. "De lo uno a lo otro (Recuerdos de Juan de Mairena)". Cap. XXIII.
23. 26-IV-35. "Miscelánea apócrifa (Apuntes tomados al oído en la clase de Sofística de Juan de Mairena)" Cap. XXIV.
24. 14-V-35. "Recapitulemos. Apuntes tomados por los alumnos de Juan de Mairena". Cap. XXV.
25. 23-V-35. "Los alumnos de Juan de Mairena". Capítulo XXVI.
26. 3-VI-35. "Habla Mairena a sus discípulos". Capítulo XXVII.
27. 17-VI-35. "Habla Mairena a sus alumnos". Capítulo XXVIII.
28. 28-VI-35. "Habla Mairena a sus discípulos". Capítulo XXIX.
29. 15-VII-35. "Sigue hablando Mairena a sus alumnos de Retórica". Cap. XXX.
30. 29-VII-35. "Mairena empieza a exponer la poética de su maestro Abel Martín". Cap. XXXI.
31. 15-VIII-35. "Sigue hablando Mairena a sus alumnos". Cap. XXXII.
32. 29-VIII-35. "Sigue Mairena, no siempre *ex cathedra*". Cap. XXXIII.
33. 12-IX-35. "Sigue hablando Mairena". Cap. XXXIV.
34. 30-IX-35. "Habla Mairena sobre el hambre, el trabajo, la Escuela de Sabiduría, etc.". Cap. XXXV.
35. 24-X-35. "Sobre otros aspectos de la Escuela de Sabiduría". Cap. XXXVI.

En *El Sol*:

36. 17-XI-35. "Miscelánea apócrifa. Habla Juan de Mairena a sus alumnos". Cap. XXXVII.
37. 1-XII-35. "Miscelánea apócrifa: Habla Mairena a sus alumnos". Cap. XXXVIII.
38. 22-XII-35. "Así hablaba Mairena a sus alumnos". Capítulo XXXIX.
39. 5-I-36. "Mairena continúa conversando con sus discípulos". Cap. XL.

40. 19-I-36. "Sigue hablando Mairena a sus alumnos". Cap. XLI.
41. 9-II-36. "Sigue hablando Mairena". Cap. XLII.
42. 23-II-36. "Sigue hablando Mairena a sus alumnos". Cap. XLIII.
43. 8-III-36. Id., id. Cap. XLIV.
44. 22-III-36. Id., id. Cap. XLV.
45. 5-IV-36. Id., id. Cap. XLVI.
46. 19-IV-36. Id., id. Cap. XLVII.
47. 3-V-36. Id., id. Cap. XLVIII.
48. 24-V-36. Id., id. Cap. L.
49. 28-VI-36. "Mairena y su tiempo". Cap. XLIX.

# ÍNDICE DE NOMBRES, TÍTULOS, PERSONAJES Y CONCEPTOS


Agamenón, 41.
alcohol, 161-162.
alma, 43.
amor, 163, 221-222, 253.
andaluces, 188.
Anselmo, San, 100 y sigs., 247.
Aquiles, 234-235.
Aragón, 143, 245.
Aristóteles, 61, 189, 218-219.
ateísmo, 183-185.
Averroes, 189.

"Badila", 210.
Balzac, 59, 108.
barroco, 91, 209.
Baudelaire, 155.
Bécquer, 239-240.
Berceo, 211, 236.
Bergson, 108.
Berkeley, George, 212.
Bolívar, Ignacio, 97.
*Brand*, 208.
Buonarotti, v. Miguel Ángel.
burguesía, 46, 186.

Calderón, 62, 91, 121, 187-188, 222-223.
cambio, 126-127, 240-241.
caos, 251.
Carnaval, 115.
Carnot-Clausius, 107, 112, 247, 256.
Caronte, 166.
Cervantes, 90, 131, 136, 139, 180, 181-182.
Cicerón, 167.
cine, 228-229.
ciudades, 256.
claridad, 245.
clase, 50, 61, 115.
Clausius (v. Carnot).
Clitemnestra, 143.
comedia, 121, 159-160.
  "Don Nadie en la corte", 79-80.
  "El gran climatérico", 121, 123-124, 128.
  "La visita de duelo", 159-160.
Comella, 131.
Compostela, 231.
comunismo, 183-185.
conciencia, 47-48, 137-138.
conservadurismo, 183.
contrarios, 113-114.
coplas, 268.
cordialidad, 42.
Corneille, 139.
Cristo, 53, 105, 142-143, 155, 179, 217-218, 228, 255.
crítica, 58, 130-131.
cultura, 45, 112, 163-164, 244-245, 245-246.

D'Alembert, 85.
Dante, 86, 90.
Darwin, 52.
Demócrito, 86-88.
demonio, 44, 71, 143.
Descartes, 92, 100, 101, 171, 238.
dialéctica, 100, 151.
diálogo, 42, 68.
Diderot, 85.
dignidad, 261.
Dios, 46, 142, 145, 165-166, 175-176, 184-185, 186-187, 207, 214, 218, 219, 253, 262, 271.
  amor a, 49.
  blasfemia, 43.
  dioses, 165.
  existencia de, 45, 82, 99-102.
  y el pueblo, 217.

Echegaray, 81.
enemigos, 117.
Epicuro, 140.
escepticismo, 45, 94-95, 111, 114.
Escuela Popular de Sabiduría, 196-199, 201-203, 204-206, 207-208, 214.
España, 164, 233.

carácter, 95.
lengua, 169, 233.
la mujer, 118.
patriotismo, 95-96.
política, 50, 54, 187, 230.
Espínola, Marqués de, 191.
Espronceda, 154-155.
eternidad, 81.
Evangelios, 106.
exámenes, 113.
existencia, 211-215.

Felipe II, 181.
Fichte, 238.
filantropía, 216.
filosofía, 56-57, 117, 137, 171-172, 173-174, 237-239.
filósofos, 134.
de la historia, 144.
medieval, 153.
y la poesía, 192.
física, 246-247.
folklore, 84, 89, 135-136, 188-189, 217, 268-269.
Francia, 269.
frases hechas, 249.
Freud, 121.
Friburgo (escuela de), 171.

Galileo, 252, 258.
gimnasia, 96-97.
Goethe, 102.
Góngora, 157, 254.
Goya, 254.
Greco, El, 91.
Guardia Civil, 216.

hambre, 193-194.
Hamlet, 123, 193.
Hegel, 56, 238.
Heidegger, 193.
Heine, 134, 265.
Heráclito, 137, 144.
Herodes, 247.
historia, 144.
hombre, 243.
Homero, 63, 91, 103.
honores, 191.
Hugo, Víctor, 269.
Hume, 189.
humorismo, 116.

Ifigenia, 143.
Iglesia, 175, 219.
ilusión, 270.
incomprensión, 116.
individualidad, 44.
infancia, 69, 252.
Inglaterra, 52, 139.
inseguridad, 242.
Jantipa, 62-63.
Jenofonte, 159.
Jourdain, M. de, 46, 85.
Juan, Don, 56, 82-84, 222-223.
judaísmo, 60, 255.
Judas, 155.
juventud, 109, 233, 260.

Kant, Immanuel, 70, 100-102, 134, 170, 189, 238, 239, 247, 271.
y la poesía, 70.
y Velázquez, 178-179.
dialéctica de, 100-102.
Keyserling, 267.

Lafontaine, 269.
Laguna, Andrés, 58.
Lamartine, 108.
Leibnitz, 45.
lenguaje, 120, 169, 233.
León, Fray Luis de, 222.
literatura
barroca, 63-64.
manual de, 84-85.
lógica, 120, 137, 146-148, 153, 169, 174, 210, 225-226, 236-237.

Macbeth, 123, 124, 250.
Madrid, 46.
maestros, 66.
Mallarmé, 85.
Manrique, Jorge, 141, 176, 232.
Maquiavelo, 51, 90-91, 229.
Martín, Abel, 44, 45, 49, 56, 57, 60, 76, 90, 105, 132, 147, 155, 161, 162, 165, 168, 169, 171, 172, 173, 175-176, 177-8, 183-

187, 217-219, 224, 228, 241, 244, 249, 251, 254, 256, 257, 259, 259, 260, 262, 263, 269.
Marx, Karl, 60, 90, 179, 194, 255.
masas, 201, 268.
matemáticas, 246-247.
mentira, 88-89.
metafísica, 49, 199, 206, 211.
Miguel Ángel, 91.
moda, 259.
modestia, 65, 90, 114, 249, 265.
Molière, 139 [46, 85].
Molina, Tirso, 222-223.
moral, 161.
Moratín, 131.
movimiento, 126-128.
muerte, 91-92, 140, 224-225, 257, 262.
mujer, 106, 118, 168.
Musset, 108.

Naciones, Sociedad de, 190, 207.
naturaleza, 156.
nada, 47, 172, 174-176, 185.
Nietzsche, 161, 189, 228, 255-256, 267.
novela, 180.
Noventa y ocho, generación del, 208, 230.

optimismo, 53.
oratoria, 41, 48.
originalidad, 84.
otredad, 184.

palabrotas, 226-227.
Panza, Sancho, 136.
Paradas, Enrique, 195.
Parménides, 134.
pasado, 158, 232, 265.
pedagogía, 46-47, 201-203, 219-221, 245, 247, 260.
Pedro, San, 155.
pesimismo, 145.
pintura, 70, 134, 168, 170.
Pitágoras, 264.
Platón, 62, 90, 94, 101, 134, 159, 197, 238, 243, 261-262.
política de, 51.
platonismo, 105, 261-262.
poesía, 70-78, 85-86, 99, 103, 173-174, 263-264.
lenguaje poético, 41.
tiempo poético, 80.
poetas, 131-132, 143, 173-174.
y la muerte, 138, 257.
y la filosofía, 192.
política, 55-56, 109, 164, 209, 260.
políticos, 55-56, 160, 182, 247.
pragmatismo, 94, 186, 200.
prójimo, 211-215.
proletariado, 186.
prosa, 41, 58. 85.
Protágoras, 95, 261.
Proust, Marcel, 108-109.

Quevedo, Francisco, 139.
Quijote, Don, 136.
"Quijote, El" 135-136, 180.

Racine, 139.
realidad, 270.
realismo (teatro), 122-123.
"recherche du temps perdu, À la", 108-109.
"República" (Platón), 51.
República Española, 230.
retórica, 81-82, 144 148-150, 171, 249.
revoluciones, 254.
risa, 227.
romanticismo, 154, 249.
Rousseau, 54, 156.
Rusia, 60.

Sabiduría, Escuela Popular de, 196-208, 214.
"saeta", 132-133.
Sanz del Río, Julián, 134.
sátira, 139.
Scheler, Max, 267.
Schelling, 238.
Schopenhauer, 238, 255-256.
Séneca, 167, 189.
sensibilidad, 92.
Sevilla, 252.

Shakespeare, 102, 121, 133, 139, 192, 249-250.
siglo XIX, 106-107.
snobismo, 158.
sociedad, 259.
Sócrates, 90, 159, 164, 165, 257, 258.
Sofística, 56, 110, 126, 164, 199, 206.
Spinoza, 49.
Stendhal, 108.
substancia, 240-241.
suprarrealismo, 266.

tauromaquia, 204-206.
teatro, 98, 119, 121-126, 128-131.
  del Siglo de Oro, 131.
temporalidad, 106-107.
teología, 218-219.
Theotocópuli (v. Greco).
tiempo, 70-72, 224-226, 236.
trabajo, 54-55.

Unamuno, 97, 156, 208, 228.

Valéry, 193.
Valladolid, 169.
Valle-Inclán, 103, 230-232.
Vega, Lope de, 62, 74, 121, 143, 156, 165, 187, 254.
Velázquez, 178-179, 192, 240.
verdad, 41, 111, 242-243, 248.
vejez, 166-168, 232-233.
Villaespesa, Francisco, 260.
Vinci, Leonardo de, 167.
Virgilio, 90, 166, 252.
Voltaire, 68, 142.

*Wesenschau*, 171.

Xenius (E-d'Ors), 135.

Zaratustra, 198, 256.
Zorrilla, 68, 211.

## ÍNDICE DE LÁMINAS


*Entre págs.*

Portada facsímile de la primera edición de *Juan de Mairena* (1936) ... ... ... ... ... ... ... ... ... 38-41

*Juan de Mairena* ... ... ... ... ... ... ... ... ... ... ... 38-41

*Antonio Machado,* por Álvaro Delgado. Ateneo. Madrid ... ... ... ... ... ... ... ... ... ... ... ... 144-145

*Juan de Mairena,* en el diario *El Sol* ... ... ... 144-145

Retrato de Antonio Machado ... ... ... ... ... ... 168-169

*Juan de Mairena,* en *Hora de España* ... ... ... 168-169

SE TERMINÓ DE IMPRIMIR EN LOS
TALLERES VALENCIANOS DE
ARTES GRÁFICAS SOLER, S. A.,
EL DÍA 4 DE ABRIL DE 1972

## TÍTULOS PUBLICADOS

1 / **Luis de Góngora**
**SONETOS COMPLETOS
Edición, introducción y notas de Biruté Ciplijauskaité.

2 / **Pedro Salinas**
**LA VOZ A TI DEBIDA y RAZÓN DE AMOR**
Edición, introducción y notas de Joaquín González Muela.

3 / **José Martínez Ruiz, Azorín**
* **LA VOLUNTAD**
Edición, introducción y notas de E. Inman Fox.

4 / **Nicasio Álvarez de Cienfuegos**
**POESÍAS COMPLETAS**
Edición, introducción y notas de José Luis Cano.

5 / **Leandro Fernández de Moratín**
* **LA COMEDIA NUEVA y EL SÍ DE LAS NIÑAS**
Ediciones, introducciones y notas de John C. Dowling y René Andioc.

6 / **Garcilaso de la Vega**
**POESÍAS CASTELLANAS COMPLETAS**
Edición, introducción y notas de Elias L. Rivers.

7 / **Félix María Samaniego**
**FÁBULAS**
Edición, introducción y notas de Ernesto Jareño.

8 / **Villamediana**
**OBRAS
Edición, introducción y notas de Juan Manuel Rozas.

9 / Don Juan Manuel

****EL CONDE LUCANOR**

Edición, introducción y notas de José Manuel Blecua.

10 / Lope de Vega y Cristóbal de Monroy

****FUENTE OVEJUNA. Dos comedias**

Edición, introducción y notas de Francisco López Estrada.

11 / Juan de Valdés

**DIÁLOGO DE LA LENGUA**

Edición, introducción y notas de Juan M. Lope Blanch.

12 / Miguel de Cervantes

****LOS TRABAJOS DE PERSILES Y SIGISMUNDA**

Edición, introducción y notas de Juan Bautista Avalle-Arce.

13 / Francisco Delicado

*** LA LOZANA ANDALUZA**

Edición, introducción y notas de Bruno M. Damiani.

14 / Baltasar Gracián

*** AGUDEZA Y ARTE DE INGENIO. Tomo I**

Edición, introducción y notas de Evaristo Correa Calderón.

15 / Baltasar Gracián

*** AGUDEZA Y ARTE DE INGENIO. Tomo II**

Edición, introducción y notas de Evaristo Correa Calderón.

16 / Manuel José Quintana

****POESÍAS COMPLETAS**

Edición, introducción y notas de Albert Dérozier.

17 / Tirso de Molina

**POESÍAS LÍRICAS**

Edición, introducción y notas de Ernesto Jareño.

18 / Gaspar Melchor de Jovellanos

****OBRAS EN PROSA**

Edición, introducción y notas de José Caso González.

19 / Lope de Vega

**EL CABALLERO DE OLMEDO**

Edición, introducción y notas de Joseph Pérez.

20 / José de Espronceda

* **POESÍAS LÍRICAS y FRAGMENTOS ÉPICOS**

Edición, introducción y notas de Robert Marrast.

21 /

****RAMILLETE DE ENTREMESES Y BAILES (Siglo XVII)**

Edición, introducción y notas de Hannah E. Bergman.

22 / Diego Hurtado de Mendoza

*****GUERRA DE GRANADA**

Edición, introducción y notas de Bernardo Blanco-González.

23 / Gonzalo de Céspedes y Meneses

*****HISTORIAS PEREGRINAS Y EJEMPLARES**

Edición, introducción y notas de Yves-René Fonquerne.

24 / Alfonso Martínez de Toledo

* **ARCIPRESTE DE TALAVERA o EL CORBACHO**

Edición, introducción y notas de Joaquín González Muela.

25 / Lope de Vega

****EL PERRO DEL HORTELANO y EL CASTIGO SIN VENGANZA**

Edición, introducción y notas de David Kossoff.

26 / Juan Valera

*****LAS ILUSIONES DEL DOCTOR FAUSTINO**

Edición, introducción y notas de Cyrus C. DeCoster.

27 / Juan de Jáuregui

**AMINTA. Traducido de Torquato Tasso**

Edición, introducción y notas de Joaquín Arce.

28 / Vicente García de la Huerta
RAQUEL
Edición, introducción y notas de René Andioc.

29 / Miguel de Cervantes
* ENTREMESES
Edición, introducción y notas de Eugenio Asensio.

30 / Juan Timoneda
* EL PATRAÑUELO
Edición, introducción y notas de Rafael Ferreres.

31 / Tirso de Molina
* EL VERGONZOSO EN PALACIO
Edición, introducción y notas de Francisco Ayala.

32 / Antonio Machado
* NUEVAS CANCIONES y DE UN CANCIONERO APÓCRIFO
Edición, introducción y notas de José M.ª Valverde.

33 / Agustín Moreto
* EL DESDÉN, CON EL DESDÉN
Edición, introducción y notas de Francisco Rico

34 / Benito Pérez Galdós
*** LO PROHIBIDO
Edición, introducción y notas de José F. Montesinos.

35 / Antonio Buero Vallejo
** EL CONCIERTO DE SAN OVIDIO y EL TRAGALUZ
Edición, introducción y notas de Ricardo Doménech.

36 / Ramón Pérez de Ayala
** TINIEBLAS EN LAS CUMBRES
Edición, introducción y notas de Andrés Amorós.

37 / Juan Eugenio Hartzenbusch
LOS AMANTES DE TERUEL
Edición, introducción y notas de Salvador García.

38 / **Francisco de Rojas Zorrilla**

**DEL REY ABAJO, NINGUNO o EL LABRADOR MÁS HONRADO, GARCÍA DEL CASTAÑAR**

Edición, introducción y notas de Jean Testas.

39 / **Diego de San Pedro**

**OBRAS COMPLETAS. II**
**CÁRCEL DE AMOR**

Edición, introducción y notas de Keith Whinnom.

40 / **Juan de Arguijo**

* **OBRA POÉTICA**

Edición, introducción y notas de Stanko B. Vranich.

41 / **Alonso Fernández de Avellaneda**

*****EL INGENIOSO HIDALGO DON QUIJOTE DE LA MANCHA, que contiene su tercera salida y es la quinta parte de sus aventuras**

Edición, introducción y notas de Fernando G. Salinero.

42 / **Antonio Machado**

* **JUAN DE MAIRENA (1936)**

Edición, introducción y notas de José María Valverde.

*sencillo* * *intermedio* ** *doble* *** *especial*

## 4 Players and Betrayers

The play's the thing. It certainly is for Anna Evesleigh, with her first summer production at Rossington Manor. She needs to prove to herself – and irascible archaeologist Mike Shannon? – that she can succeed with this.

Since her own near brush with death earlier in the year, Lucy has slowly recovered. By the time she picks up the threads, the shadow of that master hand lays heavily over her family and friends, and Lucy inevitably finds herself in danger.

2010 £7.99 ISBN 978–1–903152–26–3

## 5 The Watcher on the Cliff

Who stalks the cliffs of the remote West Country, mysteriously swathed in cloak and hat? Is there a connection with Lucy Rossington's startling discovery?

Coincidence has brought many of the Rossington circle together again. They can't know that soon they will be drawn into the pageant of death that will stalk the cliffs. This time Lucy's instinct for evil doesn't plumb the full depth of the plot that threatens those she loves. If she can't unmask the villain, is there anyone who can?

2011 £7.99 ISBN 978-1-903152-27-0

## 6 Don't Come Back

Not everyone is pleased when Berhane comes back to the moor. She was first there as an adopted child, now she's back to stay. But her return is like a stone dropped into a quiet pool, creating ever-widening ripples.

As the snow comes down and the bells ring out the New Year, they unknowingly herald another death. And soon Lucy is drawn into danger again. Will she be able to save her friend? The odds seem to be against it.

2012 £7.99 ISBN 978-1-903152-30-0

## *7 The Gathering Storm*

It's a hot and sunny springtime, perfect for a wedding. But out of sight the clouds are darkening, massing as they bear down on the clear sky over Lucy Rossington's new home.

Ebullient actress Anna Evesleigh has the first inkling of a purpose in life that she had never expected (or wanted). She even seems to be getting on better with Mike Shannon, the irascible archaeologist who finds her so irritating. Anna knows that Lucy is struggling with issues that could change her life and those around her.

The storm that breaks so unexpectedly over them all could not have been predicted. Its seeds were sown long ago, and nobody could have told how they would burst forth in death and destruction. And for Lucy this trouble is the last straw. She finally makes a choice that may change the lives of them all.

2013 £7.99 ISBN 978-1-903152-31-3

Discover more about Mary Tant's world by visiting her website

*www.marytant.com*

- ❑ Find out more about her plots
- ❑ Read about the authors in her library
- ❑ Explore her favourite bookshops
- ❑ Visit the teashops she enjoys
- ❑ Enjoy her weekly nature blog
- ❑ Follow the lives of her Border Collies
- ❑ See news of further Rossington titles

The ninth novel in the Rossington series will be available in Spring 2015. Watch Mary's website for further details closer to publication: www.marytant.com